基地

base

紙礫

13

目次

一兵卒

田山花袋

渠《かれ》は歩き出した。

銃が重い、背嚢が重い、脚が重い、アルミニューム製の金椀《かな》が腰の剣に当ってカタカタと鳴る。其音が興奮した神経を夥しく刺戟するので、幾度かそれを直して見たが、何うしても鳴る。カタカタと鳴る。もう厭になって了った。

病気は本当に治ったので無いから、息が非常に切れる。全身には悪熱悪寒が絶えず往来する。頭脳が火のように熱して、顳顬《こめかみ》が烈しい脈を打つ。何故、病院を出た？　軍医が後が大切だと言ってあれほど留めたのに、何故病院を出た？　こう思ったが、渠はそれを悔いはしなかった。敵の捨てて遁げた汚ない洋館の板敷、八畳位の室に、病兵、負傷兵が十五人、衰頽と不潔と叫喚と重苦しい空気と、それに凄じい蠅の群衆、よく二十日も辛抱して居た。麦飯の粥に少許《すこしばかり》の食塩、よくあれでも飢餓を凌いだ。かれは病院の背後の便所を思出してゾッとした。急造の穴の掘りようが浅いので、臭気が鼻と眼とを烈しく撲つ。蠅がワンと飛ぶ。石灰の灰色に汚れたのが胸をむかむかさせる。

あれよりは……彼処に居るよりは、此の濶々《ひろびろ》とした野の方が好い。どれほど好いかしれぬ。満洲の野は荒漠として何も無い。畑にはもう熟し懸けた高粱が連って居るばかりだ。けれど新鮮な空気がある。日の光がある。雲がある、山がある、――凄じい声が急に耳に入ったので、立留ってかれは其方を見た。さっきの汽車がまだ彼処に居る。釜の無い煙筒の無い長い汽車を、支那苦力《くりー》が幾百人となく寄ってたかって、丁度蟻が大きな獲物を運んで行くように、えっさらおっさら押して行く。

夕日が画のように斜にさし渡った。

さっきの下士が彼処に乗って居る。あの一段高い米の叺の積荷の上に突立って居るのが彼奴だ。苦しくってとても歩けんから、鞍山站まで乗せて行って呉れと頼んだ。すると彼奴め、兵を乗せる車ではない、歩兵が車に乗るという法があるかと呶鳴った。病気だ、御覧の通りの病気で、脚気をわずらって居る。鞍山站の先まで行けば隊が居るに相違ない。武士は相見互ということがある、何うか乗せて呉れッて、たって頼んでも、言うことを聞いて呉れなかった。兵、兵と云って、筋が少いと馬鹿にしやがる。金州でも、得利寺でも兵のお蔭で戦争に勝ったのだ。馬鹿奴、悪魔奴！

蟻だ、蟻だ、本当に蟻だ。まだ彼処に居やがる。汽車もああなってはお了いだ。ふと汽車――豊橋を発って来た時の汽車が眼の前を通り過ぎる。停車場は国旗で埋められて居る。万歳の声が長く長く続く。と忽然最愛の妻の顔が眼に浮ぶ。それは門出の時の泣顔ではなく、何うした場合であったか忘れたが、心から可愛いと思った時の美しい笑顔だ。母親がお前もうお起きよ、学校が遅くなるよと揺起す。かれの頭はいつか子供の時代に飛返って居る。裏の入江の船の船頭が禿頭を夕日にてかてかと光らせながら子供の一群に向って呶鳴って居る。其の子供の群の中にかれも居た。

過去の面影と現在の苦痛不安とが、はっきりと区画を立てて居りなから、しかもそれがすれすれに摺寄った。銃が重い、背嚢が重い、脚が重い。腰から下は他人のようで、自分で歩いて居るのか居ないのか、それすらはっきりとは解らぬ。

褐色の道路――砲車の轍や靴の跡や草鞋の跡が深く印したままに石のように乾いて固くなった路が前に長く通じて居る。こういう満洲の道路にはかれは殆ど愛想をつかして了った。何処まで行ったら此の路はなくなるのか。何処まで行ったらこんな路は歩かなくってもよくなるのか。故郷のいさご路、雨上りの湿った海岸の砂路、あの滑かな心地の好い路が懐かしい。広い大きい道ではあるが、一として滑かな平かな所が無い。これが雨が一日降ると、壁土のように柔かくなって、靴どころか、長い脛も其半を浸して了うのだ。大石橋の戦争の前の晩、暗い闇の泥濘を三里もこね廻した。脊の上から頭の髪まではねが上った。あの時は砲車の援護が任務だった。砲車が泥濘の中に陥って少しも動かぬのを押して押して押し通した。第三連隊の砲車が先に出て陣地を占領して了わなければ明日の戦は出来なかったのだ。そして終夜働いて、翌日はあの戦争。敵の砲弾、味方の砲弾がぐんぐんと厭な音を立てて頭の上を鳴って通った。九十度近い暑い日が脳天からじりじりと照り付けた。四時過に、敵味方の歩兵は共に接近した。小銃の音が豆を煎るように聞える。時々シュッシュッと耳の傍を掠めて行く。

列の中であっと言ったものがある。はッと思って見ると、血がだらだらと暑い夕日に彩られて、其の兵士はガックリ前に踣《のめ》った。胸に弾丸が中ったのだ。其の兵士は善い男だった。快活で、洒脱で、何事にも気が置けなかった。新城町のもので、若い嬶があった筈だ。上陸当座は一緒によく徴発に行ったっけ。豚を逐い廻したッけ。けれどあの男は最早此世の中に居ないのだ。居ないとは何うしても思えん。思えんが居ないのだ。

褐色の道路を、糧餉を満載した車がぞろぞろ行く。騾車、驢車、支那人の爺のウオウオウイウイが聞える。長い鞭が夕日に光って、一種の音を空気に伝える。路の凸凹が烈しいので、車は波を打つようにしてガタガタ動いて行く。苦しい、息が苦しい。こう苦しくっては為方が無い。頼んで乗せて貰おうと思ってかれは駆出した。

金椀がカタカタ鳴る。烈しく鳴る。背嚢の中の雑品や弾丸袋の弾丸が気たたましく躍り上る。銃の台が時々脛を打って飛び上るほど痛い。

「オーい、オーい。」

声が立たない。

「オーい、オーい。」

全身の力を絞って呼んだ。聞えたに相違ないが振向いても見ない。何うせ碌なことではないと知って居るだろう。一時思止まったが、また駆出した。そして今度は其最後の一輌に漸く追着いた。

米の叺が山のように積んである。支那人の爺が振向いた。丸顔の厭な顔だ。有無を云わせず其の車に飛乗った。そして叺と叺との間に身を横えた。支那人は為方が無いという風でウオーウオーと馬を進めた。ガタガタと車は行く。

頭脳がぐらぐらして天地が廻転するようだ。胸が苦しい。頭が痛い。脚の腓《ふくらはぎ》の所が押付けられるようで、不愉快で、不愉快で為方が無い。ややともすると胸がむかつきそうになる。不安の念が凄じい力で全身を襲った。と同時に、恐ろしい動揺がまた始まって、耳からも頭からも、種々の声が囁いて来る。此前にもこうした不安はあったが、これほどではなかった。天にも地にも身の置き所が無いような気がする。

野から村に入ったらしい。鬱蒼《こんもり》とした楊の緑がかれの上に靡いた。楊樹《やなぎ》にさし入った夕日の光が細な葉を一葉一葉明らかに見せて居る。不恰好な低い屋根が地震でもあるかのように動揺しながら過ぎて行く。ふと気がつくと、車は止って居た。かれは首を挙げて見た。楊樹の蔭を成して居る所だ。車輛《くるま》が五台ほど続いて居るのを見た。

突然肩を捉えるものがある。

日本人だ、わが同胞だ、下士だ。

「貴様は何だ？」

かれは苦しい身を起した。

「何うして此の車に乗った？」

　理由を説明するのがつらかった。いや口を聞くのも厭なのだ。

「此の車に乗っちゃいかん。そうでなくってさえ、荷が重過ぎるんだ。お前は十八連隊だナ。豊橋だナ。」

　点頭いて見せる。

「何うかしたのか。」

「病気で、昨日まで大石橋の病院に居たものですから。」

「病気がもう治ったのか。」

　無意味に点頭いた。

「病気でつらいだろうが、下りて呉れ。急いで行かんけりゃならんのだから。遼陽が始まったでナ。」

「遼陽！」

　此一語はかれの神経を十分に刺戟した。

「もう始ったですか。」

「聞えんかあの砲が……。」

　さっきから、天末に一種のとどろきが始ったそうなとは思ったが、まだ遼陽では無いと思って居た。

「鞍山站は落ちたですか。」

「一昨日落ちた。敵は遼陽の手前で一防禦遣《ひとふせぎや》るらしい。今日の六時から始ったという噂だ！」

一種の遠い微かなる轟、仔細に聞けば成程砲声だ。例の厭な音が頭上を飛ぶのだ。歩兵隊が其間を縫って進撃するのだ。血汐が流れるのだ。こう思った渠は一種の恐怖と憧憬とを覚えた。戦友は戦って居る。日本帝国の為めに血汐を流して居る。

修羅の巷が想像される。炸弾の壮観も眼前に浮ぶ。けれど七八里を隔てた此の満洲の野は、さびしい秋風が夕日を吹いて居るばかり、大軍の潮の如く過ぎ去った村の平和はいつもに異らぬ。

「今度の戦争は大きいだろう。」

「左様さ。」

「一日では勝敗がつくまい。」

「無論だ。」

今の下士は夥伴《なかま》の兵士と砲声を耳にしつつ頻りに語合って居る。糧餉を満載した車五輛、支那苦力の爺連も圏《わ》を為して何事をか饒舌り立てて居る。驢馬の長い耳に日がさして、おりおりけたたましい啼声が耳を劈く。楊樹の彼方に白い壁の支那民家が五六軒続いて、庭の中に槐の樹が高く見える。井戸がある。納屋がある。足の小さい年老いた女が覚束なく歩いて行く。楊樹を透して向うに、広い荒漠たる野が見える。褐色した丘陵の連続が指される。其の向うには紫色がかった高い山が蜿蜒として居る。砲声は其処から来る。

五輌の車は行って了った。

渠はまた一人取残された。海城から東煙台、甘泉堡、この次の兵站部所在地は新台子と言って、まだ一里位ある。其処迄行かなければ宿るべき家も無い。

行くことにして歩き出した。

疲れ切って居るから難儀だが、車よりは却って好い。胸は依然として苦しいが、何うも致し方が無い。

また同じ褐色の路、同じ高粱の畑、同じ夕日の光、レールには例の汽車が又通った。今度は下り坂で、速力が非常に早い。釜の付いた汽車よりも早い位に目まぐろしく谷を越えて駛った。最後の車輌に翻った国旗が高粱畑の絶間絶間に見えたり隠れたりして、遂にそれが見えなくなっても、その車輌の轟は聞える。その轟と交って、砲声が間断なしに響く。

街道には久しく村落が無いが、西方には楊樹のやや暗い繁茂が到る所にかたまって、其の間からちらちら白色褐色の民家が見える。人の影はあたりを見廻してもないが、青い細い炊煙は糸のように淋しく立颺る。

夕日は物の影を総て長く曳くようになった。高粱の高い影は二間幅の広い路を蔽って、更に向う側の高粱の上に蔽い重った。路傍の小さな草の影も夥しく長く、東方の丘陵は浮出すようにはっきりと見える。さびしい悲しい夕暮は譬え難い一種の影の力を以って迫って来た。

高粱の絶えた所に来た。忽然、かれは其の前に驚くべき長大なる自分の影を見た。肩の銃の影は遠い野の草の上にあった。かれは急に深い悲哀に打たれた。

草叢には虫の声がする。故郷の野で聞く虫の声とは似もつかぬ。この似つかぬことと広い野原とが何となく其の胸を痛めた。一時途絶えた追懐の情が流るるように漲って来た。

母の顔、若い妻の顔、弟の顔、女の顔が走馬燈のごとく旋回する。欅の樹で囲まれた村の旧家、団欒せる平和な家庭、続いて其身が東京に修業に行った折の若々しさが憶い出される。神楽坂の夜の賑いが眼に見える。美しい草花、雑誌店、新刊の書、角を曲ると賑やかな寄席、待合、三味線の音、仇めいた女の声、あの頃は楽しかった。恋した女が仲町に居て、よく遊びに行った。丸顔の可愛い娘で、今でも恋しい。此の身は田舎の豪家の若旦那で、金には不自由を感じなかったから、随分面白いことを為た。それにあの頃の友人は皆世に出て居る。此の間も蓋平で第六師団の大尉になって威張って居る奴に邂逅した。

軍隊生活の束縛ほど残酷な者はないと突然思った。と、今日は不思議にも平生の様に反抗とか犠牲とかいう念は起らずに、恐怖の念が盛に燃えた。出発の時、此の身は国に捧げ君に捧げて遺憾が無いと誓った。再びは帰って来る気は無いと、村の学校で雄々しい演説を為た。当時は元気旺盛、身体壮健であった。で、そう言っても勿論死ぬ気はなかった。心の底には花々しい凱旋を夢みて居た。であるのに今忽然起ったのは死に対する不安である。自分はとても生きて還ることは覚束ないという気が烈しく胸を衝いた。此の病、此の脚気、仮令此の病は治ったにしても戦場は大なる牢獄である。いかに藻掻いても焦ってもこの大なる牢獄から脱することは出来ぬ。得利寺で戦死した兵士が其の以前かれに向って、

「何うせ遁れられぬ穴だ。思い切りよく死ぬサ。」と言ったことを思出した。

かれは疲労と病気と恐怖とに襲われて、如何にしてこの恐ろしい災厄を遁るべきかを考えた。脱走？　それも好い、けれど捕えられた暁には、此の上も無い汚名を被った上に同じく死！　さればとて前進すれば必ず戦争の巷の人とならなければならぬ。戦争の巷に入れば死を覚悟しなければならぬ。かれは今始めて、病院を退院したことの愚をひしと胸に思当った。病院から後送されるようにすればよかった……と思った。

もう駄目だ、万事休す、遁れるに路が無い。消極的の悲観が恐ろしい力で其胸を襲った。と、歩く勇気も何も無くなって了った。止度なく涙が流れた。神が此の世にいますなら、何うか救けて下さい、何うか遁路を教えて下さい。これからは何んな難儀もする！　どんな善事もする！　どんなことにも背かぬ。

渠はおいおい声を挙げて泣出した。

胸が間断なしに込み上げて来る。涙は小児でもあるように頰を流れる。自分の体が此の世の中にな

くなるということが痛切に悲しいのだ。かれの胸には此迄幾度も祖国を思うの念が燃えた。海上の甲板で、軍歌を歌った時には悲壮の念が全身に充ち渡った。敵の軍艦が突然出て来て、一砲弾の為めに沈められて、海底の藻屑となっても遺憾がないと思った。金州の戦場では機関銃の死の叫びの唯中を地に伏しつつ、勇ましく進んだ。戦友の血に塗れた姿に胸を撲ったこともないではないが、これも国の為めだ、名誉だと思った。けれど人の血の流れたのは自分の血の流れたのではない。死と相面しては、いかなる勇者も戦慄する。

脚が重い、気怠るい、胸がむかつく。大石橋から十里、二日の路、夜露、悪寒、確かに持病の脚気が昂進したのだ。流行腸胃熱は治ったが、急性の脚気が襲って来たのだ。脚気衝心の恐しいことを自覚してかれは戦慄した。何うしても免れることが出来ぬのかと思った。と、居ても立っても居られなくなって、体がしびれて脚がすくんだ。――おいおい泣きながら歩く。

野は平和である。赤い大きい日は地平線上に落ちんとして、空は半ば金色半ば暗碧色になって居る。金色の鳥の翼のような雲が一片動いて行く。高粱の影は影と蔽い重って、荒涼とした秋風が渡った。遼陽方面の砲声も今まで盛に聞えて居たが、いつか全く途絶えて了った。

二人連の上等兵が追い越した。

すれ違って、五六間先に出たが、ひとりが戻って来た。

「おい、君、何うした?」

かれは気が付いた。声を挙げて泣いて歩いて居たのが気恥かしかった。

「おい、君?」

再び声は懸った。

「脚気なもんですから。」

「脚気?」

「はア。」

「それは困るだろう。余程悪いのか。」

「苦しいです。」

「それァ困ったナ、脚気では衝心でもすると大変だ。何処まで行くんだ。」

「隊が鞍山站の向うに居るだろうと思うんです。」

「だって、今日其処まで行けはせん。」

「はア。」

「まア、新台子まで行くさ。其処に兵站部があるから行って医師に見て貰うさ。」

「まだ遠いですか?」

「もうすぐ其処だ。それ向うに丘が見えるだろう。丘の手前に鉄道線路があるだろう。其処に国旗が立って居る、あれが新台子の兵站部だ。」

「其処に医師が居るでしょうか。」

「軍医が一人居る。」

蘇生したような気がする。

で、二人に跟いて歩いた。二人は気の毒がって、銃と背嚢とを持って呉れた。

二人は前に立って話しながら行く。遼陽の今日の戦争の話である。

「様子は解らんかナ。」

「まだ遣ってるんだろう。煙台で聞いたが、敵は遼陽の一里手前で一支えして居るそうだ。何でも首山堡とか言った。」

「後備が沢山行くナ。」

「兵が足りんのだ。敵の防禦陣地はすばらしいものだそうだ。」

「大きな戦争になりそうだナ。」

「一日砲声がしたからナ。」

「勝てるかしらん。」

「負けちゃ大変だ。」

「第一軍も出たんだろうナ。」

「勿論さ。」

「一つ旨く背後を断って遣り度い。」
「今度は屹度旨く遣るよ。」
と言って耳を傾けた。砲声がまた盛んに聞え出した。

新台子の兵站部は今雑沓を極めて居た。後備旅団の一箇連隊が着いたので、レイルの上、家屋の蔭、糧餉の傍などに軍帽と銃剣とがみちみちて居た。レイルを挟んで敵の鉄道援護の営舎が五棟ほど立って居るが、国旗の翻った兵站本部は、雑沓を重ねて、兵士が黒山のように集って、長い剣を下げた士官が幾人となく出たり入ったりして居る。兵站部の三個の大釜には火が盛に燃えて、煙が薄暮の空に濃く靡いて居た。一箇の釜は飯が既に炊けたので、炊事軍曹が大きな声を挙げて、部下を叱咤して、集る兵士に頻りに飯の分配を遣って居る。けれど此の三箇の釜は到底この多数の兵士に夕飯を分配することが出来ぬので、其大部分は白米を飯盒に貰って、各自に飯を作るべく野に散った。やがて野の所々に高粱の火が幾つとなく燃された。

家屋の彼方では、徹夜して戦場に送るべき弾薬弾丸の箱を汽車の貨車に積込んで居る。兵士、輸卒の群が一生懸命に奔走して居るさまが薄暮の微かな光に絶え絶えに見える。一人の下士が貨車の荷物の上に高く立って、頻りにその指揮をして居た。

日が暮れても戦争は止まぬ。鞍山站の馬鞍のような山が暗くなって、其の向うから砲声が断続する。

渠は此処に来て軍医をもとめた。けれど軍医どころの騒ぎではなかった。一兵卒が死のうが生きようがそんなことを問う場合ではなかった。渠は二人の兵士の尽力の下に、纔かに一盒の飯を得たばかりであった。為方がない、少し待て。この連隊の兵が前進して了ったら、軍医をさがして、伴れて行って遣るから、先ず落着いて居れ。此処から真直に三四町行くと一棟の洋館がある。其の洋館の入口には、酒保が今朝から店を開いて居るからすぐ解る。其の奥に入って、寝て居れとのことだ。

渠はもう歩く勇気は無かった。銃と背嚢とを二人から受取ったが、それを脊負うと危なく倒れそうになった。眼がぐらぐらする。胸がむかつく。脚が気怠い。頭脳は烈しく旋回する。

けれど此処に倒れるわけには行かない。死ぬにも隠家を求めなければならぬ。そうだ、隠家……。何んな所でも好い。静かな所に入って寝たい、休息したい。

闇の路が長く続く。ところどころに兵士が群を成して居る。不図豊橋の兵営を憶い出した。酒保に行って隠れてよく酒を飲んだ。酒を飲んで、軍曹をなぐって、重営倉に処せられたことがあった。路がいかにも遠い。行っても行っても洋館らしいものが見えぬ。三四町と言った。三四町どころか、もう十町も来た。間違ったのかと思って振返る――兵站部は燈火の光、篝火の光、闇の中を行違う兵士の黒い群、弾薬箱を運ぶ懸声が夜の空気を劈いて響く。

此処等はもう静かだ。あたりに人の影も見えない。俄かに苦しく胸が迫ってきた。隠れ家がなければ、此処で死ぬのだと思って、がっくり倒れた。けれども不思議にも前のように悲しくもない、思い出もない。空の星の閃めきが眼に入った。首を挙げてそれとなくあたりを眴《みまわ》した。今まで見えなかった一棟の洋館がすぐ其の前にあるのに驚いた。家の中には燈火が見える。丸い赤い提燈が見える。人の声が耳に入る。

銃を力に辛うじて立上った。

成程、その家屋の入口に酒保らしい者がある。暗いからわからぬが、何か釜らしいものが戸外の一隅にあって、薪の余燼《もえさし》が赤く見えた。薄い煙が提燈を掠めて淡く靡いて居る。提燈に、しるこ一杯五銭と書いてあるのが、胸が苦しくって苦しくって為方がないにも拘らずはっきりと眼に映じた。

「しるこはもうお終いか。」

と言ったのは、其前に立って居る一人の兵士であった。

「もうお終いです。」

という声が戸内から聞える。

内を覗くと、明かな光、西洋蠟燭が二本裸で点って居て、罐詰や小間物などの山のように積まれてある中央の一段高い所に、肥った、口髭の濃い、莞爾した三十男が坐って居た。店では一人の兵士がタオルを展げて見て居た。

傍を見ると、暗いながら、低い石階が眼に入った。此処だなとかれは思った。兎に角休息することが出来ると思うと、言うに言われぬ満足を先ず心に感じた。静かにぬき足して其の石階を登った。中は暗い。よく判らぬが廊下になって居るらしい。最初の戸と覚しき所を押して見たが開かない。二歩三歩進んで次の戸を押したが矢張開かない。左の戸を押しても駄目だ。

猶奥へ進む。

廊下は突当って了った。右にも左にも道が無い。困って右を押すと、突然、闇が破れて扉が明いた。室内が見えるという程ではないが、そことなく星明りがして、前に硝子窓があるのが解る。

銃を置き、背嚢を下し、いきなりかれは横に倒れた。そして重苦しい息をついた。まアこれで安息所を得たと思った。

満足と共に新しい不安が頭を擡げて来た。倦怠、疲労、絶望に近い感情が鉛のごとく重苦しく全身を圧した。思い出が皆な片々で、電光のように早いかと思うと牛の喘《あえぎ》歩のように遅い。間断なしに胸が騒ぐ。

重い、気怠い脚が一種の圧迫を受けて疼痛を感じて来たのは、かれ自からにも好く解った。腓のところどころがずきずきと痛む。普通の疼痛ではなく、丁度こむらが反った時のようである。自然と身体を藻掻かずには居られなくなった。綿のように疲れ果てた身でも、この圧迫には敵わない。

無意識に輾転反側した。

故郷のことを思わぬではない、母や妻のことを悲まぬではない。此の身がこうして死ななければならぬかと嘆かぬではない。けれど悲嘆や、追憶や、空想や、そんなものは何うでも好い。疼痛、疼痛、その絶大な力と戦わねばならぬ。

潮のように押寄せる。暴風のように荒れわたる。脚を固い板の上に立てて倒して、体を右に左に踠いた。「苦しい……」と思わず叫んだ。

けれど実際はまたそう苦しいとは感じて居なかった。苦しいには違いないが、更に大きな苦痛に耐えなければならぬと思う努力が少くとも其の苦痛を軽くした。一種の力は波のように全身に漲った。死ぬのは悲しいという念よりもこの苦痛に打克とうという念の方が強烈であった。一方には極めて消極的な涙脆い意気地ない絶望が漲ると共に、一方には人間の生存に対する権利というような積極的な力が強く横わった。

疼痛は波のように押寄せては引き、引いては押寄せる。押寄せる度に脣を嚙み、歯をくいしばり、脚を両手でつかんだ。

五官の他にある別種の官能の力が加わったかと思った。暗かった室がそれとはっきり見える。暗色の壁に添うて高い卓《テーブル》が置いてある。上に白いのは確かに紙だ。硝子窓の半分が破れて居て、星がきらきらと大空にきらめいて居るのが認められた。右の一隅には、何かごたごた置かれてあった。

時間の経って行くのなどはもうかれには解らなくなった。軍医が来て呉れれば好いと思ったが、それを続けて考える暇はなかった。新しい苦痛が増した。

床近く蟋蟀が鳴いて居た。苦痛に悶えながら、「あ、蟋蟀が鳴いて居る……」とかれは思った。其の哀切な虫の調が何だか全身に沁み入るように覚えた。

疼痛、疼痛、かれは更に輾転反側した。

「苦しい！　苦しい！　苦しい！」

続けざまにけたたましく叫んだ。

「苦しい、誰か……誰か居らんか。」

と暫くしてまた叫んだ。

強烈なる生存の力ももう余程衰えて了った。意識的に救助を求めると言うよりは、今は殆ど夢中である。自然力に襲われた木の葉のそよぎ、浪の叫び、人間の悲鳴！

「苦しい！　苦しい！」

其の声がしんとした室に凄じく漂い渡る。此室には一月前まで露国の鉄道援護の士官が起臥して居た。日本兵が始めて入った時、壁には黒く煤けた基督の像が懸けてあった。昨年の冬は、満洲の野に降頻る風雪をこの硝子窓から眺めて、其の士官はウォッカを飲んだ。毛皮の防寒服を着て、戸外に兵士が立って居た。日本兵の為すに足らざるを言って、虹のごとき気焔を吐いた。其の室に、今、垂死の兵士の叫喚《うめき》が響き渡る。

「苦しい、苦しい、苦しい！」

寂として居る。蟋蟀は同じやさしいさびしい調子で鳴いて居る。満洲の広漠たる野には、遅い月が昇ったと見えて、あたりが明るくなって、硝子窓の外は既に其の光を受けて居た。

叫喚、悲鳴、絶望、渠は室の中をのたうち廻った。軍服の釦鈕《ボタン》は外れ、胸の辺は掻むしられ、軍帽は頷紐《あご》をかけたまま押潰され、顔から頬に懸けては、嘔吐した汚物が一面に附着した。

突然明らかな光線が室に射したと思うと、扉の所に、西洋蠟燭を持った一人の男の姿が浮彫のように顕われた。其の顔だ。肥った口髭のある酒保の顔だ。けれども其の顔には莞爾したさっきの愛嬌は無く、真面目な蒼い暗い色が上って居た。黙って室の中に入って来たが、其処に唸って転がって居る病兵を蠟燭で照らした。病兵の顔は蒼褪めて、死人のように見えた。嘔吐した汚物が其処に散らばって居た。

「何うした？　病気か。」

「ああ苦しい、苦しい……」

と烈しく叫んで輾転した。

酒保の男は手を付け兼ねてしばし立って見て居たが、其の儘、蠟燭の蠟を垂らして、卓の上にそれを立てて、そそくさと扉の外へ出て行った。蠟燭の光で室は昼のように明るくなった。隅に置いた自分の背嚢と銃とがかれの眼に入った。

蠟燭の火がちらちらする。蠟が涙のようにだらだら流れる。

暫くして先の酒保の男は一人の兵士を伴って入って来た。この向うの家屋に寝て居た行軍中の兵士を起して来たのだ。兵士は病兵の顔と四方のさまとを見廻したが、今度は肩章を仔細に検した。

二人の対話が明らかに病兵の耳に入る。

「十八連隊の兵だナ。」

「左様ですか。」

「いつから此処に来てるんだ?」

「少しも知らんかったです。いつから来たんですか。私は十時頃ぐっすり寝込んだんですが、ふと目を覚ますと、唸声がする。苦しい苦しいという声がする。何うしたんだろう、奥には誰も居ぬ筈だがと思って、不審にして暫く聞いて居たです。すると、其の叫声は愈々高くなりますし、誰か来て呉れ! と言う声が聞えますから、来て見たんです。脚気ですナ。脚気衝心ですナ。」

「衝心?」

「とても助からんですナ。」

「それァ、気の毒だ。兵站部に軍医が居るだろう?」

「居ますがナ……こんな遅く、来て呉れやしませんよ。」

「何時だ。」

自から時計を出して見て、「道理《もっとも》だ」という顔をして、そのまま隠袋《ポケット》に収めた。

「何時です?」

「二時十五分。」

二人は黙って立って居る。

苦痛が又押寄せて来た。唸声、叫声が堪え難い悲鳴に続く。

「気の毒だナ。」

「本当に可哀相です。何処の者でしょう。」

兵士がかれの隠袋を探った。軍隊手帖を引出すのが解る。かれの眼には其の兵士の黒く逞しい顔と軍隊手帖を読む為に卓上の蠟燭に近く歩み寄ったさまが映った。三河国渥美郡福江村加藤平作……と読む声が続いて聞えた。故郷のさまが今一度其の眼前に浮ぶ。母の顔、妻の顔、欅で囲んだ大きな家屋、裏から続いた滑かな磯、碧い海、馴染の漁夫の顔……。

二人は黙って立って居る。その顔は蒼く暗い。おりおり其の身に対する同情の言葉が交される。彼は既に死を明かに自覚して居た。けれどそれが別段苦しくも悲しくも感じない。二人の問題にして居るのはかれ自身のことではなくて、他に物体があるように思われる。唯、此の苦痛、堪え難い此の苦痛から脱れ度いと思った。

蠟燭がちらちらする。蟋蟀が同じくさびしく鳴いて居る。

黎明に兵站部の軍医が来た。けれど其の一時間前に、渠は既に死んで居た。一番の汽車が開路開路の懸声と共に、鞍山站に向って発車した頃は、その残月が薄く白けて淋しく空に懸って居た。

暫くして砲声が盛に聞え出した。九月一日の遼陽攻撃は始まった。

河沙魚

林芙美子

空は暗く曇って、囂々《ごうごう》と風が吹いていた。水の上には菱波が立っていた。いつもは、靄の立ちこめているような葦の繁みも、からりと乾いて風に吹き荒れていた。ほんの少し、堤の上が明るんでいるなかで、茄子色の水の風だけは冷たかった。千穂子は釜の下を焚きつけて、遅い与平を迎えかたがた、河辺まで行ってみた。——どんなに考えたところで解決もつきそうにはなかったけれども、それかと云って、子供を抱えて死ぬには、世間に対してぶざまであったし、自分一人で死ぬのは安いことではあったけれども、まだ籍もなく産院に放っておかれている子供が、不憫でもあった。

吹く風は荒れ狂い、息が塞りそうであった。菱波立っている水の上には、大きい星が出ていた。河へ降りてゆく凸凹の石道には、両側の雑草が叩きつけられている。岸辺へ出ると、いつもは濡れてぬるぬるしている板橋も乾いて、ぴよぴよと風に軋んでいた。

窓ガラスのように、堤ぎわの空あかりが、茜色に棚引き光っていた。小さい板橋を渡って、昏い水の上を透かしてみると、与平が水の中に胸にまでつかって向うをむいていた。

「おじいちゃん！」

風で声がとどかないのか、渦を巻いているような水のなかで、与平は黙然と向うを向いたままでいる。口もとに手をやって乗り出すような恰好で千穂子がもう一度、大きい声で呼んだ。ずうんと水に響くような声で、おおうと、与平がゆっくりこっちを振り返った。

「もうご飯だよッ」

「うん……」

「どうしたンだね、水の中へはいってさ。冷えちまうじゃないかね……」

与平はさからう水を押しわけるようにして、左右に大きく軀をゆすぶりながら、水ぎわに歩いて来た。棚引いていた茜色の光りは沈み、与平の顔がただ、黒い獣のように見える。なまぐさい藻の匂いがする。近間で水鳥が鳴いている。与平が水のなかに這入りこんでいたのが、千穂子には何となく不安な気持ちだった。

「風邪をひくだアよ。おじいちゃん。無茶なことしないでね……」

「網を逃がしてしまったで、探しとったのさ」

「ふン、でも、まだ寒いのに、無理するでないよ……」

「うん、──まつは起きてるのかえ？」

「起きてなさる」

「ふうん……えらい風だぞ、夜は風になるな」

ずぶ濡れになったまま、与平はがっしりした軀つきで千穂子の前を歩いて行く。腿のあたりに、濡れたずぼんがからみついていた。裏口の生垣に咲いているこでまりの白い花の泡が、洗濯物のように、風に吹かれていた。千穂子は走って、台所へ行き、釜の下をのぞいた。火が燃えきっていた。あわてて松葉と薪をくべると、ひどい煙の中から炎がまいたって、土間の自転車の金具が炎で赤く光った。千穂子は納戸から、与平のシャツと着物を取って来た。濡れたものをすっかり土間へぬぎすてて、裸で釜の前に来た与平はまるで若い男のような軀つきである。千穂子は炎に反射している与平の裸を見て、誰にともなく恥ずかしい思いだった。

「おじいちゃん、風邪ひくで……」

「うん、気持ちがいいンだよ」

与平は乾いた手拭で、胸から臍へかけてゆっくりこすった。千穂子がかたづく以前から飼っている白猫が、のっそりと与平の足もとにたたずんでいる。小さい炉では、鍋から汁が煮えこぼれていた。与平はシャツを着て、着物を肩に羽織ると、炉端に上って安坐を組んで煙草を吸った。人が変ったように千穂子が今朝戻って来てからと云うもの、むっつりしている。――今日は戻って来るか、明日は戻って来るかと隆吉《りゅうきち》を待つ思いでいながら、いつの間にか半年はたったのだが、隣町の安造《やすぞう》も四日ほど前に戻って来たと云う話を聞いた。すべては与平と相談の上で、何もかも打ちあけて隆吉に許しを乞うより道はないと、二人の話はきまっているのではあったけれども、与平が何となく重苦しくなっているのを見ると、千穂子はいてもたってもいられない、腫れものにさわるような気持ちだった。千穂子は今は一日が長くて、住み辛かった。姑の膳をつくって奥へ持って行くと、姑のまつは薄目を明けたまま眠っていた。枕もとへ膳を置き、「おかあさん、ご飯だよ」と呼んでみたけれど、すやすや眠っている。千穂子はかえってほっとして、そこへ膳を置き、炉端へ戻って来た。

「よく眠ってる……」

「うん、そうか、気分がいいんだろ……」

「おじいちゃん、そこに酒ついてますよ」

炉の隅の煉瓦の上に、酒のはいった小さい土瓶が置いてある。与平は、汚れたコップを取って波々と濁酒をついで飲んだ。千穂子は油菜のおひたしと、汁を大椀に盛ってやりながら、さっき、水の中へはいっていた与平のこころもちを考えていた。死ぬ気持ちであんな事をしていたのではないかと思えた。そんな風に考えて来ると涙が溢れて来るのである。ざあと雨のような風の音がしている。もう、この風で、最後の桜の花も散ってしまうであろう。千穂子は猫にも汁飯を少しよそって、あがりっぱなに丼を置いてやった。

「伊藤とか云う人の話はまだきまらねえのか……」

小さい声で、与平がたずねた。千穂子は不意だったので、吃驚したように与平の顔を見た。いままでも、小柄で痩せていた千穂子ではあったけれども、子供を産んでしまうと、なおさら小さくなったようで、与平は始めて、薄暗い燈火の下で千穂子の方を見た。伊藤と云うのは、千葉の者で、千穂子の子供を貰ってもいいと云ってくれる人であったが、産婆の話によると、もう少し、器量のいい赤ん坊を貰いたいと云う事で、話が沙汰やみのようになっているのであった。千穂子の赤ん坊は月足らずで生れたせいか、小さい上にまるで、猿のような顔をしていて、赤黒い肌の色が、普通の赤ん坊とは違っていた。赤ん坊は生れるとすぐ蟹糞をするのだけれど、まるでその蟹糞色のようなどす黒い肌であった。――藁の上から、親切な貰い手があれば一番いいのである。産み月近くには、二人ばかり貰い手の口もあったのだけれど、いざ生れて、猿っこのような赤ん坊を見せられると、二人の貰い手は、もっと器量のいい子供をと云うことになったのであろう。千穂子は日がたつにつれ気持ちが焦って来た。このまま誰も貰い手がないとなると、与平との相談も、もう一度しなおさなくてはならないのだ。与平も、赤ん坊の片づく話を待っていたのだけれども、千穂子の顔色で、うまく話が乗ってゆかなかったと云うことをさとっていた。

「伊藤さんも、このごろ、少し、気が変って男の子がいいと云うのさ……」

私の子供は器量が悪いから駄目だったのだとは云いづらかった。乳もよく出るのではあったけれども、どうせ手放す子供なら、早くした方がいいと云うので、生れるとすぐ乳は放してしまった。そのせいか、小さい軀は皺だらけで、痩せた握りこぶしをふりあげている恰好は哀れで見ていられなかった。親指を内側にして、しっかり握りこぶしをつくっているので、湯をつかわせる時には、握りこぶしのなかに、抉ぐそのような汚れたものをつかんでいた。

「やっぱり、金でもつけねえと駄目か……」

千穂子はふっと涙が突きあげて来た。腰の手拭で眼をこすった。

隆吉が兵隊に行って四年になる。千穂子との間に、太郎と光吉と云う子供があった。あとに残った千穂子は、隆吉の父親の与平の家に引きとられて暮すようになり、骨身をおしまず千穂子は百姓仕事を手伝っていた。そのままでゆけば何でもないのであったけれど……。千穂子は臆病であったために、ふっとした肉体の誘惑を避けることが出来なかったのだ……。一度、軀を濡らしてしまえば、あとは、その関係を断ち切る勇気がなかった。若い女にとって、良人《おっと》を待つ四年の月日と云うものはあまりに長いのである。良人の父親と醜いちぎりを結ぶにいたっては、獣にもひとしいと云う事は、いくら無智な女でも知っているはずであるのに……。田舎の実科女学校まで出た千穂子が、こうしたあやまちを犯し、あまつさえ、父との間に女の子供を生んでしまったと云うことは哀しい運命に違いない。子供がまだ腹にあるうちに終戦になった。復員の兵隊を見るたびに、千穂子も与平も罪のむくいを感じないではいられなかった。姑のまつは中風症で、もう五年ばかりも寝たきりである。家のものの眼を怖れる事はなかったけれども、千穂子は、ぶざまな姿で良人に会う事が身を切られるように辛かった。世の妻たちは、一日も早く良人の復りの早いのを祈っていると云うのに……、千穂子は、一日も遅く良人が帰って来ることを祈っていた。早く身二つになってから、良人の前に罪を詫びたいと思ったのだ。――妙なことには、遠きもの日々にうとしで、日夜、一緒に暮している与平へ対する愛情の方が、いまでは色濃いものとなっているだけに、千穂子はその情愛に悩むのである。隆吉の姿がいまではぼやけてしまって、風船のように、虚空に飛んでしまっている。――与平も千穂子も寅年であった。二匹の雌雄の虎がううと唸りながら、一つ檻のなかで荒れ狂っているような思い出が、千穂子の軀を熱く煮えたぎらせた。若い男とささやきあうような口先で、秘密をつくるようなことはしなかった……。ただ、偶然に、讐敵に会ったような、寅年の二人の肉体が呼びあったのだ。田の字づくりの四部屋ばかりの家で、北の一部は板の間の台所。台所の次は納戸で、ここには千穂子達の荷物が置いてあった。東の六畳に始め、千穂子たちは寝ていたのだけれども、朝晩の寝床のあげおろしに時間がとれるので、いつの間にか、千穂子達は万年床のままで置くにふさわしい、与平達の六畳の寝床を使うようになっていた。高い窓が一つあるきりで、その窓ガラスも茶色にくもってまるきり戸外は見えないまでに汚れてしまっている。襖をたてると昼間でも黄昏のように暗い部屋だった。押入れのはめこみの中の仏壇の前に、姑のまつが寝たっきりであった。その次に与平の寝床、真中は子供二人の寝床。それでもう狭い部屋はいっぱいになってしまう。夏も冬も、千穂子は子供達の後から寝床へはいりこんで眠った。七ツになる太郎は、時々、朝、大きい声で、「おじいちゃん、昨夜、おれの寝床へはいりこんで来たよ。寝ぞう悪いンだなあ……」と笑った。四ツになる光吉も片言で、「おじいちゃん、怖い夢みたのかい?」と聞いている。千穂子は子供の前に赧《あか》くなった。与平はぷつっとして子供からそっぽを向いた。——与平も苦しまないはずはないのだ。毎晩、どんな工面をしても酒を飲むようになっていた。だけど、酒を飲むと人が変ったように与平は感傷的になり、だらしなくなっていた。酒に酔って帰った与平に対して、千穂子が怒ってぷりぷりしていると、頻りに頭をこすりつけてあやまるのだ。深酒をした夜など与平の気持ちは乱れて、かっと眼を開いているまつの前でも与平は千穂子に泣くようにしてあやまるのである。与平にとっては、嫁の千穂子が不憫で可愛くて仕方がないのであった。隆吉に別れている淋しさが、千穂子との間にだけは、自分の淋しさと同じように通じあった。千穂子も淋しくて仕方がないのだと、まるで、自分の娘を可愛がるようなしぐさで、千穂子の背中をさすり、子守唄を歌って慰めてやりたくなるのである。その可愛さがだんだん太々しくなり、しまいには食い殺してしまいたい気持ちになるのも酒の沙汰だけとは云えないのだ……。器量のいい女ではなかったけれども、餅のようにしんなりした肌をしていた。よく光る眼をしていた。眉は薄く、顔つきもまんまるだったが、茶色の眼だけは美しかった。髪も赤っ毛で縮れていた。K町の実科女学校に行っている頃、与平は千穂子にたびたび道で出逢った。ちっとも目立たない娘であった。そうした無関心でいた娘が、隆吉の嫁になって来てから、今日に到るまでの事を考えると、与平は偶然な運命と云うものを妙なものだと思った。深酒に酔って、しばらくごうごうといびきをたてて眠ると、夜中になって、与平は本能的に何かを求めた。暗がりの中で、まつが眼を覚ましていようといまいと、与平はかまっていられないのだ。考える事と、行動力は別々であった。皮膚を一皮むいてしまいたいような熱っぽい感じなのである。一日一日罪を贖ってゆく感じだった。夜になると、千穂子へ対する哀れさ不憫さの愛が頂点に達してゆくのだった。昼間、決断力が強くなっている日ほど、夜になると、不逞きわまる与平の想像がせきを切って流れて行った。相手が動物になってしまうと、もう、与平にとって、哀れでも不憫でもなくなる。意識はひどくさえざえとして来て、自分で自分がしまいには不愉快になって来るのだ。自分の寝床へ戻って来ると、息子へ対してしみじみと自責の念が湧き、千穂子と云う女が厭になって来るのであった。千穂子に限らず、あらゆる人間が厭になって来るのであった。その厭だと思う気持ちが、前よりもいっそう人づきあいの悪い老人になり、千穂子が荒川区のある産院に子供を産みに行ってからは、与平は釣りばかりして暮していた。釣りをしている時だけが愉しみであった。与平だけでは二人の子供のめんどうは見られないので、千穂子は与平に頼んで、葛飾にある、自分の実家の方に二人の子供をあずけた。母と姉とが、このごろ野菜の闇屋になって暮していた。姉の富佐子は、結婚していたけれど、良人が日華事変の当時出征して戦死してからと云うもの、勝気で男まさりなところから、子供のないままに、野菜荷をかついで東京の町々へ売りに行って、いまでは小金も少しは貯め込んでいた。野菜がない時は、静岡まで蜜柑を買いに行ったり、信州までリンゴを買いに行ったりした。終戦になってからも、ずっと商売はつづけていた。男の運び屋のように、たくさんの荷を背負っては来なかったが、リンゴも三度に一度は取りあげられると、浮ぶ瀬がないので、味噌とか、ゴマのようなものを混ぜて買って来ては、結構利潤がのぼっていた。

富佐子は久しく、千穂子に逢う事がないので階川の家の様子も判らなかったけれども、母親の梅は、様子の変って来ている千穂子と与平の関係をそれとなく感じている様子だった。与平が怒りっぽい男なので、ただ、そんな話にふれる事をさけているきりであったが、心のうちでは、梅は娘の身の上をひどく案じていた。

千穂子は女の子を産んだ。

肉親の誰一人にも診てもらうでもなく、辛い難産であった。太郎や光吉の時も、このような苦しみようはしなかったと思うほどな辛さであった。――階川の家には、隆吉と与平の自転車が二台あったのを、与平は自分のを売って金に替えて、千穂子に持たせた。土地もない小百姓だったので、現金も案外持ってはいなかったし、与平にとっては、自分の貯えの中から、お産の金を出すと云う事は、隆吉に顔むけならない気持ちで、自分の自転車は盗まれた事にすればよいと思っていたのだ。

女の子供が生れたと聞いても、与平は別にうれしくもなかった。隆吉の下に霜江《しもえ》と云う娘があったけれど、十一の時に肺炎で死なせてしまった。いま生きていれば、二十三の娘ざかりである。

与平は仄々といい気持ちに酔って来た。やがて隆吉が戻って来るという事が少しも不安でなくなり、慰めでさえあるような気がした。早く逢いたいと思った。ラジオで聞く、リバテイ型という船に乗っている、兵隊姿の隆吉のおもかげが浮んで来た。千穂子との、狂った生活も、いまではすっかり落ちつくところへ落ちついている……。だが、何事もひしかくしにして済まされるものではあるまいと思っていた。そう思って来ると、与平はずしんと水底に落ちこむような孤独な気持ちになって来た。酒のせいか、さっきほど、思いつめた気持ちにはなれなかったが、もう少し、呼んでくれる千穂子の声がしなかったら、あの風の中に、河へはいったまま与平はそのまま網と共に、自分も流される気でいたのだ。

水の中へ少しずつはいってゆくと、寒さもかえって判らなかったし、水の上は菱波立っていながら、水の底は森々とゆるく流れてなまぬるかった。くいなのような鳥の声が、ぎゃあと遠くに聞えているのも耳についていた。与平は一歩ずつゆるく川底にはいってゆきながら、眼をすえて水の上を眺めていた。石油色のすさびた水の色が、黄昏のなかに少しずつ色を暗く染めていった。水しぶきが冷たかった。そのくせ、河明りの反射が、まるで秋のようにさえざえしていた。

「どの位、金をつけりゃいいのだえ?」

与平が引っこんだ眼をぎょろりと光らせた。さて、いくらつけたらよいかと問われて、千穂子は、このごろの物価高の相場を吊りあわせる金銭の高が云えなかった。こうした不幸な子供の貰い手には、金が目当てで、筋のよい子なら、一万円もつけるのもあるだろうけれど、普通に云っても、千円や、二千円はつけなければならないのだ。

「新聞に出してもらったか？」

「ええ、一度出してもらったンですけど、てんからないンですよ。虫眼鏡でみるような広告が、新しい新聞で八拾円なンですものね」

千穂子は心のうちで、もう一度、伊藤さんに頼んでみようと思った。心は焦りながら、そのくせ、一日しのぎで、千穂子は上の男の子達よりも不憫がまして来ているのである。貰われてゆけばすぐ死にそうな気がした。自分の勝手さだけで、子供をなくしたくない執着が強くなり、今朝、産院を出て来たばかりだのに、さっきから、赤ん坊の事が気にかかって仕方がないのだ。千穂子のもう一つの考えの中では、姉に打ちあけて、姉の子供にしてもらいたかった。

「いいンだよ。私が勝手に何とか片をつけるもン、おじいちゃんは心配せんでもいいのよ……」

与平はコップを持っていた手を中途でとめて、じっと宙を見ていた。大きい耳がたれさがって老いを示していたが、まだ、狭い額には若々しい艶があった。白毛まじりの太い眉の下に、小さい引っこんだ眼が赤くただれていた。

「何とかなるで……金の工面をした方がよかろう？」

「うん、だけど、これ、私の考えだけどねえ、私、姉さんに話してみようかと思うンだけど、どうでしょう……。そして、隆吉さんが戻って来る前に、私、女中でも何でもして働きに出ようと思ってるンだけど……」

「ふン、太郎と光吉はどうするンだえ?」

太郎と光吉の事を云われると、千穂子はどうにも返事が出来ないのだ。新しい嫁を貰ってもらうわけにはゆかないものだろうかと、千穂子は心の底で思うのだった。血腥いことにならなければよいがと云う気持ちと一緒に、隆吉が思いきりよく、新しい嫁を選んでくれればいいと云った様々な思いが、千穂子の頭の中を焙るように弾ぜているのだ。

隆吉からは同情的な施しを受けてはならないと思った。殴るか、蹴るか、どんなにひどい仕打ちをされてもかまわないと思うのである。自分と云う性根のない女を、思いきり虐《さい》なんでもらわなければならないような気がした。そのくせ、千穂子は与平を憎悪する気持ちにはなれなかった。俎板の上で首を切られても、胴体だけはぴくぴく動いている河沙魚のような、明瞭りとした、動物的な感覚だけが、千穂子の脊筋をみみずのように動いているのだ。

風が弱まり、トタン屋根を打つ雨の音がした。なまあたたかい晩春の夜風が、どこからともなく吹き込む。麦ばかりのような黒い飯をよそって、千穂子は濁酒を飲んでいる与平のそばで、ぼそぼそと食べはじめた。

風のむきで河の音がきこえる。与平は、空になったコップを膳の上に置いて、ぽつねんと、丼をなめている猫を見ていた。

「おじいちゃん、私、ご飯を食べたからかえりますよ」

「うん……」

「変な気をおこさないで下さいよ。おじいちゃんがそんな気を起すと、私だって、じっとしてはいられないもの……」

与平は眼をしょぼしょぼさせていた。薄暗い電気の光りをねらって、かげろうのような長い脚の虫が飛びまわっている。――与平が五十七、千穂子が三十三であったが、お互いは、まるで、無心な子供に近い運命しか感じてはいないのだろう……。二人とも、ただ、隆吉だけを怖ろしいと思うだけである。そのくせ、隆吉に対する二人の愛情は信仰に近いほど清らかなものであった。

まつが、起きたような気配だったので、千穂子は箸を置いて奥の間へ行った。暗い電気の下で、ぶるぶる震える手つきで、飯をぽろぽろこぼしながらまつは食事をしていた。

「おかあさん、起きたの知らなかったンだよ」

甲斐甲斐しく膳を引きよせて、千穂子は姑の口へ子供へするように飯を食べさせてやった。――隆吉は、千穂子より一つ下で世間で云う姉女房であったが、千穂子は小柄なせいか、年よりは若く見えた。実科女学校を出ると、京成電車の柴又の駅で二年ばかり切符売りをしたりした事もある。隆吉にかたづく二十五の年まで浮いた事もなく、年をとっても、てんから子供のようななりふりでいた。

隆吉との夫婦仲は良かった。隆吉は京成電車の車掌をしていたが、それも二三年位のもので、あとはずっと、与平に手伝って、百姓をしたり、土地売買のブロオカアのような事をして暮していた。中学を中途でやめた、気性の荒い男だったが、さっぱりした人好きのされる性質で、千穂子よりは二つ三つ老けて見えた。背の高い、ひょろひょろしているところが、弱そうに見えたけれど、芯は丈夫で、歩兵にはもって来いだと云う人もあった。

千穂子は、その夜泊った。

翌る日、千穂子が眼をさますと、もう与平は起きていた。うらうらとした上天気で、棚引くような霞がかかり、堤の青草は昨夜の雨で眼に沁みるばかり鮮かであった。よしきりが鳴いていた。炉端の雨戸も開け放されて気持ちのいいそよ風が吹き流れていた。

与平は炉端に安坐を組んで銭勘定をしていた。いままで、かつて、そうしたところを見たこともなかっただけに、千穂子は吃驚して、黙って台所へ降りて行った。

「おい……」

与平が呼んだ。千穂子が振り返ると、与平はむっつりしたまま札を数えながら、

「今日、これだけ持って行って、よく、頼んでみな……」

藷《いも》を売ったり、玉子の仲買いをしたり、川魚を売ったりして、少しずつ新円を貯めていたのであろ

う、子供が幼稚園にさげてゆく弁当入れのバスケットに、まだ五六百円の新円がはいっていた。

「千円で何とかならねえか、産婆さんに聞いてみな……貧乏なンだから、これより出せねって云えば、どうにかしてくれねえものでもねえぞ……」

「ええ、これから行って、よく相談します」

千穂子は髪ふりみだしたまま、泣きそうな顔をして、モンペの紐で鼻水を拭いた。涙が出て仕方がなかった。中国にいる隆吉のかえりも、もう間近であろうと云う風評である。千穂子は、産院へ戻る前に、姉の富佐子に打明けて相談をしてみたかった。どうせ、あんな赤ん坊に貰い手はないとあきらめるより仕方がないのだ……。犬猫を貰ってもらうように簡単な訳にはゆかない。器量のいい赤ん坊でなかった事が不幸ではあったけれど、千穂子自身は、生れた赤ん坊に、一ヶ月近くもなじんで来ると、器量なぞのよしあしなぞ親の慾目で考える事も出来なかった。ただ、不憫がますばかりだったし、与平に一眼だけ見せたくてたまらなかった。どこかへ貰われてゆく前に、一眼だけ、与平に見せて抱いてもらいたかったのだ。

千穂子は台所へ降りて、竈に火をつけて、すいとんをつくった。裏口へ出ると、米をまいたように、こでまりの花が散り、つつじの赤い花がむらがって開いていた。霞立ったような河の水が、あさぎ色にあたたかく明るんで、堤防の下を行く子供達の賑やかな声がした。千穂子は、太郎たちの事を思い、切なかった。家を飛び出す事も出来なければ、死ぬのも出来ないのも、みんな子供達のためだと思うと、千穂子はどうしようもないのである。頭が混乱してくると、千穂子は、軽い脳貧血のようなめまいを感じた。

食糧を風呂敷包みにして、千円の金を持って千穂子は産院に戻って来たが、赤ん坊はひどい下痢をしていた。産婆の話によると伊藤さんは他から、器量のいい二つになる赤ん坊を貰ったと云う事であった。千穂子はがっかりしてしまった。産院に千円の金をあずけて、三日目にまた与平のところへ相談に戻って来たが、与平はひどく機嫌をそこねて、いっとき口も利かなかった。

「これは運だから仕様がないけど、当分、貰い手がつくまで、あずかってもらっておこうと思うンだけど、一度、おじいちゃんにも聞いてみようと思って……私だって、ただ、ぶらぶらしてるンじゃないンですよ。困っちゃったンだもン」

「昨夜、富佐子が来て、太郎たち引取ってもらいてえと云って来たよ」

「あら、そうですか……もう二ヶ月以上にもなりますからねえ……男の子は手がかかるしねえ」

与平は筍を仕入れて来たと云って、これから野菜と一緒にリヤカアで、東京の闇市へ売りに行くのだと支度をしていた。

「おい、隆吉が戻って来たぞ……」

ぽつんと与平が云った。

千穂子ははっとして眼をみはった。

「手紙が来たの？」

「うん、佐世保から電報が来た」

与平はもう一日しのぎな生活だったのだ。千穂子は気が抜けたような恰好で、縁側に腰をかけた。表口へ出る往来添いの広場に、石材が山のように積んである。千葉県北葛飾郡八木郷村村有石材置場と云う大きい新しい木札が立てられた。千穂子は腰かけたなり、その木札の文字を何度も読みかえしていた。その墨の文字が、虫のように大きくなったり縮んだりして来る。長閑《のどか》によしきりが鳴いている。

「おじいちゃん。隆さん、いつ戻るの？」

「明日あたり着くンだろう……」

色の黒い商人風な男が、玉子はないかと聞きに来た。与平は顔なじみと見えて、部屋から玉子の籠を出して来ると、玉子を陽に透かしては三十箇ばかり相手の籠に入れてやった。男は釣銭はいらないと云って、百円札を置いて行った。その男の後姿を見て、千穂子は何と云う事もなくぞっとするようなものを感じた。死神とはあんなものではないかと思えた。片耳が花の芯のように小さく縮まってしまって、耳たぶがなかったのだ。

「ああ、気持ちの悪い男だね……」

千穂子は立って行って、しばらく男の後姿を眺めていた。与平はやがて支度が出来たのか、隆吉の自転車にリヤカアをくくりつけて、「夜にゃア戻って来る」と云って出掛けて行った。

千穂子は与平が出て行くと、裏口へまわって、奥の間へ上った。まつは、不恰好な姿で、這うようにしておまるをかたづけていた。

「おしっこですか？」

もう用を足したと見えて、まつはものうそうに首を振っている。痩せて骨と皮になっていたけれど、まだまだ生命力のあると云った芯の強そうな様子があった。

「おばあちゃん、隆吉さんが戻って来ますよッ」

千穂子がまつの耳もとでささやくと、表情の動かないまつは、じいっと千穂子の眼をみつめていた。千穂子はみつめられて厭な気持ちだった。隆吉が戻って来れば、もう、いっぺんにこの静かな河添いの生活から切り離されてしまうのだと淋しかった。千穂子はたまらなくなって裏口へ出て行った。半晴半曇の柔い晩春の昼の陽が河の上に光りを反射させている。水ぎわに降りて行った。もう、追いつめられてしまって、どうにもならない気持ちだった。「死ぬッ」千穂子は独りごとを云った。死ねもしないくせに、こころがそんな事を云うのだ。肉体は死なないと云う自信がありながら、弱まった心だけは、駄々をこねているみたいに、「死ぬッ」と叫んでいる。

四囲《あたり》は仄々と明るくて、どこの畑の麦も青々とのびていた。

苔でぬるぬるした板橋の上に立って、千穂子は流れてゆく水の上を見つめた。藁屑が流れてゆく。

いつ見ても水の上は飽きなかった。この江戸川の流れはどこからこんなに水をたたえて漫々と流れているのだろうと思うのだ。——薄青い色の水が、こまかな小波をたてて、ちゃぷちゃぷと岸の泥をひたしている。広い水の上に、尾の青い鳥が流れを叩くようにすれすれに飛び交っていた。後の堤の上を、自転車が一台走って行った。千穂子はさっきの、耳のない男の後姿をふっと思い出している。

どうしても、死ぬ気にはなれないのが苦しかった。本当に死にたくはないのだ。死にたくないと思うとまた悲しくなって来て、千穂子はモンペの紐でじいっと眼をおさえた。全速力で何とかしてこの苦しみから抜けて行きたいのだ……。明日は隆吉が戻って来る。嬉しくないはずはない。久しぶりに白い前歯の突き出た隆吉の顔が見られるのだ。いまになってみれば与平との仲が、どうしてこんな事になってしまったのか分らない……。自然にこんな風にもつれてしまって、不憫な赤ん坊が出来てしまったのだ。——長い事、橋の上に蹲踞《しゃが》んでいたせいか、ふくらっぱぎがしびれて来た。千穂子は泥の岸へぴょいと飛び降りると、草むらにはいりこんで誰かにおじぎをしているような恰好で小用を足した。いい気持ちであった。

歌姫

火野葦平

「沖縄も変ったもんだねえ」

「ずいぶん変りましたよ、びっくりなさったでしょう」

ためいきをつくようないいかただった。お栄さんは茶を入れて、欄干の閾《しきい》に腰かけて外を見ている私のところへ持って来た。以前に来たときとはちがって、お栄さんもいっぺんに年をとったような老けかた、老けかたというよりもきたなくなっている。下ぶくれの丸顔で人をそらさぬ愛嬌があり、那覇でもっとも古い旅館である蓬萊館の名物女中だった面影はそのままだが、妙に身だしなみがわるく、いわば着物にも化粧にも投げやりで、煤けた感じさえしていた。まだ三十を越したばかりだろうに、薹《とう》のたった大年増に見える。

「お一人ですの？」

「いや、軍の参謀と一緒だ。今朝暗いうちにマニラを発ったんだよ」

「おう、危いこと、敵機には出会わなかったんですか」

「どうにかな」

「その参謀の方はホテルの方でしょう」

「うん、……あのホテルはいつできたんだね」

「去年ですわ。ほかにもたくさん宿屋ができました。あなたがおいでになったころは、この蓬莱館だけだったのね。町の様子もすっかり変ってしまったでしょう。まるで戦場よ。あのころの静けさを思いだすと、まるきり嘘みたいで、世の中が別みたいな気がしますよ、たった四年だのに……」

お栄さんのいうとおりだった。私は飛行場から宿に来る間に見た那覇のあまりの変りように、そぞろ感慨を禁じ得ないのである。日本花綵《かさい》列島の南端に鏤められた詩と情緒の国、夢の島、珊瑚礁と蛇皮線《じゃびせん》と紅型《びんがた》の陶酔地、南国の情熱を胸に秘めた乙女の恋の桃源郷、——これは観光局の宣伝文句であるが、いまはそういう昔日の様相はことごとく那覇から消えうせて、あの戦争の荒々しく埃っぽい喧噪のみが、末期の不安を塗りこめて、この夢の町の表情をくずしてしまっているのだった。

飛行機のうえから見たとき、幻燈のあざやかさで屈曲の多い島をつつむ珊瑚礁の色は昔のままであったが、山や谷や崖や、丘陵のいたるところに菊石《あばた》のように穴倉が掘られ、大砲の据えつけられているのがみとめられた。昭和十九年九月半、私は惨憺たる印度作戦からの帰り、台北から福岡雁ノ巣に飛ぶ筈だったところ、エンジンの不調のため那覇で一泊することになった。思いがけず那覇の最後の姿を見る結果になったわけである。そうして、それには妙な事件がからまって、いろいろな意味で私にとっては忘れがたい、しかしどうにも割りきれぬ、ほろ苦い後味を残すことになったのである。その葉がひろくて暗いために恋人たちのあいびきの場所とされた阿旦《あだん》の木や、榕樹《がじゅまる》の並木の下には、鉄兜、着剣鉄砲いかめしい歩哨が立ち、軍用トラックが砂塵をまいて走りまわり、由緒ある亀甲式、掘抜式、搏風式などの墓地のなかには、弾薬が集積されていた。荷揚げされたばかりの海軍加農砲が汗にまみれた兵隊たちの手で、阿旦のある赤禿の高地へ引きずりあげられていた。どこか内地の要塞砲をはずして来たものらしかった。

蓬莱館に来て、お栄さんに会ったときはなつかしかった。裏二階の角になるこの部屋はやはり前に来たときに泊った部屋だった。港からみちびきこまれた運河が裏を流れ、宿のすぐ先で行きどまりになっている。もとは漁船の入江、魚揚げ場だったのだが、周囲に敵潜水艦が出没する現在では漁師はほとんど転業してしまったということで、使用されていない。潮の引いたあとは腐った黒い泥がねっとりと鈍く光り、ぶつぶつとメタン瓦斯のふいている間を、爪の紅い平べたい蟹や禿げちょろ鼠がもの憂げに歩いている。対岸には輜重車《しちょうしゃ》がならび、駄馬が米俵をはこんでいる。頭上にはうるさく爆音が絶えない。空はどんより曇っている。遠くで砲声がしているのは、どこかで試射でもおこなわれているのであろう。琉球が戦場となる日の近いことが、あわただしい騒音のなかに不気味なきざしを示していた。

「サトちゃんがいますよ」

お栄さんの言葉で、私はふとどぎまぎと顔を赤らめた。ちょうどそれを考えていたときで、気になりながらこちらから聞くのもなにかはばかられるものがあって、気が重っていたのだった。

「ほう」

いいだされれば気がねのいらぬ仲なので、私も正直にそれは逢いたいなという表情を見せた。

「電話かけてみましょう」

「あそこはあのままなのかね」

「いいえ、今半分以上、慰安所になっています。なにしろ一どきに兵隊さんがたくさん来なさったでしょう。それで兵站の方から強制命令です。この旅館も兵站旅館になっているんですよ。辻町は慰安所には持って来いですものね」

私は悲しくなって、

「サトちゃんのところもかね」

「三鶴楼はまだなっていません。でも近くなるんじゃないでしょうかね。まだ部隊は殖えるっていいますし、どうせね。……あそこの女たちはまた方々へつれて行かれて、そこの慰安所のつとめをしているんです。八重山までも行ったのがいます。……ちょっと待っていて下さい、連絡しますから」

軍人ばかりが泊るようになって、連絡などという言葉をおぼえたお栄さんは、なにか不意にあわてた様子で階段をかけくだっていった。

私が前に来たのは昭和十五年五月、すこし早い梅雨もよいの、雨の多い時だった。そのとき、沖縄日報の座安君から辻町へ案内された。辻は遊廓街だが、普通の料亭はほとんどないこの町では、会合も客の接待も廓でする模様だった。沖縄では辻遊廓は一種の社交場で、ここへ出入りすることはなんの道徳的制約もない。島内の教育者会議がおこなわれれば校長連中がここに泊り、中学校の同窓会、卒業祝いなども平気でおこなわれると聞いていた。私は新聞社から歓待されて、珍しい琉球料理に舌鼓を打ったが、そのときにはじめてサトと知ったのだった。玉城《たまぐすく》サトはもとより遊女で、宴会はサトの部屋でひらかれ、歌、蛇皮線、踊り、と琉球情緒ゆたかな、しかしやや退屈な番組がすすめられた後、泡盛にしたたか酔った私は、一人、サトの部屋に残されたのである。その日からうかうかと私は十日ほどを沖縄ですごしたのち帰国した。五日の予定が倍になったのは、琉球風物や民芸品に魅力を感じたのももとよりであるが、やはりサトに心惹かれたことがほんとうの理由だったであろう。私は一介の行きずりの旅人、女は朝に越客を送って夕には呉客を迎える遊女、金の取引で成り立つその場かぎりのつきあい故、別れればどちらもが忘れ去ってよいのである。そのときから一度も逢わないのであるから、サトは私のことなど忘れていたであろう。忘れていてくれた方がよいのである。私とて那覇に不時着しなければ、サトとのつながりなど消えていても、すこしも惜しくはないわけだ。ところが妙なめぐりあわせでまた逢えるかも知れないとなると、四年前のことがいろいろ思い出されて来て、胸が熱くなって来るのだった。

とんとんとかけ登って来たお栄さんが、

「よかったわ、サトちゃんいたわ。とても喜んで、すぐ来てもらって頂戴って。なにか、ぜひ話したいことがあるんですって。……ああ、よかった。あたしあわてたのよ。軍のえらい人が来ると、じき三鶴楼でなにか始まるのよ。ほかのところが慰安所になったんで、いつでも三鶴楼で。それに、サトちゃんきれいだもんやから、じき眼をつけられて……」

ふうふう呼吸《いき》をはずませて、お栄さんはべったりと尻を両足の間から畳につけた。

「すぐは行かれんなあ、ちょっとこれから参謀に会わねばならんことがある」

「時間かかりますの」

「いや、書類をわたすだけだから」

「そんなら、五時、いいでしょ、そう連絡しとくわ」

お栄さんが出て行くと、私は急いで図嚢から罫紙綴じをとりだした。矢立の筆をとって書きかけの文章をつづけた。印度作戦について率直な感想を聞かせて欲しいということだったので、途中飛行機のなかで書きかけていたものだ。この意見は多分忌諱《きい》にふれるにちがいない。僭上至極の沙汰と怒られるであろう。しかし自分は断罪を恐れないのである。そうしてこの作戦の現実にあらわれた悲しむべき状態が反省され、改革されるところがあれば、自分一身の成否など問うところでない。自分は祖国の勝利を切に願うものなるによって、かかる愚劣にして無謀な作戦が続行されることによって、由々しき結果を将来するにいたることをもっとも恐れる。……意見書の冒頭に私はそのことを書き、私が見聞した戦場の実相について、十三箇条の感想を述べて筆を擱《お》いた。敗北とは書けず、由々しき結果という言葉でごまかしたが、私は一つ一つ箇条をすすめて行きながら、涙がとまらなかった。封筒に厳封すると、それを持って旅館を出た。

ドラム缶を積んだトラックが走り、広場には戦車が四台置かれてあった。勝手はよくわかっているので、波ノ上神社の方へ行った。昔ならんでいた枯餅《きっぱん》屋や、壺屋、漆器屋、人形屋、泡盛屋、反物店などというものは一軒もなく、白けきった埃っぽい店先に下品な当世物が高い正札でならべられてある。いたるところに俄か旅館ができ、兵隊たちが町を歩きまわっている。もとはよく手入れが行きとどいて緑々していた榕樹の並木も灰をかぶったように白くよごれて、ぶら下った気根が枯れていた。その下に歩哨が立って、通行人をしらべている。所々に木馬寨《さい》が置かれ、有刺鉄線の鉄条網の張られている場所があった。方々で防空壕が掘られている。

おどろいたのは珊瑚座が兵営になっていることだった。琉球芝居の演じられていたこの劇場には兵隊が鮨づめになっていて、まるで厩のように荒れはてていた。実際一角は厩にでもなっているのか、馬の鼻を鳴らす音が聞え、入口には馬糞が散乱していた。

波ノ上神社の鳥居と、石段が見えた。神社のすこし手前の左側に、生々しいニス塗りの那覇ホテルがあった。案内を乞い、佐野参謀の部屋に通った。佐野少佐はまだ三十を出たばかりの大本営後方参謀で、すんなりしたやさ男、青白い顔に、神経質な細い眼をいつもしぱしぱさせている。部屋には四五人の将校がいて、ウイスキー宴たけなわだった。知っている顔もあった。佐野少佐は私の出した封筒をうなずいてだまって受けとると、内ポケットにしまい、

「今夜、君も参加しないか」

「なにごとですか」

「英気を養うんだ。君もビルマの垢を落したらいい」

「はあ、でも、今日は疲れましたから失礼しましょう。……明日は飛びますか」

「飛ぶ。朝九時だ。車を迎えにやるよ」

私はホテルを辞した。

香のにおう部屋にはいると、廊下の長椅子に腰をおろした。花のひらくような音をたてて顔をかがやかしたサトは、私の横に来て膝のうえに腰かけたが、身体をまわして私の首を腕につつんだ。広袖のなかにふかぶかと私はつつまれた。白い顔がちかづいて来て、サトの唇が私の唇にふれた。腕に力がはいり、私もこれに応じていた。長く強い接吻で私たちの四年間という時間の距離についての弁解もなにも必要でなくなっていた。

「逢いたかったわ」

私はこれを信じてよいであろうか。

「忘れてはいなかったのね」

露骨にうれしそうな顔をするサトは妖しい興奮のしかたをしていた。サトは四年前とすこしも変らず、むしろ若々しく見えた。細面のひきしまった白い顔に、秀でた鼻と黒眼勝ちの二皮目が目だち、くくれた二重顎はあどけなさと色っぽさとをまじりあわせて、濡れているやや受け口の唇を支えている。背が高く、指の長いのがすこし気になるのである。大きな蛇の目傘と柳と燕の模様のある紅型の広袖を着ている。琉球風の巻髪《カンプー》にして中央に簪をさし、前に結んだ帯のさきが、ふんわりと私の膝のうえにたれている。思いだせないが、なにかの南方の花のにおいが、絶えず豊麗なサトの身体からたちのぼっていた。

部屋も昔とすこしも変っていない。クバの木でこしらえられた、よく磨きのかかっている箪笥、潮汲みの博多人形のはいった硝子箱、茶棚、琴、蛇皮線、金蒔絵の硯箱、大理石の置時計、それに床の間の違い棚の下の色紙掛けに、私が昔いたずら書きした河童の絵があった。いったい廓のつくりはやや荒けずりで、昔風な板壁やひろい廊下などがあり、頑丈な大戸で表は閂がかけられる。めぐらされた板塀にはいかだかずらが這いのぼって、二階の軒の下までも伸びからんでいる。丸っこく柔い葉の密集したものであるが、だんだんに紅葉すると美しかった。離れて見ると、花のようだが、部分的に葉が朱らむのである。夕暮れの風にいまもいかだかずらがかすかにゆらいでいる。やもりが天井や壁を這い、ちゅっちゅっちゅっと鳴く。やもりが声を発するのは琉球以南のようである。はじめはちょっと気味がわるいが馴れればなんでもない。外がくらくなると、電燈がともったが、サトは立ってスイッチを切り、卓のうえのぼんぼりのスタンドに灯を入れた。薄桃色のあかりがそこから部屋を適度に明るくさせて、ただならぬなまめかしい空気となった。四年前と全然変らないのである。荒廃し、騒然となっている戦都那覇のまんなかに、この一部屋だけがぽつんと昔日の豊かさと美しさとを残しているということが、なにかお伽噺めいた錯覚をさそいだすのだった。部屋は八畳二間で、サトはその間の襖をしめきった。襖には綱引き競争の絵が淡彩で描かれてあった。

「ウンジュ、ヌマガナー、ハナサビラ」

サトはそういって、ころころと笑った。八重歯と金歯とが白く光った。

「サキ、ヌダイ、ウタ、ウタタイシ、か」

私もそれに応じて笑った。

前に来たとき、いろいろな言葉をならったが、使わないのでほとんど忘れてしまった。琉球の言葉は片言のようでありながら、すこぶる上品な古語が転訛されて用いられたりしていて、興趣がふかかった。あなたということを、ウンジュという。ウンジョウとはっきり聞くこともあり、それは雲上かと思うと大層奥床しい。サトがウンジュ、ウンジュ、というので、こちらからもウンジュというと、それは目上や対等の人にいうことで、あたしには、ヤー（お前）といってくれなくてはいけないと笑われた。琉球では日本から来たということが嫌われる。九州の一角なのに、離れ島なのでうっかりこの言葉が出る。他府県といわねばならぬのである。私たちは、大和んちゅの新《あり》くだりといわれた。朝、床のなかにいると、表を通る物売りのけたたましい声で、眼をさまされる。パンコムソーレー、そういっているように聞えるがわからない。パン売りで、パンを買い候えといっているのだと説明してくれた。そういえば、語尾の候はなかなか優雅である。ウチャムッチ、クミソーレー、お茶を持って来て下さいである。珊瑚座に組踊「人盗人《ひとぬすびと》」がかかるというので、二人で観に行ったことがあるが、開幕時刻すこし前になると、表にいる座名入りの半纏を着た男が、拍子木をたたいて、ヘーベートメンソーレー、とどなる。早々と参り候えというのだ。サトから言葉をならって、ときには方言で簡単な話をしたこともある。眼の大きなのをメンタマー、肥えたのをクエターというらしく、あたしはメンタマー、ウンジュはクエターなどともいった。そんな日々で、いま不意にサトがいった、「ウンジュ、ヌマガナー、ハナサビラ」という言葉、つまり、あなた、飲みながら話しましょう、という言葉が、私とサトとの夜の生活のきっかけをなすようになっていた。そこで私も、「サキ、ヌダイ、ウタ、ウタタイシ」酒飲んだり歌うたったりして、と返事していたのである。いま忘れていた言葉がなめらかにさそいだされた。

あらかじめ用意しておいたとみえて、サトは餉台《ちゃぶだい》に二人分の料理をしつらえ、泡盛の徳利と素焼の盃をならべた。心づくしの品々ではあろうが、以前のときの豪華さはなく、五皿ほどの平凡な料理のうち、わずかに油揚豆腐のみが昔の名残りをとどめていた。豚料理、豚の耳、足の先、皮、それにエラブ鰻と称する海蛇料理、などを意地きたなく私は思いだしていた。

「今度はどれくらい、いらっしゃるの」

「明朝の飛行機だ」

「まあ、今夜ぎりなの？　延ばされないの？」

「今度は昔のようなわけにはいかないんだよ」

「軍紀は犯すべからずなのね。可哀そうに」

私は茶色のよごれた南方風なシャツを着ていた。顔はくろぐろと焼け、頭髪はさんばらにふりみだしていた。左腕に私の身分を示す徽章がつけられてあった。

泡盛の強い酒は食道を焼き、胃壁にしみた。私たちはさしつさされつした。サトも私に負けず、よく飲んだ。飲みぶりが見事である。

二階の方で宴会でも始まっている様子だった。高声や笑い声、足音、蛇皮線、太鼓の音などが賑やかだった。何度も仲居がサトを呼びだしに来たが、廊下で立ち話をすると、すぐに引っかえして行った。一度ごとにサトの声が高くなったが、私にはなにもいわなかった。どうやら二階の座敷からサトへ貰いがかかっているらしい。私と話すときにはサトは女学校仕込みの立派な標準語を話すが、仲居とは方言の早口なので、珍文漢文《ちんぷんかんぷん》である。ときにはどなりつけているようにサトの語調ははげしかったが、私のところへ引っかえして来ると、にこやかに表情をつくりなおした。

サトは私によりそって、ほんのり顔を染めて酌をした。自分も私に酌をさせて飲んだ。サトの長い指さきに盃は豆粒をつまんだようにひっかかっていた。

「ぜひお願いしたいことがあるんだけど……」

サトは私の顔を思いつめた眼で見た。

「なにかね」

「疎開したいのよ。一日も早くここをやめて、どこかに行きたいの」

「それで?」

「家を見つけていただきたいの。部屋でもいいのよ」

「何処に」

「何処にって、……何処がいいかしら。それも考えてもらいたいのよ。もう大勢の人が鹿児島や宮崎の方へ疎開したわ。前の軍司令官が琉球もやがて、マキン、タラワや、サイパンのようになる。全島民玉砕の覚悟で居れ、なんて布告を出したんで、大さわぎよ。老人や子供ははやく避難しろというんで、埠頭は大変よ。ウンジュ、気がつかなかったの?　明日船が出るっていうんでもう一週間も前からどんどん港につめかけて、先に乗ろうってかまえてるのよ。あたし、どうしようかって決心がきまらないでいたんだけど、さっき、お栄さんから電話がかかって来たとき、はっきり決心がついたの。うれしかったわ。ねえ、ウンジュ、あたし死にたくないわ。わかる?」

サトは私の肩に頭をおしつけ、私の手をしっかりと握った。

「死んでもいいって思ってたのよ。自棄だったのよ。もうこんな商売いやになったわ。でも、頼る人ってないし、ずるずるべったり、ときどきウンジュに手紙出すけど返事もくれないし、あたしどうしたらいいかわからなかったのよ。戦争ははげしくなるばかりだし、もう死んだってどうなるものかと思ってたの。疎開するたって、輸送船だって安全ではないでしょう。もう何隻も沈められたのよ。可哀そうに、この前は小学生ばかり二千人も乗って行ったのが沈んじゃった。それに、いやな奴がつけまわすし、まるで今はフタカチャの御代みたいよ。みんなが狂人みたいだわ。もうどうでもなれって気持ね。出たらめよ。そのいやな奴は執念ぶかくて、あたし愚図愚図してたら殺されるかもしれない。唐手《からて》の名人よ。でも殺されたらそれまでって考えてたの。だけど……死にたくなくなった、ウンジュが来てくれたんで。……死にたくないわ。ね、あたしを助けてよ」

サトがいやな奴というのは多分島袋興輝のことであろうと思った。宿でお栄さんからもちらと聞いたし、前来たときに会った島袋の髭濃い獰猛な顔を思い浮かべて、なにをしでかす男かわからぬと思った。前に、サトの旦那ぶっていた県庁の役人である。

私はなぐさめるように、

「一人でかね」

「いいえ、お父さんと。ほら、この前、一緒に久高島に行ったでしょう。あのときは山原船《やんばるせん》をあやつるくらい元気があったのに、もうすっかり老いこんでしまってるのよ。漁ができなくなってめっきり力が落ちたわ。与那原《よなばる》の家にいるの。そのお父さんと二人、疎開先さえきまれば、こちらの手続きはすぐできるのよ。ね、ウンジュお願い、サトの命がけのお願いよ」

私はちょっと考えた。熊本にいる友人の顔が浮かんだ。

「熊本の方で、ひょっとしたら見つかるかもしれない」

「うれしいわ。ひょっとしたらなどいわないで、絶対に探してよ。きっとよ。そしたら、……そしたら、あたし、ウンジュと……」

そのあとは熱くはげしい唇で、私の唇のうえに語られた。私も身内に妖しく不貞な情熱の湧くのをおぼえた。

便所に立った。廊下に出て、女将の居間と台所との狭い廊下をつきあたると、先に来ていた男がふりかえった。昼間ホテルで会った将校だった。まっ赤な顔をしていたが、やあと下品な笑いかたをした。私も挨拶をかえしたが、それで二階のどんちゃん騒ぎが佐野参謀の一行であったことがわかった。私はしまったと思ったが、さっきから何度もサトを呼びに来たのが佐野少佐であったかと思うと、いやな思いがした。あの将校が告げれば呼びに来るか、あつかましく入りこんで来るかもしれない。部屋に帰ると、

「歌ができたわ」

サトは硯箱をとりだして、短冊にすらすらと筆を走らせた。
「どう？」
わが部屋に思い出の品数あれど
君が笑顔にまさるはあらじ

「流儀が変ったね」

「日本式になったのよ」

玉城サトは歌人遊女としていくらか名高かったらしく、この前来たときはしきりに私に即興の歌を示した。今でも私の手帳に、彼女の字で書きとめられているが、それはことごとく琉球調である。和歌は五七五、七七であるが、琉歌は八八、八六である。彼女は即興で歌をつくり、ただちに曲をつけて蛇皮線で歌い、またそれを舞った。二つ三つ抜いてみると、

まれの御行逢《ういちえ》やすがい言葉のかなしや
肝《チム》からがやゆら縁がやゆら
（稀にお逢いするのだが話を聞いているとほれぼれする。本心からなのか、また縁というものであろうか）

里やなりふじの姿といめしやい
　我身《わみ》やしなさけのえんどたのむ
（殿方は顔すがたの美しい女を目あてとされるが、自分はその人のこころからの愛をたのんでいる）
御衣《むそ》の袖とやいわがよめなげな
　きやならはもともて捨ていまひめ
（着物の袖をとってまで私がとめるのに、あなたは私がどうなってもよいと振り切って帰るのですか）

二十首ほどが書きつけられていて、二三をのぞき、ことごとく恋歌であるが、私はしからばこの遊女の情というものを、どの程度に信じたらよいのであろうか。四年前来たときの十日間、たしかに纏綿たる愛欲の日々であった。多くの客に接する浮かれ女たるサトと、妻子を有する私とが、あたかも初恋同志のような一種の羞らいをまじえた、たわけはてたうつつの日を過ごした。別れてしまえばそれきりになってしまうはかなさがわかっていて、私たちの沈湎のふかさは倍加された。まだどんなにでも自由に、豊かに遊び楽しめる時期だったので、私たちの情念の構築はほとんど絢爛としていた。ところが、これが恋であったかどうかということはわからないのである。そういう証明はなかなかできにくい。つまり技術によって支えられた遊女のありかたが、真実に奉仕する契機をつねにさまたげていて、ときに白けはて、馬鹿馬鹿しくなり、どのように耽溺がはげしかろうとも、そこだけの断片を切りすてても全身にひびいて来ない悲しさを内包していた。一面からいえばそういう無責任さによって傷つけられることからも、救われていたのである。その十日間がどちらにもなにも残さなくてよいのである。残さない方がよいのである。だのに私は昏迷する。なにかが残っていたのであろうか。サトに、そうして、私に。いまサトが必死に私に縋るものはなにか。甘い私をたぶらかして沖縄を脱出する手練手管か。卓越した技術によって、真実が掩《おお》われているのか。逆に技術の悲しさで放棄されようとしたものが、突如真実を露呈したのか。私が熊本に家を見つけてやる。サトとその父とが来る。そうして、サトと私とが、遊女と客という関係ではない別の関係を結ぶ。それはどういうことか。私は妻子へ秘密を持つことになり、生活のうえになにかの変化がおこる。サトはただ愛情へ生きてさらに悔いるところがない。サトはなにを企図しているのか。青春の回復をねがい、肉体の清浄化を求めているのか。私を足場として女として再生しようというのか。私はひっかかった鴨である。しかしその女の神聖な情熱のために、役を買うことが罪悪であろうとは思われない。まして、私が女を愛することができるとすれば……。

「琉球に来て、旅館に泊るのは馬鹿ですよ。辻に下宿しなさい。みんな自前だから、ちょうど女房と二人でアパート暮らししてるのと同じです。部屋代と女の身代と食事代と一緒にしたって、宿賃にちょっと毛の生えたくらいのもんです。それに辻は他府県の遊廓のようにじめじめしていません。籠の鳥なんて言葉はここでは通用しません。安い金で身売りして来るんで、女たちはじき借金をかえしてしまって、あとはただ部屋代だけ払っているんです。なかなか情がふかいから大事にしてくれますよ。一緒にいる間、とても貞淑です。そのかわり、亭主の方も貞淑にしてないといけませんよ。グンボーというのを一番きらいます。つまり箒ですな。この辻町は三百軒からの廓が集まっていますが、諜報網が発達しているから、女をあさって歩くとすぐわかってたちまち不評判になります。滞在中は一人ときめなくちゃいけません。よろしいですな」

蓬莱館についたときに、たずねて来てそう私を誘惑したのは沖縄日報の座安君であった。私はそれをただ話として聞いていて、そんな放埒をする気はすこしもなかったにかかわらず、実際は座安君のいうとおりになってしまった。その夜はじめてサトの部屋に残された私に、朝になって今度はサトがそのことをすすめたのである。弾力に富むサトの豊醇な肉体と、その愛撫の方法にいちどきに虜になってしまった私は、だらしなくもやに下って、ここに頽廃の生活を開始したのであった。しかしそれからの十日間は私に悔いを残すものではなかった。

ここにサトとの十日間の記録を綴る要もないので省くが、いま考えてもそのときのことは謎である。のろけと思われては困るが、サトの私への奉仕は完璧といってよかった。たしかに私たちはそのとき隙間のない愛情によって結ばれた鴛鴦夫婦であった。サトは遊女であるのに、すこしもわざとらしさはなく、ときには素人くささえあった。朝になって、甲斐甲斐しく炊事をするサトの姿を見、卓にむかいあって味噌汁をすするときには、サトが遊女であることが嘘のように思える。世話女房である。新婚生活にかえった思いすらした。民芸品の探索、壺屋めぐり、唐手見物、織物買い、糸満旅行などにも、私はサトの部屋からサトに送られて出た。ときには一緒に街を歩いた。珊瑚座の芝居も二人で見た。あたかも波ノ上神社の祭礼の時で、二人で毎日参詣した。この断崖絶壁の上の社から下を見ると、目まいのするような遠さに、岩床になった海辺の汀に、打ちよせ打ちかえす波とたわむれている子供たちが見えた。二人で久高島に行ったことは忘れられない。久高島のことは文献でも読んでいて、興味を感じていたが、直接の動機はエラブ鰻の料理に関していた。ぎたぎたと油を浮かせている、黒いものの入った汁を、精力剤だからといって私は何杯もおかわりさせられたが、あとでそれが海蛇だと知って、いささか辟易した。その海蛇の産地が久高島で、サトの父が一週間に一回くらいの割合で、物資交換のため、山原船で通っているというのだった。

「お父さんにも会ってもらいたいわ」

そこで、私たちは那覇を出発した。汽車で与那原まで行った。与那原は小さな港町で、サトの父はそこで漁師をしていた。玉城文助といった。サトに似て背の高い、眼のするどい、頑丈な髭男、防波堤の根に近く、藁葺のあばら家にたった一人で暮らしていた。昔はサトを売らなければならぬほど貧窮していたわけであろうが、いまはサトの仕送りと漁業のあがりとで、まず生活の心配はない風だった。いったい辻町の遊女たちがのびのびと明かるいのは、苦界に沈んでいるという感じがまったくないからである。借金は早くかえしてしまってすぐに自前になるのであるから、いつでもやめることができるのであるが、そのときには自由な廓生活に面白さを感じるようになっていて、これを楽しむようになる。身体は頑健であるし、青春のありたけを謳歌する心になる。女たちはそれぞれ旦那のようなものを持つが、ひかされて所謂二号などになることを好まない。辻町が公然の社交場であり、性生活が是認されているために、沖縄の家庭は暗いといわれる。遊女たちは辻が自分たちの生活と青春の場であるから、ここにふかい愛着を感じていて、千金万金を積まれても去る者は少ない。彼女等はすこしの屈托もなく子供を産む。廓のなかは幼稚園の観のするほど女たちの子供で満たされている家がある。客が来ると、その女の部屋へまだ客のない女たちも子供たちもあがって来て、きゃっきゃっと騒ぐ。女は来ても別に花代を要求しない。彼女等の理想は早く自分たちも一軒を牛耳る廓の女将になることである。サトにどんな旦那があり、子供を産んだことがあるかないか、そんなことは聞かぬことにした。サトの身体を見ていて、子供を孕らんだことはないように私には思われた。また彼女がなにを将来の理想にしているか、そんなこともどうでもよいのである。

サトの父のあやつる伝馬船に乗って、桟橋から海に出た。防波堤の突端につながれている山原船に乗りうつった。眼のついているジャンク船である。纜《ともづな》をとき、帆をあげると、船はぐっとはげしく傾いた。文助の手さばきで帆がととのえられると、急に尻をたたかれた馬のように、はげしく波を切って走りだした。身体に染みそうな藍の海である。帆も、舷も、帆柱も、竿も豚の血で塗られている。

空は曇り勝で、しぶきのかかる海上はやや寒かったが、水平線の方から晴れて来て、青空が出た。サトは楊桃《やまもも》を私の手にのせ、自分もかじった。はるかの海上に、横たわった扁平な久高島が見える。相当に時間がかかりそうなので、私は疾走する船のうえで、サトの膝を枕に眠った。

白砂の美しい浜辺についた。芋を積んだ一隻の刳《く》り舟がつながれている。文助を残して二人は島にあがった。砂地に一面に浜ソーギが這っていた。砂地で漁網を修繕している老人があった。阿旦とヤラブの林の間をさくさくと砂を踏んで、私たちは貧寒な畑道を行った。サトは藤色の日傘をさしていた。小学校で鉦が鳴り、子供たちの叫び声が聞えた。サトに案内されて島をめぐった。ここは物資の少ないところらしく、寒々とその感じが全島にただよっている。部落は一種の共産制によってその富の分配をしているともいう。燃料にするために阿旦の枯れ葉を集めていた子供が私たちを不思議そうな眼で見送った。ここには巫女がいて、その家には、ものものしい飾り物、供え物がしてあった。那覇で見ると同じ亀甲式墳墓がならんでいたが、潮風の荒ぶ断崖のうえに出るにいたって、私たちは凄愴の気に打たれた。原始林のような植物につつまれた小暗い洞穴が脚下にひらけ、蘇鉄や阿旦の密集する部分から、異様な臭気がたちのぼっていた。人間のにおいであった。風はこの洞穴を吹き抜けるようにごうごうと鳴っている。風葬のおこなわれる後生山に来ていたのであった。このためにこの島には犬がいないのである。

私たちは貞操試験所《いざいほう》に行った。クバの葉ぶきの粗末な小屋であるが、ここは神聖で恐ろしい場所なのである。この御殿宮《うどんみや》では島人の貞操試験がおこなわれる。十二年に一回、馬年、既婚未婚を問わず、三日三晩斎戒沐浴し、おもろを歌いながら小屋のなかに架せられた橋をわたる。不貞の者は落ちるといわれている。壁に板が打っつけてあって、まずい字で、久高御殿宮改築記念と書かれたあとに、寄附者の名がある。最高三円、最低は十銭で、合計五十三円二十銭である。

やんちゃなサトは、

「あたし試験してみるわ、落ちたらどうされたってかまわない」

いたずらそうにあたりをうかがい、壁にたてかけてあるほそい丸木の橋を横たえた。それから、口のなかで細くなにかを歌いながら（おもろであったろう）ぎぎと音させて雪駄でわたった。二三度よろめいたが無事にわたった。私を見てにんまりと笑った。

それよりもサトが私をおどろかせたのは、岩の多い西面の海辺に出ると、いきなり裸になって海にはいったことである。サトはさらさらと帯をとき着物をぬぎすてると、緋の腰巻ひとつになって、岩と岩との間に降りた。その前に海面に走ったサトの眼がきらりと妖しく光ったのを見た。のびのびした白くふくよかな上半身に、折からさして来た陽が二つの乳房を光らせている。サトの身体が海中に消えた。濃い藍に身体を青く染めながら、抜き手を切ってサトは沖へ泳ぎ出て行く。速力を増し、なにかを追っかけている風だった。百米ほども出たろうか。急に右手をのばしてなにかをつかんだと思うと、くるりと廻転して、こちらにむかって白い手を高くあげて笑った。まさに人魚であった。手に持っている紐のようなものを示したが、遠くてなにかわからなかった。サトはまた泳ぎかえって来て、岩の間から身体をあげた。藍のなかからまっ白い肌が抜け出た。彼女の右手に細いものがまきついている。海蛇である。きらきら光る青硝子の細い蛇は小さな頭をふりながら、間断なくぺろぺろと舌を出す。こんな小さな、しかも海とおなじ色をしたものをいかにして見つけることができるのであろうか。それにしても発見すると同時に、たちまち捕獲に出かけるとはあきれたものである。サトが漁師の娘であることがはじめてのように納得された。

サトはすこしも疲れている風はなかった。私は太陽のもとにあるサトの裸身がまぶしかった。

「これ、なにか御存じ?」

「蛇じゃないか」

「エラブ鰻よ」

私は唖然とした、鰻でなんかもとよりない。純然たる蛇である。蛇というといやがるので、鰻ということにしているのであろう。大体夜取るものらしく、岩角にあかりを点じていると沖から寄って来て洞穴に入るのをすくうという。

「これ、今夜のおかず」

そういって、サトはころころと笑った。

山原船の艫《とも》にしゃがんで、サトの父は煙草をくゆらしながら、一心に本を読みふけっていた。「護佐丸誠忠録」という赤本である。満月の下、風騒ぐ草原に立つ白髪の一老人が、左手で腹をひらき、右手に大刀を逆手にして、これより割腹するちゃちな絵が表紙に描かれてある。文助は私たちが乗ると、一口もいわず、纜をほどき、帆をあげた。山原船は帰路についた。

十日間の同居生活を終えて、帰国の途についたとき、私はまことにほっとした思いであった。私はくたくたに疲れていたし、神経の一部が麻痺したような空虚さで、飛行機が那覇の土を離れると、私は魔女からのがれた哀れな鹿のよろこびを味わった。しかしながら私の心はあからさまな疑念と当惑とにとざされて、謎はなかなか消えないのである。私は手帳をひろげてみて、サトの書きつけた歌のひとつを読みかえす。それは切々とした愛恋の思いに満ちているが、はたしてこれは私一人のために歌われたものであろうか。また私との生活はたしかに歌意に添ったものであったが、はたして私一人をサトはそんなに愛したのか。どの男にも同じにするのではないか。座安君のいった言葉が思いかえされる——ここの女はなかなか情がふかい。そんなら、きっと誰にでもそうするのだ。おどろいた技術といわねばならぬ。私は沖縄に来て妙なことに気づいていた。若い娘と老婆とがいて、中年の女がいないことだ。いないわけはないのだが、いわゆる仇な年増といわれる年限が沖縄の女には少ないらしい。つまり娘たちは急速に皺くちゃ婆になるのだ。それは私には南国人の早熟な青春の乱費の結果と思われる。たとえばサトとの十日間、この一種爛熟した愛欲生活、青春のおしげもない放出、これが私のみならずどんな男にでも同じようにくりかえされるとすれば、現在はどんなに頑健で疲れを見せぬとしても、早老の原因とならぬわけはない。気味のわるいことである。サトが或る時期に突如としてくしゃくしゃの皺婆になる図はあまり気持のよいものではなかった。それにしても、とまた私は考えている。そうなにもかもが単なる遊女としての技巧であったろうか。私は単に十日間の行きずりの客に過ぎなかったろうか。サトの心になにか別の、つまり商売女としてより以外の感情がすこしもなかったか。サトは私が金を払おうとしたときにどうしても取ろうとしなかった。やむなくお栄さんと相談して、琉球友禅一旦と、日傘、大理石の置時計とを買って残した。五日のつもりであった私の沖縄滞在が十日になったのは主としてサトの懇情によっている。私はそれになにか秘密の影を感じた。そのとき、県庁の厚生課の役人をしている島袋興輝に会ったのだが、彼は私を故意に冷淡にあつかい、ときには露骨に私に敵意を示した。彼がしばしばサトに私との生活をうち切るように慫慂《しょうよう》、というより脅迫したことは、サトはなにもいわぬが、サトの同僚である外間キクから聞くところであった。私はふかく追及したいとも思わなかった。島袋がサトの旦那であったかどうかも知らない。知りたいとも思わなかった。ただ私の努力はサトが単に客としてのみ自分をあつかっているのか、技巧以外の真実の愛情がそのなかに幾分でもないか、そのことの究明に集中していた。しかし十日間を終って、那覇を発ったとき、私はすべてを忘れてしまった方がよいと思っていた。

四年ぶりで偶然のようにして逢い、それも一夜かぎりであるということで、サトの私への接待は一種の切なさに満ちていた。彼女の眼は燃え、身体は火となっていた。

「男って、忘れんぼね」

盃をふくみながら、サトは私の前に広袖を羽のようにひろげた。

「なにが?」

「この着物の柄、見おぼえないの?」

大きな蛇の目傘が背中から右肩まで車のように描かれ、一面にたれた柳の間を燕が数羽とんでいる。紅型で、地は紫だった。私はうっかりしていたが、四年前に私が買ってあたえた着物を着ているのだった。派手すぎると思ったのだが、明かるい顔のサトによく似あった。

「お国流の歌できたわよ」

またサトは短冊に筆を走らせた。

拝《うが》みぶしやしちをて拝だことさらめ
　　拝みつめなげな夢よともて

私の肩にもたれて、――逢いたくて逢いたくて、お逢いしたらどんなに見つめていても、夢のようでほんとうのような気がしない。――そういう歌意をサトはやや羞らいながら説明する。それからつと立って、床の間の蛇皮線をとった。爪びきで歌いだした。長い指が黝《くろず》んだ鱗ではられたうえを柔軟にうごき、哀調に富む糸の音が澄んだサトの声とともに、薄紅色の部屋のなかを流れる。

「踊るわ」

サトは立つと箪笥の抽匣《ひきだし》から打掛の衣をだして羽織った。何とか御前の面影が出る。それから、柱にかかっている花笠をとって被った。ふくらみのある大きな笠は眉までかくした。赤い紐が顎を巻いた。緑の房のついている四つ竹を両手に持った。サトはちょっと気取って私に目礼すると、しずかに四つ竹を鳴らしながら舞いはじめた。歌うのはさっきの即興歌である。急なうごきのない静かな踊りで、かるく鳴りあわされる四つ竹がかすかな谺《こだま》を呼ぶようにして耳にひびく、優艶さに私はほとんど恍惚としていた。

二階の騒ぎはさらにはなはだしくなるばかりである。あきらめきれぬのか、なおも仲居がサトを呼びに来た。サトは廊下に出て、はげしく叱咤していた。佐野少佐のことを考えると私はあまり愉快ではなかった。

サトは床をのべた。さらに灯をくらくした。長襦袢一枚になると、私を促してさきに蒲団に入った。さっきサトはいまはまるでフタカチャの御代だといったが、面白い表現である。尚寧《しょうねい》王の慶長十四年、島津氏と軋轢のあった年、国内は騒然となり、支那ではまた明朝清朝の戦乱がおこって、三十年ほども支那貿易ができなかった。ただでさえ支那に行くのは冒険であるのに、戦乱中、進貢船《ちんこんせん》の乗組として支那に行くのは死にに行くようなものなので、那覇の青年たちは命令のくだることを戦々兢々と恐れていた。それよりむしろ罪を得て平等所《ひらじょ》につながれた方がましと、すこぶる頽廃的になり、日中道路で酒を飲んだり、踊ったり、女とたわむれたりした。役人も手がつけられなかったという。末期の不安のなかで、死に直面する者にはいつでもそういう頽廃がおこるものであろう。お栄さんの話ではこのごろ男女の仲のみだれはおびただしく、神聖な墓地を夜毎のあいびき所とするために、朝になると怪しい落し物が散乱しているとのことだった。私も御多分に洩れないのである。印度戦場における戦争への末期的な不安は消しがたい陰影を私の心のなかにつくった。かろうじて那覇まで来たが、明朝出発すればもはや生命の保証はされない。いつ敵機と出会うかもわからない。もしそのときは無事到着したとしても、すでに前途は暗澹としている。一夜だけでもすべてを忘れていたかった。私もフタカチャの時代の青年なのだった。この私のまぎれもない頽廃の心に、さらにこの一瞬へ没頭するサトの必死さが加わって、私たちの情焔は妖しく高ぶり燃えたった。やもりが絶えまなく鳴き、いかだかずらが空を走る照空燈の青い線を背景に、しきりに風にそよいでいるのが見られた。

　なにかの音で眼がさめた。頭がにぶく重かった。眼があかないのである。表はうす明かるかった。昔は物売りの素朴な呼び声で眼がさめたものだが、いまは物売りなどはいなかった。枕許をざっざっざっという潮騒のような音がとおりすぎる。軍靴の音だった。部隊がとおるらしく、その音がしばらくつづいた。剣の音や、馬蹄の響きもまじった。どこかで喇叭が鳴っている。

帰らなくてはならぬ。サトとの最後の訣別はあまりに女々しく、表に出たときには悲しかった。

　蓬莱館に帰り、旅装をととのえて待っていたが、八時になっても迎えの自動車が来なかった。風はすこしあったが、よく晴れていた。爆音は早くからしきりにしている。九時になった。私は変に思って、部屋に泊っている飛行士のところに問いあわせに行った。若い村上航空曹長は腑に落ちぬ顔で、あなた知らないのですか、変だな、と呟いた。

「エンジンがなおらないのですか」

「いいえ、エンジンなんか初めから何ともなっていませんよ。どうしてです」

「でも、佐野参謀がエンジンの調子が悪いので、那覇に不時着したんだっていいましたよ」

「那覇で着陸するよう、佐野参謀殿が命令したんです」

　どうもわからなかった。

「今日は?」

「飛びません」

「僕は九時だとばかり思って支度して待ってたんですがね」

「村上もそう聞いていました。そしたら今朝早く参謀殿から電話がかかって、軍務がかたづかぬので一日延ばすといわれたんです。あなたには連絡なかったんですか」

私はちょっと迷った末、三鶴楼に電話した。サトは受話器にはっきりわかるほどのよろこびかたをして、すぐ来てくれといった。格別用もなかったので、行く旨を答えた。お栄さんも自分のことのようによろこんでいる。お栄さんの話によると、四年前私が来て帰ったあと、サトがいつもお栄さんに私のことを話していたという。手紙を出しても、桔餅を送っても返事もよこさないといって泣いていたこともあるという。サトに嫌われた島袋興輝はサトと仲よくする連中を唐手で不具者《かたわ》にしてやるといっているそうだ。昨日も宿に私をたずねて来たという。島袋は私をサトの情夫ときめているそうである。私が擽ったい思いでそれを聞いていると、そこへ奇妙な婆さんがあらわれた。私も見おぼえがあったが、婆さんも私をおぼえていた。

「あれまあ、あれまあ」

もう婆さんはおろおろ声である。見あげるように大きく、顔が眼も口もわからないほど皺ふかく、手の甲に彫青をしていて、どこか妖怪じみているので、私は前にキジムナといってからかったことがある。キジムナというのは榕樹にいる木霊のことだが、河童とはすこしちがうらしい。河童のことは別に、カマロー、カーガリモ（川禿）という言葉があるようである。この反物売り婆さんから私は前にずいぶん多くの琉球布を買った。サトへあたえた琉球友禅の紅型もこの婆さんから買ったのだ。婆さんが鴨居に頭を打ちそうになるので、腰をかがめてはいって来ると、私は、キジムナが来たとはやした。どうもそれがあまり気に入らぬ風でそれだけはいうて下さるな、胸がわじわじするといった。

その言葉が面白くて、私は癪にさわったり、不愉快なことがあると、わじわじするという言葉を真似た。キジムナ婆さんはまだ反物売りをしているらしく、ふくらんだ紺風呂敷をかついでいたが、私を見ると、泣き声で歎願をはじめた。「よいところで会いました。あなたならできる。わたしはもう一人も身よりがないので、頼る者が居らん。誰もわたしのような婆相手にせん。わたしも疎開したいと思うけど、行く先のあてがない。死にとうはないので、九州の方に渡りたい。頼みます。頼みます」婆さんは彫青のある手をあわせて私を拝み、「ぜひ、わたしの行き先を世話して下さい。一生恩に着ます。どんなことでもします。命が惜しいです。頼みます」

婆さんの言葉は聞きとりにくい。もう八十の上になってまだ生きたいのかと思ったが、哀れにもなり、なんとか探してみる旨答えた。住所を手帳にひかえた。キジムナ婆さんで用が足りていたので名は知らなかったが儀保イトというのだった。婆さんの持っている反物を見て値段を訊くと、途方もない価格をいい、頑強に値を引こうとしなかった。私は妻にちょうどいいと思う芭蕉布を一枚買った。

「あたしも近いうち、鹿児島に引き揚げようかと思っていますの」

お栄さんもそういった。

那覇ホテルに佐野参謀をおとずれると、多分今日は軍務がかたづくと思うので、明朝は相違なく飛ぶとのことだった。寝不足と宿酔《ふつかよい》のためか、ひどく不機嫌でふだんから青い顔が妙に神経質にひきつっていた。

私は三鶴楼に行った。それからいくらか照れくさくはあったが、前日とほぼ同じような別れの時間をすごした。ところが別の面でも同じようなことがおこったのである。もはや私には察しがついた。佐野少佐がサトへ執心なのである。その夜も参謀は三鶴楼へ来たが、すでに先客たる私にサトを占領されていた。参謀は作戦に機を失したことに気づいた。仲居の話によると、こんなことなら私をどこかへ出張させるのだったと酒席で洩らしたということである。しかし佐野参謀は紳士であったから、私をしりぞけてまでサトを奪うようなことはしなかった。前夜しつこくサトへ誘いをかけて、サトの頑強な拒絶を知っているのか、次の夜はなんともいって来なかった。ただ二階の酔態は一種狂暴となっていることが、階下のサトの部屋でも歴然と知ることができた。香のただよう薄紅色のなまめかしい照明のなかで、サトはほんのりと泡盛で顔を染め、長い指を折って、夢見るように熊本までの日を数えているのだった。

朝、旅館で出発の準備をしていると、兵隊の伝令が来た。通信紙に青鉛筆で走り書きがしてあった。

「余ハ軍務整理ノ為尚一日当地ニ滞在ス。貴官ハ本日出発スベシ。搭乗機ハ別ニ用意シアリ」

私は、その朝、重爆に積まれて出発した。機上での私の胸のわじわじはなかなか消えなかった。

十月十一日、那覇大空襲。私は刻々と報じられる爆撃の模様を歯をかむ思いで聞いた。もとよりそれは一女性への関心にあるものではない。いよいよ祖国の玄関へ近づいた巨大な戦影を、燃えたぎる悲痛の念で聞いたのである。

敵戦爆聯合の大編隊は那覇市街にたいして、数次にわたる波状攻撃をおこなった。第一波、七時から八時二十分まで二百三十六機、第二波、九時二十分から十時十五分まで二百十機、第三波、十一時四十三分から一時四十分まで九十二機、第五波、二時四十五分から三時四十五分まで百三十六機、前後八時間、合計八百三十機にのぼる連続攻撃のため、乾燥し切っていた木造の街那覇は折からの烈風にあおられた焔のため完全に地上から消滅したのである。家とともに多くの人も傷つき死んだ。この空襲は象徴的であった。敗北の前奏曲はかなでられ、やがてこの地へ米軍の上陸を迎えることによって、戦局はひた押しに最後の場に突き進んだ。

あのとき、命令によって、那覇から立川へ直行した私は東京で一箇月を暮らした。私の身体を必要とすることのために最低の日数であった。故郷を出てから半年目にやっと私はなつかしの妻子のもとへ帰った。頼まれ甲斐もない私は約束をついにはたさなかった。はたそうにもはたされぬことになったのである。私は一人の女と国家とをかけがえにしたような、古今東西の英雄たちの壮大なフェミニズムにははるかに及ばないとしても、荒涼たる戦火のなかであったればこそなおさらに美しかったものへ、私の救いをも仮託しようという願いが虚妄であったとは思っていない。いま敗北者となりはてて、さらに女の消息について知ることがない。生きているのやら、死んでいるのやらもわからない。そこでこの最後の火花であった海蛇を握る女と私とについての物語は私の生活をわずらわすことにもならず、すこぶる女房のよろこぶ結末をもって終ったのである。そこで、めでたしめでたしと書くかわりに、玉城サトの琉球歌をもうひとつ抜いておこう。

開鐘がねや鳴てもうずむ人《ちゅ》や居らぬ
一期《いちご》この世界や暗《やみ》がやゆら

出征

大岡昇平

明方の兵舎を我々は歩いていた。薄暗い電灯に照らされた影の多い室内には、兵達の鼾と我々の靴音のみ響いた。古い兵舎の匂い、木と油と埃と汗の混った匂いとも、今日でお別れかと思えば懐かしくもある。

昭和十九年六月十日の明方であった。我々東京の補充兵は三カ月の教育召集を終え、今日解放されるはずであった。着替えの衣服も数日前の面会で受け取ってあった。私ほか一人の僚友は今最後の不寝番に就いていているところである。

一廻りして玄関に立っていると、衛兵下番の古兵が一人帰って来た。我々は駈け寄り敬礼していった。

「陸軍歩兵二等兵大岡ほか一名、不寝番勤務中、異状ありません。御苦労様でありました」

最後の一句は衛兵勤務に対する挨拶である。古兵は捨科白を残して階段を上ろうとした。僚友はこの古兵と親しかった。彼はその背中に向って幾分馴れ馴れしく、

「自分等の最後の不寝番であります」といった。相手は振り向き、

「え、お前達前線行きじゃねえのか」といった。

衝撃は例えば我々の体を通り抜けたようであった。それは我々が除隊の喜びの底に漠然と感じていた危惧で、全然不意を突かれたものではなかったが、膝に力が抜けたように感じ、口を利くことは出来なかった。

「おっと、いっちゃいけなかったのか」と古兵は呟き、曖昧に笑って上って行った。

入営当初我々はこの東部第二部隊（近衛第一連隊）の補充にあてられる予定らしく、教育方針も何等前線出動を予想させぬのんびりしたものであったが、次第に様子が変になって来た。不意に退船訓練が行われ、熱帯衛生についての学科があったりした。同時に都内に伝染病発生の理由で面会は禁止された。我々が教育満期と共に南方に送られるのだという噂が、何処からともなく伝わり出した。それは入営当初は我々のむしろ覚悟していたところであったが、なまじ最初の教育がゆるやかであっただけに、我々は裏切られたような不満を覚えた。しかし数日前面会が許され、全員除隊用の私物を受け取るに及んで、不安は一応解消した。

しかし営内の様子は依然として変であった。使役が隣接の東部第三部隊の倉庫に送られ、明らかに南方用と思われる被服を受領して来た。不安を感じた一人の兵は倉庫係の下士官に、

「班長殿、自分等は前線へ行くのでありましょうか」と訊いたが、返事は、「だって、お前達もう私

物を貰ったんだろう」だけだったそうである。下士官の顔は無表情で、何も読みとることは出来なかった。

「俺達を騙して、被服の使役までさせるのはひどすぎる。まさかそんなこともあるめえ」とその兵はいったが、「そんなこと」はやはりあったのである。

それから起床まで不寝番の短い残りの時間、我々は互いに口を利かなかった。口にするのが怖ろしい問題だったのである。

古兵の間違いであればいい、きっと間違いに相違ない、というのがやはり我々の唯一の希望であった。この軽率な古兵は三年たっても上等兵になれない劣等生で、我々が彼にその階級を思い出させないために、特に「何々三年兵殿」と呼ばねばならぬ種類の兵隊であった。

起床、点呼、食事と続く忙しい朝の行事にも、兵達の動作と会話は一段と活潑であった。多くの者がその日の午後家族と共にすべき楽しい予定について語った。彼等の様子を見て、朝の事件はやはり私の喉につかえたままであった。

食事の後、中隊全部の初年兵約百名が一室に集合させられた。教官の最後の訓示がある由である。教官は一葉の紙を持っていた。一段高いところへ上ると彼はいった。

「今これから名前を呼ぶ者は直ちに除隊。呼ばない者は残る」

そして呼んで行った。順序は不同らしかった。呼び進むに連れ、私の前に立った兵士の肩が次第に細かく震えて行くのに私は気がついた。その兵も私も到頭名を呼ばれなかった。

信じられないことが起ったのである。聞き洩らしたのではないかと、私はもう一度ゆっくり教官の呼んだ名前を頭の中で繰り返そうとした。しかしそんなことが出来るはずはなく、ただたしかに私が呼ばれなかったという感じだけがはっきりして来た。

百名中約半数が残った。私の班からは四十名中十六名が残った。教官は、

「除隊する者は、私物に着替えて直ちに営庭に整列」といって、あとは我々の顔を見ないように横を向いて去った。

慌しい一瞬であった。別れの挨拶をする暇もない。去る者も我々にいうべき言葉もないところであろう。彼等が背広や国民服に着替え短靴を穿く動作に現われた、何かいそいそとした調子は、残る者の胸をえぐった。去った者の被服や装具を種類別に卓上に積み上げるのが、残留者に課せられた最初の残酷な任務であった。それを済ますと下士官に引率されて営庭へ出た。

除隊者達は既に訓示を受け終った後であった。彼等の地方人の服装を眺めるのは我々にとって新しい苦痛であった。三十分前まで我々だってその服を着るつもりだったのである。我々は一列に並んで向い合い、教官の命令で一斉に敬礼した。型の如く指をこめかみに当てながら私は除隊者の中の親しい者の顔を見ることも出来なかった。視線は彼等の頭上の一点に固定したまま動かなかった。

教官は我々を集めていった。

「みなお前達が無事に前線に着くためにやったことだから悪く思うなよ。敵の諜報機関の活動は近頃とみに活潑を加え、部隊が動くことが洩れると、必ず潜水艦が近海に現われる」

その日のうちに我々は全部新しい被服を渡された。被服はやはり第三部隊の倉庫から受領して来た南方用のものであった。すべて新品であったが、帯革が布製なら靴は鮫皮という風に、みな今まで教育用に使っていた、古いが堅牢なものに比べて、著しくちゃちであった。全部身につけて見ると我ながら間が抜けて、玩具の兵隊のように感じられた。

その恰好で我々は翌日営庭に整列し、連隊長の訓示を受けた。我々はその日附をもって新らたに臨時召集とされ、隣りの東部第三部隊で、輸送大隊に編成される由である。外泊は依然防諜の見地から許されず、詭計によって受け取らされた私物を返しかたがた、通知者一人を限って十六日に面会が許される。

神戸の或る造船所に勤務する私は東京に家族を持っていなかった。面会はいつも東京に在住する友人に来て貰う。彼は私が半年ばかり前に辞めた神戸の工業会社の東京支社員で、現在は勤務先を異にしているが、新しい会社に私はまだ友人を持つに到らなかったので、専ら彼を煩わして煙草その他必需品を差し入れて貰っていた。

唯一の通知者として私は無論その友人を選んだが、私の問題は神戸の家族を呼ぶべきか否かであった。家族は妻と二人の子供であるが、神戸に生れて一度も東京に出たことがない妻に、果して二人の子供を連れて上京さすべきか否か、が問題であった。最初教育召集の令状を受けた時、私は無論出征を覚悟したが、教育召集であるから普通の例に従って、一日くらい帰れるものとして、別れて来てあった。殊に前の面会で私物を受け取った時、友人は彼女に除隊の予定を告げたであろうから、今頃妻は待っているはずである。

私は妻を呼ぶまいと思った。一時間ぐらい会っても仕方がない。そのため旅馴れぬ彼女に困難な旅をさせ、不案内な東京をうろうろさすには当るまい。会っても会わなくても、私が前線に送られ、敗軍の中に死ぬのは同じことである。未練だ。

出征はかねて私の予期していたことであった。十八年の秋私が前の会社を辞めた時、私は日本が敗けつつあること、近い将来に私のような三十代の補充兵も前線で死なねばならぬ時が来るのを覚悟した。問題はそれまで私の生涯の最後の日をどう過すかであった。いずれにしても資産のない私は勤め口を見つけねばならないのであるが、当時私には二つの候補があった。一つは俸給もよし勤務も楽であるが、出征後家族に手当を出さない所、一つは前の二つの条件は両方とも悪いが、入社当日に召集されても家族に本俸を支払う所であった。生涯の最後の日、という観点からすれば、無論前者をとるべきであったが、私は反省した。もし私がそっちをとれば、召集されて前線で死ぬまでの間に、きっと後悔するであろう。

「よし、ここで死んでしまえ」と私は思った。いずれ身すぎ世すぎにすぎない仕事に、多少の安楽のために後悔の種を作るべきではない。私はこの決定をした神戸の暗い坂道をまだ覚えている。そして私は或る造船所の事務員となり、朝六時に家を出て、夜八時に帰って半年を暮した。召集令状が来た時、私は自分の予想が的中したことに秘かに快哉を叫んだが、予想は何もそう的中する必要もなかったのは事実である。

そしてその時自分を殺してしまった私の気持から推せば、今家族に会う会わないはどっちでもいいのである。私は妻を呼ばないことにきめ、面会に来る友人に託すべき遺言を書いた。その文面はほぼ憶えている。

「生きて還るつもりであるが、死ぬかもわからない。あなたは多分ひとりで子供を育てるつもりになるだろうが、それは必ずしも私の望みではない。倖せがあると思ったら迷ってはいけない。

鞆絵（これは五歳になる長女の名である）は器量が悪いから、よく勉強をして賢くならないとお嫁に貰い手がないといってくれ。

貞一（これは三歳の長男）は器量がいいから、気をつけないと不良少年になる。

子供達へ。お父さんはいなくなるかも知れないが、お母さんを大事にして立派な人にならなければいけない。お父さんがいないからといって、駄目になるような子は、お父さんの子供ではない」

最後の言葉は子供達が大きくなった時、感傷によって多少とも彼等を刺戟することが出来ればいいぐらいの気持で、附け加えたものである。私は自分がこれまで自分一人で運を切り開いて来たと自惚れていたのである。

私達の班は温和な近衛連隊長の奇妙な衒学趣味によって、専門学校以上を出た者ばかり集めていた。そうして農民や労働者とは別な方針で教育すれば、時間の経済である上、優秀な兵隊が出来上るだろう、というのが彼の夢であったが、現実はこれに反した。農民出の班長や助教が、我々の差別待遇に示した嫉視と意地悪は別としても、何よりも連隊長はこれ等学校出の道徳的腐敗を勘定に入れてなかったのである。

我々は三カ月の教育期間を何とか胡麻化して過そうとしか思っていず、その胡麻化し方は正確に学校において学課を出来るだけ胡麻化して、卒業証書だけを握ろうとした方法と同じであった。いかにも旧弊な日本の軍隊が我々に課する日課は愚劣にして苛酷なものであるが、それは我々がそれを陋劣に胡麻化す口実とはならない。

私はこれら僚友の様子を見て、私の子供は、学校へ入れるのをよそうかと思ったくらいである。社会が腐敗している以上、学生だけを腐敗から守ろうとしても出来ない相談である。私は大正の成金であった父の出世主義により「体に元手をつけといてやる」という意味で、普通最高といわれる教育を受けた者であるが、書籍を自由に読める齢に達して以来、学校の教師からは何一つ教わった覚えがない。私の子供が私の死によって学資を失うのはたしかに一種の不幸であるが、そのため却って学生の集団的腐敗より免かれ得るならば、これは望外の倖せかも知れない。

こういうことも私が自分がいなくなっても、必ずしも子供の発展を扼することにはならないと考えた根拠であった。現代の親の扶養の義務は子供を甘やかすだけのものである。

しかしこれら腐敗した学校出の補充兵の態度には、前線行きときまると、明瞭な変化が現われた。彼等の学生的狡智は一瞬にして影を潜め、一種の優しいいたわりの感情が我々を結んだようである。いやな仕事はなるべく他人に譲るというそれまでの狡智は、大抵は自ら進んでやるという相互扶助の精神と替えられた。（しかしこれも仲間の一部が幸運に赴き、自分等だけ不幸の中に残された、という事実から出た一時の共通の感情にすぎなかったらしい。以来前線へ送られる途中、及び駐屯中の諸々の軍隊日常の必要は、我々を再び元のエゴイストとし、それは米軍が上陸して敗兵と化しても去らなかった。）

或る者は私の妻子を呼ばないという決意をなじらんばかりであった。彼は新潟にいる妻を電報で呼んだところであった。

「お前はそうでも、奥さんの身になって見ろ。一目会いたいかも知れねえじゃないか」

もう一人の僚友は大阪から知人まで呼んでいた。彼等の勧告は私に妻に電報を打つ口実を与えた。私は十五日に上京し、私に面会に来る友人と連絡するように命じた。電報を人事係の准尉に託してしまうと、やはり一種安堵に似た甘い感情が私を浸した。私は妻子と会う場面を色々空想し、電報を打つことを薦めてくれた僚友に感謝した。

十三日我々は東部第三部隊に転属になった。前述のようにそこで輸送大隊に編成されるのである。東部第三部隊とはわが第二部隊と営庭や建物の一部を共有した近衛第二連隊にほかならず、我々はただ営庭を突切ればよいのである。

と同時に我々の宿舎は甚だ惨めになった。我々は二個中隊で狭い酒保の建物に押し込められ携行の被服だけで生活することになった。毛布を床に敷き、背嚢にもたれて眠るのである。履物も鮫皮の靴だけである。毛布とベッドがあり、上靴、営内靴、軍靴と三種の履物を享有するそれまでの兵営生活というものが、いかに快適なものであるかを、我々は初めて思い当った。

我々に配せられる将校と下士官がぼつぼつ集って来た。それぞれ日華戦争の経験者で、我々を大抵三度目の務めである。下士官は専ら我々を屈託させないという任務を与えられたと見え、我々を屢々《しばしば》営内へ軍歌練習にひき廻し、空地で様々の子供の遊戯をさせた。

附近の女学校の講堂で慰安演芸会が催されたことがある。しかし露骨な媚を呈して、やたらに感謝したり激励したりする芸人達に、我々はただ馬鹿にされたような気がしただけである。彼等のちょっとした身振や言葉に現れる日常的なものが、我々の胸にこたえた。

遂に面会の日が来た。我々は再び第二部隊に帰り、そこから旧中隊別に集って、十時九段の或る小学校に向った。校庭には既に面会人達が群れていて、夫や息子を見つけて、それぞれ取り囲んだ。私の通知を出した友人は他のもう一人の友人と一緒に来ていた。しかし妻の姿はなかった。

その日の朝六時頃の汽車で着くという電報が来たので、東京駅へ迎えに行ったが、妻は出て来なかった。八重洲口へ廻って見たがやはりいない。次の次の汽車まで待って、面会の時間が迫ったのでこっちへ来た、と友人はいった。

「また夕方の六時に念のために行って見るつもりだけどね」

と彼は気の毒そうにいった。「今でも着いて家へ電話してくれれば、ここがわかるけど」

「駄目だね。あいつは東京、てんで知らねえから、聞いたぐらいじゃわかりゃしねえ」

私はぼんやり門の方を眺めていたが、奇蹟でも起らない限り、妻の姿がそこから現われる可能性はない。

「女房を呼ばなくってもよかったんだね」と傍からもう一人の友人がいった。これは正確にその時の私の考えていたことである。しかしそれを彼に先にいわれたのは少し業腹だった。

「その通りだ。最初呼ばないつもりだったんだが、まわりの奴がみんな呼びやがるんでね。間違えたな」

「出征とは、いよいよ悪運つきたかね」とまたその友人がいった。

彼はやはり私のもといた会社の技師で、私が現代理論物理学のファンであるのと同じ程度に、文学美術の愛好者であった。若い頃読書会のメンバーであったが、今はチエホフ『決闘』の動物学者フォン・コーレンのファンで、「世界中の馬鹿者が死んでしまえばよい」という哲学者であった。我々は現在の職業を自分にふさわしくないものと自惚れる点で一致していた。

「そうさ、俺の班じゃ四十人中十六人残されたんだが、俺は今まで六対四の四の方へ入るなんて貧乏籤引いたことは一度もねえ」

私は自分の言葉に釣られて、段々快活に饒舌になって来た。

「へっ、どうせ俺なんか女房子供を持つ柄じゃなかったんだ。最初から貰わなかったと諦めてもとのやくざに帰るまでさ。女房子供を恋しがってちゃ、前線はとても務まらねえからね」

これは実感であった。事実はなかなかそうはいかなかったが。

「へっ、まあそう自棄になるな」とわがコーレンは笑った。

私は改めて私物を入れたトランクと共に、遺書その他二、三の友人に宛てた手紙を、妻を迎いに行ってくれた友人に託した。これはわがコーレンとは違って気の優しい友達で、いつも面会の時持って来てくれる煙草は、彼が毎日自ら行列に並んで買い溜めてくれたものであった。要するに私と彼とは、私の方からは彼にいつもサーヴィスさせながら、彼の方から私に何も要求しないという間柄であった。

「何か持って来たか」と私は彼に食物を促したが、彼は「食物を持って来てはいけない」という通知

状の文面をそのまま取って、何も持って来ていなかった。私が不服をいうと、コーレンが傍から、

「そこはやっぱり手前の女房じゃないとね」とひやかした。

まわりの面会人達にはそれぞれ女達が大勢ついていて、折や重箱などを開けて忙しく食べていた。

「おめえ、女房が面倒臭いわ、っていったんだろう」

と私は気の優しい友人の有名な女房孝行をひやかした。時はこんな風に何となく過ぎていった。そして妻と子供はやはり面会の時間の終りが来ても姿を現わさなかった。

集合の声がかかったが、指揮者の思いやりで面会人の到着しない者は、十分だけ帰営を遅らせることが出来ることになった。その十人ばかりの列へ私はやはり加わった。友人達は暫く傍に立っていたが、やがてコーレンは、「じゃ行くぜ。いつまでいても同じだからな」といった。これも彼の方からいわれたのがいまいましかった。この時私は自分がやっぱり落ち目であると感じた。

「じゃ、あば」と私は手を振ったが、兎に角我々は附近に一般のすすり泣きの間で、快活な別離者の方であった。そして結局我々の列では十分の時間の延長によって、際どい運をつかんだ者は一人も出ず、やがて先発の幸福なる人々の後を追った。

その日帰営後一日私が激しい焦躁を現わしていたのを、私の隣人は観察している。彼はそれを妻に会えなかったためと解しているが、私のほんとうの気持はそうではなかった。私は自分の弱気に負け

て妻を呼び、子供二人と共に東京の街に迷わしたことを後悔していたのである。

彼女は恐らく旅馴れないために電報に誌した列車を逸し、今夜か明朝東京駅に着くであろう。そして土地不案内のため、何処へ行っていいかわからず迷っているであろう。今この時、彼女は二人の子供と共に灯火管制下の暗い街で、途方に暮れているかも知れぬ。そしてそれは専ら私の罪なのである。

翌日は十時から師団長の軍装検査があると通告された。軍装検査の後はそのまま出発するのが普通である。私は妻のことはもう考えても仕方がないと諦めた。

翌日は暑かった。朝から忙しく疲れた上、十時から十二時まで十貫以上の完全軍装（円匙欠）で炎天に立ち続けて、眼がくらくらした。眼の鋭い師団長は、この兵隊の中には身動きする者がいると叱った。輸送大隊長の申告の中に「渡兵団補充隊」という言葉があったので、我々の行先がマニラであることを知った。補充兵の喇叭手は師団長の降壇に当って吹奏を誤り、彼が十数歩歩いた時、やっと規定の曲を吹き出した。師団長はそこで立ち止り、副官が急いで差し出した椅子に上って、兵の捧げ銃を受けた。変な方角にぽつんと上半身だけ浮き上って、怒った顔で挙手の礼をする彼の顔は滑稽であった。

部隊は出発した。行先は品川駅であるという。宮城に面した門を出、竹橋へ向って坂を下りた。難行軍であった。我々はかつてこんなに重い物を背負って歩いたことはなかった。

「銃はどうでもいいから、楽に担げ。楽にしないとへばっちまうぞ」と分隊長は兵を励まし、自分も銃を平らに斜めに担いだ。兵達は「はい」と答える余裕もなく、黙ってそれぞれ銃を倒した。列の中で銃身が触れ合った。

竹橋を過ぎたところで、赤ん坊を背負った女が駈け寄って来た。分隊の兵の一人の妻であった。彼女は今日も九段側の門へ行って、知合の下士官から部隊が今日出発すること、どっちの門から出ても竹橋を通るから、そこに待つようにといわれたそうである。

夫は伍の端れの位置と替り妻と並んで歩いた。妻は兵隊と歩度を合わせるのに、夫は荷に堪えるのに精一杯だったようである。彼等は俯向き押し黙って歩き続けた。和田倉門まで来ると、妻は「電車でさきに行ってるわね」といって、東京駅の方へ去った。彼等はしかし品川駅前では混雑にまぎれて会えなかった。

日比谷公園の裏で小休止。鉄柵の石の台へ背嚢の底をあてがうと、別な人間になったように頭がすっきりするのに驚いた。また出発。愛宕下の鋪装道路を真直に芝公園に向う。品川までの沿道に家を持つ兵は、駈けて通りの店に飛び込み家へ電話をかける。芝公園でまた小休止。茶店は電話をかける兵で一杯である。約十名の落伍者がここでトラックに収容される。赤羽橋から暫く電車道を伝ったが、やがて右へ切れ、上りとなる。この辺から電話の通知によったのであろう、横町から家族が飛び出して来るのが頻りとなる。二本榎を通って、遂に品川駅正面の坂の上へ出た。

坂は駅前まで休む兵隊で埋っていた。少し下りて遂に「止れ、銃を組め、背嚢を下して休め」の命令が出た。汽車に乗るまでここで中休止だそうである。二時すぎであった。我々は汗に塗れていた。ほっとしたどころの騒ぎではない。楽になったんだか、ならないんだかわからない。皮肉なことだが、後比島の僻地を警備した我々は、後にも先にもこの完全軍装で炎天二里を歩いた時ほどの難行軍はしたことはなかった。体のたががはずれたような気がする。歩道に腰を下して夢中で汗を拭いていると、「大岡、面会だぞ」と道の向側から呼ぶ声がした。見るとそこには夢のように妻が立って、じっとこっちを見詰めていた。

妻は白い単衣に下の男の子を紐で背負い、上の女の子の手を引いて歩道に立っていた。髪と衣服の汚れと乱れは、十間以上離れてもよく見てとれた。

私はこの妻の姿に私が死んだ後の彼女の姿を見たと思った。同時に妻の方では変り果てた私の姿に、「死」を見たといっている。

妻がここにいたわけは、彼女の忙がしく語るところによるとこうである。電報で知らせた汽車に動顚から乗り遅れると、次の日の始発より指定券が取れなかった。東京へは夜七時頃着いたが、無論誰もいない。交番で訊いて八重洲口附近の宿屋へ行った。そこは満員であったが、家の娘が事情を聞いて別の宿屋へ連れて行ってくれた。娘は電車賃まで出してくれたそうで、妻は東京の人の親切に驚いたといっている。

翌朝つまりその日の朝、私の友人達のいる会社へ電話を掛けた。コーレン氏が出て来た。彼は彼女を営門へ連れて行った。衛兵はその部隊は中央大学へ行ってるといった。(事実部隊の一部はそこにいた)行って見たが面会出来ない。コーレン氏は諦めなさいといったが、妻はもう一度隊まで行って見るといって、独りで九段側の営門へ引き返した。これが我々が出発した直後であった。

同じような事情で九州から上京した一人の母親がそこにいた。それは大勢の東京の人を含んだ人数で、営門へ知人の将校を呼び出して、部隊が品川へ向ったことを知った。そこで妻はその人達に連れられて、やっとここまで来たのである。

我々が会えたのは全く偶然であった。しかし我々はもっと別に話すことがあるはずである。私は道に腰を下し妻を見詰めた。私がその器量のために将来を心配している背中の男の子は、頭一面におできを出し、眼やにをためて眠っている。女の子は、片足は足首から膝まで繃帯して、私の異様な姿におびえたように、私が見ると顔を反ける。

妻は子供用の小さな水筒を出した。除隊する私を待って彼女が貯えてあった配給の酒が入っていた。私は黙ってそれを飲んだ。一杯いうことがあるようであるが、何をいっていいのかわからなかったからである。

私と妻は普通恋愛によって結婚したと思われている。妻もそう信じていたらしいが、やがて私が一個の抜け殻にすぎないこと、彼女と同じ貨幣で支払っていないことに、彼女は気がついた。以来彼女は愛の言葉をいわなくなった。

しかし私は依然彼女が同じ愛情で私を愛しているのを知っているし、私も彼女を愛しているのは自分で知っている。ただその愛情は彼女との六年の同棲の間、小説にあるような優しい言葉をかける必要を感じない、そういう種類の愛情だったのである。

この最後の別れの時に、私が小説の言葉をいわないからといって、彼女を愛していないわけではない、といってやりたかった。或いは嘘でもいいから、彼女の納得の行く小説の言葉をひと言いってやりたかった。しかしその言葉は、この瞬間にも、どうしても私の口から出て来ないのである。

先に涙を流したのは私である。涙は汗と一緒に流れたので、私はそれを手拭で顔ごと拭き取ることが出来た。妻もやがて顔を左右に反けながら黙って泣き続けた。そして我々はやはり何もいわなかった。

この場面は「大岡、かあちゃん、品川駅頭涙の別れ」といって、以来永らく分隊のお笑い草だったものである。

妻はおずおず千人針を出した。急に作られたものらしく、縫い目は半分も埋っていなかったが、それでもよくこれだけ集められたものだと感心したが、彼女は上京の満員列車の女客を尽く煩わしたのである。私はかねてこういう迷信を好かなかったが黙って受け取った。

我々は私が水筒の配給酒を飲み干す間しか会う暇がなかった。「汽車に乗るまで」に、我々はかなりの時間を予期していたが、家族があまり列に立ち混るので、駅前の憲兵が早く汽車に乗せることを要求したためだという。

「集れ」の号令に我々は不意を衝かれ、もぎ離されるように別れねばならなかった。

「きっと帰って来るから、心配しないでもいいよ」

と私はその時いったそうである。私はそれを忘れていたが、恐らくそれは咄嗟の場合に狩り出された私の愛情の最後の表現であった。しかし妻はただ自分を慰めるためと取った。彼女の見た私の姿で、私が生きて帰れようとはとても思えなかった、と彼女はいっている。

夫婦がこのようにして別れなければならないのはたしかに悲惨であるが、こういう別れは出征にばかりよって起るとは限らない。

我々は再び重い背嚢を担ぎ列を作った。私は伍の端に位置を得た。私は番号を叫ばねばならなかった。私の声は震えた。

列は進み出した。妻は狭い歩道の上に随いて来た。

「こぼれてる、こぼれてる」と妻はいった。彼女の真剣な眼は私の腰にあった。見ると水筒が傾いて栓がとれ、水が軍袴を濡らしていた。さっきから彼女と坐っていた間にはずれたのである。

兵の足並は早くなった。妻は最早私を見ず、渇く人が水を飲むように仰向き加減に正面を向き、半ば駈けながら歩いていた。女の子を顧みて「あそこまで……」云々というのが聞えた。

後で聞いたところによると、彼女は上の女の子がついて来るのが困難なのを、引いた手の抵抗によって感じ、「あそこまでだから、駈けなさい」といったのだそうである。兵隊の歩度と合わせるために、子供は全然駈け出さねばならなかった。そして子供は足を傷めていた。

妻が「あそこまで」ときめていたのは、道が駅前の電車道と交わるところであった。彼女達はそこを越え、停留場の安全地帯へ上ってそこで止った。そこから先は車や人が混雑している。私はこの時、「どこまで来ても同じだよ」といったそうである。

妻はそのまま動かなかった。私は彼女を見詰め、諾いて前を向いた。駅の低い木の庇の下へ入る時、私は振り返ろうかと思ったが、何故か自分を抑えてしまった。

駅の南の端に着いていた列車は長く、先の数輛はホームをはみ出していた。我々は見すぼらしい小屋のあるその端ずれまで行って、地面から苦労して乗り込んだ。或いは妻が来ているかも知れない一般のホームは遠く、人が一杯で見分けられない。

妻と会ったことはしかし私の心に、かすかに明るいものを伝えて来た。六対四の四の方に入ったことが、或いは私の運のどん底であって、これからは昇り運になるのではないか、もしこれで潜水艦の雷撃を免かれてマニラに着くことが出来れば、その運の連続として、生きて還れるか知れない、などと埒もないことを考えた。

実際私はマニラに安着した。そして事実その運の連続として生還し、今こんな文章を書いているわけであるが、マニラから先私の越えなければならなかった細い偶然の数は無数であって、とても昇り運などという条の通ったものではなかった。

妻は反対にこうして思いがけず私に会えたからこそ、私は帰って来ない、と信じたそうである。そして彼女は私の留守をその信条に従って暮し、実際彼女は殆んど正しかった。

三時汽車は出発した。汽車は多くの軍用列車と同じく貨物線を行き、普通の駅には停車せず意外な小駅で長く止って、弁当を仕入れたりした。

発車後間もなく経理の中尉が兵に甘味品を配った。目的地に着くまで二十日分の由で、キャラメル、羊羹、飴玉などが多量に支給された。

こういう品物は当時私の俸給ではなかなか子供の口に入れてやれるものではなかった。私のまず考えたのは、私の最後の贈物としてそれを子供に届けることであった。

しかしその手段はなかなかありそうになかった。我々は列車が宇品か門司かに到着するとすぐ、輸送船に乗せられて出発するものと信じていた。それでなければ、我々を欺いてまで守った防諜の意味がない。私の取り得る唯一の手段は駅員か通行人に頼むことである。

小包を作る材料は兵隊の持物にはなかった。私は飴玉を入れる容器として酒保で買った白布製のマスクを思いついた。安全剃刀の刃で一方のミシンの縫目を切って、袋とするのである。「変り玉」といわれ、なめて減るに従って桃色や青に変る飴玉を入れ、後を手で縫った。そして二、三のキャラメルの箱と共にハンケチにつつみ、手帳を破いて手紙をつけ、紙幣を挿んだ。

僚友の眠る暗い車内で、こういう作業をしながら、私は感傷の涙を禁じ得なかった。妻と別れる時も十分流し得なかった涙を、私は顔を窓に凭たせて、心行くまで流すことが出来たのである。

京都はまだ暗かったが、やがて窓外が白んで来た。大阪附近の河と平野を予期してふと外を眺めた私の眼には、意外にも神戸の傾いた甍の波が映った。(列車は山崎から山添いの貨物線を走ったのである)見馴れた山際に小さくわが家の屋根も見えた。しかしあそこには今わが妻子はいない。家族のいない家の印象は、強いていえば家の幽霊に似ている。

加古川で列車は二時間以上停った。駅裏には硫黄がうず高く積まれ、我々はその前で体操をした。

夜は岡山で暮れ、広島で明けた。そしてその夜晩く、我々は下関に着いた。朝まで待合室で眠った。

門司は朝靄に霞んでいた。我々を満載した連絡船は静かに水を分けて船や家々に近づいた。上陸後荷揚使役に我々は再び非力な腕を痺らせた。午後我々の休憩に当てられたのは、海岸通りに沿った厩で、寝ると馬糞の臭いが鼻についた。しかし夜は意外にも数名ずつ分れて、民家に宿泊させられた。

僚友一名と共に私に割り当てられたのは、町の繁華街の裏にある喫茶店であった。中年の女主人には年下の亭主があって、福岡のデパートに勤め、その頃流行の募集軍歌の欠かさぬ不運な応募者であった、彼の左の小指は第二関節から先がなかった。貰い子だという女の子は我々が与えたキャラメルを礼をいわずに受け取った。

女主人はしかし親切であった。夜はビールを工面してくれ、昼は「うちの人に内緒ですよ」といってぜんざいを作ってくれた。私は彼女と零細な金を賭けて「来い来い」賭博をやった。

二階は二間しかなかった。我々と亭主は奥の六畳に寝、女主人と子供は次の三畳に寝た。或る朝点呼に出て、忘れ物を取りに帰ると、女主人は亭主の腕に抱かれていた。

私は彼女に託して遂に子供に届ける望みを達した。海苔の空缶を借りて、ほぼ私の持つ半分を入れることが出来た。女主人はなかなか文学的表現を知っていた。小包に添えて妻に送った手紙には「あの呑気な朗らかな方に大きく隠された愛情を奥床しく思いました」と彼女は書いていた。私は自分では始終屈託があると思っているのに、他人がいつも私を呑気と評するのが不思議でならない。

家の前の通りには他にも喫茶店や小料理屋が多数あり、それぞれ兵隊が泊っていた。食事は別に附近の一膳飯屋へ食べに行くのであるが、飯はやたらに量が多いばかりで高粱を混じえていた。我々はそこの飯はいい加減に切り上げ、点呼後そういう小料理屋に泊っている僚友の室へ上って、特別の料理で夜晩くまで酒を飲んだ。

我々はそうして結局二十日から二十七日まで一週間畳に寝ていた。ここで一週間遊ばせるくらいなら、何故東京で一日帰してくれなかったか、と我々は不服であった。

昼間は演習があった。裏山の小学校や神社の庭で、初歩の戦闘訓練をやった。下士官達は我々の演習振りを見て「こんな程度の悪い兵隊と一緒に行ったんじゃ、今度は助からない」と思ったそうである。

六月末の門司は八時すぎまで明るかった。我々は日夕点呼後、屡々近くの賑かな通りを散歩した。最近八幡を空襲して撃墜されたB29の尾翼と称するものが百貨店の窓に飾ってあった。私は本屋でポケット用の英語の世界地図と数学の公式集を買った。公式集はかさばらず、船の中で暗記して行けば、一番時間潰しになるという寸法であったが、公式は到頭一つも覚えずにしまった。

通りから横町を入ると遊廓がある。昼間でも演習の帰りにのぞくと、肥った娼婦が魚の腹のような腿を出して笑っていたりした。下士官や若い兵隊の一部は、深夜ひそかに彼女達を訪れたようであるが、我々中年の補充兵は一人も出掛けなかった。一体に我々はこの後半年の駐屯中も、格別そういう欲望の刺戟を感じた形跡はない。

他人はよく知らないが、私一個としては明瞭であった。いつもある死の予感がそういう欲望の生じる余裕を与えないのである。死の予感は既に東京の部隊で残留を命ぜられた時から私を襲っていた。しかしそれはまだ漠然たる蓋然性の感じを出でず、その後私には色々とすることがあった。しかし今こうして出港地で無為に過すうちに、だんだんはっきりした輪郭を取るようになった。米潜水艦は港外で我々を待っているかも知れないのである。

我々が受けた退船訓練は滑稽なものであった。傾く舟の反対側から降りろとか、潮流の方向を見きわめて下の方から飛び込めとか、実際に当ってとても実行出来そうもないことばかりであった。出発前の軍装検査の時、廻って来た年老いた佐官の質問に答えて、我々の一人が教えられたところを諳誦すると、老人は溜息して「こういう心得のある兵隊ばかりであったら、我軍の損害も僅少で済むんだが」といったが、近代国家の軍の首脳部にこういう善良な低能が存在し得るのは驚異である。私は私が無事マニラに着けるなどとは思わないことにし、門司で有金残らず飲んでしまった。

死の予感が、どういう感覚であるかをいうのはむずかしい。内臓を抜かれたような、一種の虚脱した圧迫感とでもいうほかはない。無論一日の大半は日常の関心事にかまけている。ふと何かの動作の間に、ああしかし自分はもうすぐ死ぬんだという考えが浮ぶ。外界はその時すべて特別な色合を帯びて来る。例えば光るものは一層光り、影は一層暗く、物音が遠くなったように感じる。しかしこの感覚はそれほど不快ではない。

この快い予感の結末はしかし、比島の山中でマラリヤのため敵前で落伍して、死と直面した時の強い圧迫感であった。何かまわりからどうともならないものにしめつけられるような感覚である。殺される者が殺人者に直面して、どうしても遁れられないと観念した時、或いはこういう感覚を味うかも知れない。しかし私はこの時、やがて前方から来るべき米軍に殺されるとは少しも感じなかった。

二十七日我々は輸送船第二玉津丸に乗船した。我々は門司で解放されるという噂があったらしい。

我々のような弱兵は要らないと現地参謀がいって来たからだそうである。噂は食堂で或る下士官が他の下士官に向って「なんだ。兵隊のお伴で往復列車かよ」といったのを聞いて、たしかと思われた。船へ乗ってから私はその下士官に糺すと、彼は、

「そうさ。だけど船に乗っちまっちゃ、もうしようがないんだね」と淋しそうにいった。

船は兵を積み終るとすぐ岩壁を離れたが、なかなか出港しなかった。七月一日に出るという者がいるが、あまりあてにならない。一坪十五人の「お蚕棚」はひどく暑いので、我々は終日甲板へ出て港を眺めて暮した。

見渡す門司の海に迫った丘の中腹の道を、湧くように兵隊が駈けて来るのが見える。恐らく我々の船団の一つに乗りに来る兵であろうが、私はその矮小な体軀に驚いた。我々も中年の弱兵であるが、見てくれはもう少しいいつもりである。そういう不具者のようにずんぐりした兵隊は、同じ船にも沢山いた。これも私にとっては祖国の敗兆の一つであった。

私の好んで坐りに行ったのは、舳先であった。そこは甲板が次第に反って高くなり、欄に上ると、眼くるめく下に青々と水がたたえているさまが、特に好きであった。玩具のような関門連絡船が、下の方を通って行く。夜、それは赤や青の灯をともして、仕掛花火のように綺麗であった。

しかしこうして無為に眺め暮しているうちに、私はだんだん自分の惨めさが肝にこたえて来た。船は明日にも解纜《かいらん》するかも知れない。死は既に目前に迫っている。この死は既に私の甘受することにき

めていた死ではあるが、いかにも無意味である。

私はこの負け戦が貧しい日本の資本家の自暴自棄と、旧弊な軍人の虚栄心から始められたと思っていた。そのために私が犠牲になるのは馬鹿げていたが、非力な私が彼等を止めるため何もすることが出来なかった以上止むを得ない。当時私の自棄っぱちの気持では、敗れた祖国はどうせ生き永らえるに値しないのであった。

しかし今こうしてその無意味な死が目前に迫った時、私は初めて自分が殺されるということを実感した。そして同じ死ぬならば果して私は自分の生命を自分を殺す者、つまり資本家と軍人に反抗することに賭けることは出来なかったか、と反省した。

平凡な俸給生活者は所謂反戦運動と縁はなかったし、昭和初期の転向時代に大人となった私は、権力がいかに強いものであるか、どんなに強い思想家も動揺させずにはおかないものであるかを知っていた。そして私は自分の中に少しも反抗の欲望を感じなかった。

反抗はしかし半年前、神戸で最初に召集を覚悟した時、私の脳裡をかすめた。かすめたのはたしかにそれが一個の可能性にすぎなかったからであるが、その時それが正に可能性に終った理由を検討して、私は次のことを発見した。即ちその時軍に抗うことは確実に殺されるのに反し、じっとしていれば、必ずしも召集されるとは限らない、召集されても前線に送られるとは限らない、送られても死ぬとは限らないということである。

確実な死に向って歩み寄る必然性は当時私の生活のどこにもなかった。しかし今殺される寸前の私にはそれがある。

すべてこういう考えは、その時輸送船上の死の恐怖から発した空想であった。空想はたわいもないものであるが、その論理に誤りがあるとは思われない。

しかし同時に今はもう遅い、とも感じた。民間で権力に抗うのが民衆が欺されている以上無意味であるのにもまして、軍隊内で軍に反抗するのは、軍が思うままに反抗者を処理することが出来る以上、無意味であった。私はやはり「死ぬとは限らない」という一縷の望みにすべてを賭けるほかはないのを納得しなければならなかった。

私はいかにも自分が愚劣であることを痛感したが、これが理想を持たない私の生活の必然の結果であった以上、止むを得なかった。現在とても私が理想を持っていないのは同じである。ただこの愚劣は一個の生涯の中で繰り返され得ない、それは屈辱であると私は思う。

その時の私には死と戯れるほかすることがなかった。そして死の関心は自然に私を自分の生涯に関する反省に導いた。私は広い欄の上に身を横たえ、水を眺めながら、生涯を顧みた。回想は専ら私の個人的幸不幸に関するものであった。

楽しかった瞬間、不幸であった瞬間を、注意の及ぶかぎり思い出し、その時私が果して何者であったかを反省した。反省は多く後悔を伴わずにはいなかったが、死を前にして後悔すら楽しかった。

私は何故か死ぬ前に、つまり船の出る前に、私の全生涯の検討を終えなければならないと感じた。今日はここまで明日はあそこまでと予定を立てて回想したと記憶する。全生涯を遍歴するのにたしか三日かかったと記憶する。この作業は後比島の駐屯生活中も繰り返された。がそれは検討の興味よりも、回想する快感によったと思われる。

私は自分の過去の真実と思っていたものに幾多の錯誤を発見した。例えば私が得ることが出来なかったために、愛していると思っていた女について思い出は少なく、愛していなかったために、得ることが出来た女のことが詳細に思い出された。感覚の裏打のない記憶が早く薄れるためかも知れない。しかし最も幸福な瞬間が何の思い出を残さないことは、スタンダールが注意している。思い出によって構成された過去は、必ずしも真実を尽していないかも知れない。

妻と私の間にもこうした記憶に残らない時間があったかも知れない。もし妻と品川で別れる時、私に言葉がなかったのが、そういう原理によるのならば倖せである。

私は水を見詰めた。そこには私がこれまでただの戯れの恋と思っていた女の映像が浮んだ。その時彼女が現われたのは、多分私が彼女と海で泳いだことがあったからであろう。女は男に媚びることを知っていた。派手な海水着を着た彼女は浪に身を翻えして笑った。

私の観照は次第に白昼夢の色を帯びて来た。水の上を上の女の子が匐《はらば》って来た。子供は輌車に乗った動物の玩具のように、両手を前に突いたままの姿勢で進んで来た。船尾から眼の下を通り、私の眼の移るに従って舳先へ消えた。子供はもう匐う年頃ではなかったから、これは私の観照の舞台が水という平面であった結果であろう。

子供は私の欲するままに再び船尾の水面に現われ、懸命に前を向いて進んで来た。その幻像の上に、私が何故品川で妻が与えた千人針を投げる気になったか不明である。

いずれこれは私の好まぬ迷信的持物であったが、何か記憶に残らない発作にあったのであろう。強いていえば私は前線で一人死ぬのに、私の愛する者の影響を蒙りたくなかったといえようか。国家がその暴力の手先に男子のみを必要とする以上、これは純然たる私一個の問題であって、家族のあずかり知るところではない。

私はそれを雑嚢から取り出すと、何となく拡げて海に抛った。夕方はまだ明るかった。布はあるとも見えない風にあおられ、船腹に沿って船尾の方へ飛んで行った。

ざわめきが目白押しに欄に並んだ兵の間に起った。「ああ、ああ」と叫びに交って「千人針やないか」という声が聞えた。私は自分の純然たる個人的行為が、こんなに大勢に注意を惹いてしまったのに少し慌てた。

みな私を見ているような気がした。近くの二、三人の兵士の顔は怪訝と共に非難を表わしていた。

「わざと棄てよったんや」と一人がいった。

私の顔は多分笑っていたろうと思う。私は欄を降り素速くその場を離れた。

「あの兵隊です」という声を背に聞いた。

兵が下士官にいうような調子であった。私はまた慌てた。そこらにいた兵は私の隊の者ではなかったが、下士官の気紛れから、「銃後の真心の結晶を何故棄てた」などと平手打を喰ってはつまらない。足を早めて舳先を廻り、反対側の甲板へ出ると、あたかも空いていた便所へ入った。便所は粗末な木で造られ、海へ突き出ていた。臭気の中で蹲みながら、私の口は依然笑いに歪んでいたが、突然眼が熱くなった。

三十日の午後船は突然動き出した。壇之浦の瀬戸を通り、なおも狭い水路を東へ進んだ。岸の段々畑の上にある家の前には、一人の若者が立って、手旗で信号を送っていた。「無事航海を祈る」とか「敢闘を乞う」とかいっているのであろう。甲板の兵は帽子を振って答えた。

海は広くなった。船は九州の岸に沿って南下する。いよいよ豊後水道から出るのかと思っていると、不意に停った。随いて来た二、三隻も、少し離れてまちまちに停っていた。周防灘が平らに拡がった向うに、中国の山が遠く低かった。そこで夜を明かした。

翌日も船はそうして停っていたが、四時過ぎに動き出した。昨日来たコースを逆行するのである。瀬戸を越え、船は再び港内に入ったが、そのまますると通過した。しかし少し行くとまた停ってしまった。

緑の雑木林に縁どられた淋しい岸の向うに煙突が五、六本並んでいる。港からはいくらも来なかったように思う。関釜連絡船が窓を一面に閉ざした不吉な姿で大きく傾いて曲って行った。

夕方船はまた動き出し、速力を加えた。波は次第に高く、風が出て来た。ふと顧みると、後に八隻の船が一列に並んで、整然と随いて来ていた。遂に船団は出発したのである。

空は美しく色とりどりの雲が、様々の方向に流れていた。太陽は霞んで、今や海に入ろうとしている。続く輸送船の形も色もとりどりで、概してあまり優秀な船はないようである。船荷の不足からか、汚い船腹を傷ましいほど高く挙げている一隻もある。


ああ、堂々の輸送船。

九隻並んで夕照の中を走る光景は、たとえ船がぼろ船で、乗る者があまり勇壮ならざる出征者であろうとも、堂々として美しい。

波はますます高く、船は激しく揺れた。玄海灘であろう。九州の山は次第に青く霞もうとしていた。行く手には一つの島があった。片側は全部岩を露出した三角の島である。

あの島が祖国の見納めになるだろう、と私は思った。島を通過すれば船は恐らく外洋へ出て、私は二度と日本を見ないであろう。

祖国という言葉は一つでも、我々がそれに附する内容はまちまちのはずである。私は大体「わが偶然生を享けたる土地を何故祖国と呼ぶ必要があろう」といった明治の基督者と同意見であるが、兎に角私は自分の生涯の思い出の繋がる土地の最後の一片から眼を離すことは出来なかった。

島はますます大きく、岩の膚理は明らかになって来た。崖の下で激しく打つ白波の飛沫も次第に見分けられた。船の動揺につれてその映像全体が大きく上下した。

私に何か感慨があったかどうか、わからなかった。しかしその時の私の中の感情は、私が出征によって、祖国の外へ、死へ向って積み出されて行くという事実を蔽うに足りない、と私は感じた。

黒地の絵

松本清張

1

（一九五〇年六月＝ワシントン特電二十八日発ＡＰ）米国防省は二十八日韓国の首都ソウルが陥落したことを確認した。

（ワシントン三十日発ＵＰ）目下帰米中のマックアーサー元帥副官ハフ大佐は三十日国防省で次のように語った。四万の米軍が朝鮮に派遣されるだろう。それは日本駐在の第一騎兵師団一万と総司令部直轄部隊三万である。

（大田特電七月一日発ＵＰ）韓国に派遣された米軍部隊は一日午後大田に到着した。さらに後続部隊も輸送途上にあるものとみられている。

（総司令部二日午後八時五十分発表）第二十四歩兵師団長ウィリアム・ディーン少将は朝鮮派遣全米軍の総司令官に任ぜられた。

（総司令部四日発表、ＡＰ）米軍部隊は三日夜、韓国前線ではじめて北朝鮮軍にたいする戦闘行動にはいった。

（韓国基地十一日発ＵＰ）米軍地上部隊は大田北方で十一日朝、圧倒的に優勢な北朝鮮軍と激戦を交えたが、重大な損害をうけて十一日正午ふたたび後退した。

（総司令部十二日発表）米軍は錦江南岸へ撤退した。

（十五日発ＵＰ）北朝鮮軍は十五日夜、錦江南岸の公州を占領した。

（韓国基地十七日発ＵＰ）錦江沿岸の米軍は十六日北朝鮮軍の前線突破後、やむなく新位置に後退した。北朝鮮軍は強力な掩護砲火のもとに大田に向って猛進撃をしており、米軍前線に阻止できぬほどの大部隊を投入している。

（十七日発ＵＰ）米軍は十七日大田飛行場を放棄した。

（ＡＰ東京支局長記）米国は韓国戦線にさらに歩兵部隊二個師団を投じた。

（米第八軍司令部にてＡＰ特派員二十五日発）北朝鮮軍は二十四日夜、韓国西南端の海南を占領しさらに東部に進撃、同夜求江も占領した。大田南方における北朝鮮軍のこうした動きは大田―釜山間鉄道の南部を東方にかけて切断する広範囲な遠回り作戦を可能にし、米・韓両軍の補給路をおびやかしている。

（ワシントン二十四日発ＡＰ）トルーマン大統領は米国兵力を約六十万増加し、新たにどんな戦闘が発生しても米国としてこれに対処しうるようにするため、総額百五億一千七百万ドルにのぼる追加支出案を二十四日議会に提出した。

太鼓は祭の数日前から音を全市に隈なく鳴らしていた。祭礼はそれが伝統をもった囃子として付随していたから、祭の日の前より、各町内で一個ずつ備品として共有している太鼓を道路の端に据えて打ち鳴らすことは習慣だったのだ。一つは、それを山車《だし》にして市中を練り歩く子供たちが撥《ばち》さばきをおぼえるためであり、一つは太古の音を波のように全市にただよわせて祭の前ぶれの雰囲気を掻きたてるためであった。暑い七月十二日、十三日が毎年の小倉の祇園祭の日に当っていた。

祭の日が近づくと、撥は子供たちの手から若者たちに奪われ、そのかわり、音は見違えるように冴えて活気づいてくるのであった。打ち手は二人ぐらいで、鉢巻をし、浴衣の諸肌を脱いで、台に据えた太鼓に踊りあがって撥を当てるのだ。祭の当日には、全市の各町内で太鼓叩きの競演があるから、腕を自慢する青年たちは汗をかいて撥をふるった。たたき方には、乱れ打ちなどいくつかの曲芸めいたしぐさがあるが、音は単調な旋律の繰り返しであった。どどんこ、どん、どん、どどんこ、どん、どん、というように一貫して、ほかに変化はなかった。しかし、聞く者には、この音が諸方から耳に乱れてはいり、混雑した祭の錯綜に浸らせた。

太鼓の音は、こうして祭のくる何日間も前から小倉の街中に充満するのであった。昼は炎天の下に気だるく響いているが、夜になるとにわかに精気を帯びて活発になった。音は街の中だけではなく、二里ぐらい離れた田舎にも聞えた。離れた所で遠く聞いた方が、喧騒な音を低くし、統一し、鈍い、妖気のこもった調和音となって伝った。そこで聞いた方が、その中心にいるよりも、よけいに祭典を感じさせた。

ジョウノ・キャンプは、街から一里ばかり離れた場所にあった。戦争中は陸軍の補給廠であったが、米軍が駐留してからも、そのまま補給所に使用した。二万坪はたっぷりあった。木造の灰色の建物は白いコンクリート壁に建ちかわり、周囲には有刺鉄線の柵が張りめぐらされ、探照灯をそなえた見張台が立った。この内には米兵が何百人かいて、おもに兵士の被服の修理や食糧の製造をしているということであった。アーチ型の正門からは、コカコーラの瓶を荷造りして積んだトラックが、よく駅に向って走り出たりした。

しかし、七月のはじめから、このキャンプの内の兵士は数がふくれあがっていた。ふくれあがっては萎み、またすぐにふくれた。兵士はどこからか汽車で運ばれてはここにはいり、すぐにどこかに出て行くが、また同じくらいな人数がよそから来て充足した。市民たちは、その行先が朝鮮であることを知っていた。が、どこから彼らが運ばれてくるのかは知らなかった。

その何回目かの膨満をはたすために、七月十日の朝、一群の部隊がキャンプにはいった。彼らは五、六本の列車輸送を要したほどの人数であったが、ことごとく真黒い皮膚を持っていた。不幸は、彼らが朝鮮戦線に送りこまれるために、ここをしばしの足だまりにしたばかりではなかった。不運は、この部隊が黒い人間だったことであり、その寝泊りのはじまった日が、祭の太鼓が全市に鳴っている日に一致したことであった。

なぜ、それが不運か、あるいは、危険かは、日本人にはわからなかったが、さすがに小倉MP司令官モーガン大佐はその危惧を解していた。彼は市当局にたいして、祭典に太鼓を鳴らすのはなるべく遠慮してほしいと申しいれた。

市当局は、その理由を質した。質問のときに、この伝統のある祭は、太鼓祇園ともいって長い間この地方の名物であり、太鼓はこの祭典には不可欠である、と力説することを忘れなかった。司令官は渋い顔をして、とにかく、太鼓の音は迷惑だと主張した。市当局は云った。それはどういうわけか。当地駐留師団長のディーン少尉が朝鮮軍指揮官として渡韓して留守であるから、その遠慮のためか。それとも、北朝鮮共産軍のために米軍が韓国に圧迫されつつある現在の戦況にたいして、自粛のために太鼓の音をやめよと命令されるのか、ときいた。大佐は首を振って、理由がそうではないことを示した。が、別に明瞭な解説を述べず、云い方が曖昧であった。ここで市当局は押し返した。いま太鼓をやめては、祭典ははなはだ寂寥となり、ひいては市民は現在の朝鮮の戦況に結びつけて不安を感じるであろう、人心を安定し、勇気をもたせるためにも、ぜひ祭典は例年どおりに実行させていただきたい、と云った。司令官は眉をひそめて黙した。彼はそのとき危惧の理由が云えなかった――ことは、後でわかったのだ。

黒人部隊が到着した日は十日であった。彼らは岐阜から南下した部隊で、数日後には北朝鮮共産軍と対戦するため朝鮮に送られる運命にあった。彼らは暗い運命を予期して、絶望に戦慄していたということは多分想像できるのだ。北朝鮮軍は米軍が阻止できぬほどの大部隊の人海で南下をつづけつつあった。大田を放棄し、光州を退却し、西南部からも圧迫をうけ、米軍は釜山の北方地区に鼠のように追いこまれていた。そこにこの黒人部隊が投入される予定だったのだ。戦地に出動するまで五日と余裕はなかったに違いない。そのことは彼らが一番よく知っていた。彼らが共産軍の海の中に砂のように没入してゆく運命であることも。

到着した十日の日も、むろん、小倉の街に太鼓の音はまかれていた。キャンプのある一里の距離は、その音を聞くのに適度であった。音は途中で調和し、遠くで舞踏楽を聞くようだった。

黒人兵たちは、不安にふるえている胸で、その打楽器音に耳を傾けたに違いなかった。どどんこ、どん、どん、どどんこ、どん、どん、という単調なパターンの繰り返しは、旋律に呪文的なものがこもっていた。彼らはむき出た目をぎろぎろと動かし、厚い唇を半開きにして聞き入ったであろう。音は、深い森の奥から打ち鳴らす未開人の祭典舞踊の太鼓に似かよっていた。そういえば、キャンプと街との間に横たわる帯のような闇が、そのまま暗い森林地帯を思わせた。

黒人兵士たちの胸の深部に鬱積した絶望的な恐怖と、抑圧された衝動とが、太鼓の音に攪拌せられて奇妙な融合をとげ、発酵をした。音はそれだけの効果と刺激とを黒人兵たちに与えたのだった。遠くから聞えてくるその音は、そのまま、儀式や、狩猟のときに、円筒形や円錐形の太鼓を打ち鳴らしていた彼らの祖先の遠い血の陶酔であった。

彼らは、それでも、まる二日の間、兵営に窮屈そうにひそんで不安げに太鼓を聞いていた。二日目は、街ではいよいよ本式の祭礼の初日で、撥の音は高潮に達していた。ひそかなざわめきが彼らの間に起った。聞えてくる旋律は、肉体のリズム的衝動にしたがっていた。肩を上下に動かし、自然と掌をひらひらさせる、あの黒人の陶酔的な舞踊本能をそそのかさずにおかないものだった。

黒人兵士たちは、恍惚として太鼓の音を聞いていた。その単調な、原始的な音楽は、ここに来るまで雑多に入りまじり、違音性の統一した鈍い音階となってひろがってきた。彼らは頸を傾げ、鼻孔を広げて、荒い息づかいをはじめていた。

兵営の周囲は土堤が築かれ、その上にとがった棘の鉄線の柵が張りめぐらされてあった。見張台からは照射灯が地上に光を当てていた。しかし、これはふだんから兵士の脱出をさまたげなかった。というのは、土堤のところには、排水孔の土管がはめこんであり、兵営の庭から道路脇の溝に通じていたのだ。土管は、大きな図体の人間が一人はって行くに十分な直径をもっていた。兵士たちは、夕方からこの土管を通って外出し、一夜を女のところで過ごし、早朝に土管から帰営するのであった。幸いなことに、土管の出入口は照射灯の光の届かない暗部にあったから、行動は自由であった。日本の旧軍隊の苛酷なまでに厳しい内務規律を経験した者には、すぐに納得できぬことだったが、動哨のときにも銃を肩にずり上げて煙草を口にくわえ、腰かけている懶惰《らんだ》なアメリカ兵の姿態になれてきた目には、そのような脱柵も奇異には思えなくなった。土管は兵士たちの夜の通用口であった。

七月の灼けるような陽が沈んで、空に澄明な蒼色の光線がしばらくたゆたっていたが、それが萎むと急速に夜がはびこってきた。遠い太鼓の音は熾烈を加えて、暮れたばかりの夜の帯をわたってきた。日本人の解さない、この打楽器音のもつ、皮膚をすべらずに直接に肉体の内部の血にうったえる旋律は、黒人兵士たちの群れを動揺させて、しだいに浮足立たせつつあった。彼らは二日間もその呪術的な音を耳にためていたのだ。

風が死に、蒸暑い空気がよどんでいる九時ごろであった。兵士たちの影が《通用口》の入口にひっそりと集った。彼らは高い背をかがめ、土堤の陰にうごめいていた。一人ずつが土管の筒の中をはって膝で歩いた。土管は物にふれあって金属性の音を立てた。音は靴の鋲ではなく、もっと重量のある音響をたてた。自動小銃の台尻や、腰の拳銃が土管を引っかく音だった。いつもの疎らな、白い顔をした兵士の陽気な《外出》ではむろんなかった。

太鼓はあいかわらず聞えてくる。黒い兵士たちは土管の入口で順番を待ちながら、肩をふるわせ、拍子をとって足踏みしていた。自動小銃と手榴弾がそれぞれの幅広い背にあった。武装は完全だった。

死を回避する恐怖は、抑圧された飢えをみたす本能に流れを変えていた。見張台の照射は、土堤の草や、石ころ道や、田圃の一部をむなしく輝かしていたが、その間隔の暗闇には、黒人兵士たちがしだいに黒い影をふやしつづけていた。太鼓の鈍い音律が、彼らの狩猟の血をひき出した。この狩猟には、蒼ざめた絶望から噴き出したどす黒い歓喜があった。

兵営の位置は、小倉の街の中心から南に寄っていた。東には四〇〇メートルぐらいな山脈があり、西にはもっと低い丘陵があったが、間はかなり広い平野になっていた。兵営の北側は街に近く、そのほかの側は田圃や畑の中に、聚落《しゅうらく》や村落が散在していた。農家もあり、市街の郊外をかたちづくった住宅群もあった。蒸暑い夜のために、それらの灯は雨戸にさえぎられることもなく、暗い闇の中に密集したり、はなれたりして光っていた。

黒人兵たちは、その灯を目標に歩いた。地理は皆目わかっていなかった。それは数日後の彼らの生命がわからないのと同じであった。彼らは、知らされなくても、海の向うの戦況に敏感であり、米軍の一歩一歩の敗退が、彼らの生命に直接かかっていることを知っていた。退却する味方と、追ってくる敵との隙間に、彼らは投入されるのだ。木が焼かれ、砲車の破片が散っている戦場に腕と脚とをもがれて横たわっているおのれの姿の想像は、ある確率で彼らの胸にせまっていたに違いないが、その現実までには、百数十時間か、それ以上の距離がまだあった。彼らは、一時間でも一分でも、そこに近づく意識を消そうとかかっていた。それは祈りに近いものだった。

もともと、アフリカ奥地で鳴らす未開人の太鼓には、儀式の祈りがある。彼らの祖先がアメリカ植民地開拓の労働力として連れてこられたとき、白人から教えられた神の恵みに感激し、奴隷の束縛された生活のうちに光明を見いだして創造した黒人霊歌にも、アフリカ原始音楽のリズムが、神とは別な、呪術的な祈りのリズムが流れて潜んでいる。――

太鼓はやまずに遠くから鳴っていた。鈍い、呪文的な音だった。黒人兵士たちは生命の絶望に祈ったのかもわからなかった。彼らは、道をかまわず歩いた。靴は、伸びた革をたおし、田圃をつぶして、人家の灯を目ざして歩いた。狩猟的な血が彼らの体にたぎりかえっていた。闇は、狩猟者のはいくぐって行く森林であった。

黒人兵たちは五、六人が一組だったり、十五、六人が一組だったりした。統一はなかった。白人兵は一人もいずに、黒人兵の将校もまじっていた。彼らは兵営の西南部の広い地域にかけて、数々の村落に散った。自動小銃をにない、手榴弾を背負った兵士の群れは、どれくらいの組に分れていたか見当がつかなかった。誰が誘い誰が誘われたということでもなさそうだった。彼らは一組ずつの単位で行動していたが、組と組の間は連絡もなく、命令者もなく、ばらばらであった。云えそうなことは、彼らが戦争に向う恐怖と、魔術的な祈りと、総勢二百五十人の数が統率者であったことだった。

空は晴れ、山の上のさそり座が少しずつ位置をずらせていた。

前野留吉は、家の中にいて、遠くで人の騒ぐ声を聞いた。話し声は、はっきりしなかった。

「祭から近所の誰かが戻ったのかな」

留吉は、蚊帳の内で読んでいた本から顔を上げて耳を傾けた。

妻の芳子は、電灯の下で留吉の作業服のつくろいをしていた。留吉は近所の小さな炭坑で事務員として働いていたが、この炭坑はいつつぶれるかわからない不況にあった。

家は、六畳と四畳半の二間であった。家賃が安いのは、家が古いのと場所が辺鄙なためだった。近所は五、六軒あったが、互いに畑で離れていた。前は道路で、向い側に田圃がひろがっていた。

芳子は、針をとめて声に聞き入るようにした。声はすぐに静かになった。

「大村さんとこでしょうか」

彼女はシュミーズ一枚だけで、髪の生えぎわに汗をうかせていた。蚊が耳もとで羽音を立てていたので、顔を振って、柱の時計を見あげた。十時が過ぎていた。大村という家は、一〇〇メートルぐらい離れて十五、六戸ばかりかたまった中の諸式屋だった。日用品も、菓子も、果物も、酒も、日に三回通うバスの切符もその家で売っていた。

「遅くまで行っていたんだな」

留吉は雑誌を一枚めくって云った。

「もう、祭も今夜は終りごろだろう」

芳子は、そうね、と云った。もう太鼓の音は聞えてこなかった。

「表の戸は閉めたか」

留吉は云った。

「いま、閉めるわ」

芳子は云った。

「戸を閉めると、やっぱり暑い。もう少し風を入れておくか。いや、そういえば今夜は風がちっともない」

このとき、遠い距離から炸裂の音が二発起った。ずいぶん遠方からで、音は小さくてみじかかった。

「いまごろ、花火を上げていやがる」

その声の下から、もう一発聞えた。音は前よりも低く、暗い夜の底を通ってきたような感じであった。

「何だか、いつまでも騒々しいな」

留吉は雑誌を投げ出し、髪を指立てて掻いた。花火のことだけではなく、さっきのざわざわした声をまた聞いたからであった。こんどはもっと近くだったが、あいかわらず言葉の正体はさだかでなかった。

隣の小屋の鶏が羽根をはばたいて駆ける音がし、犬が吠えた。靴音が乱れて地上に響いた。口笛が低くした。

戸が鳴ったとき、留吉は蚊帳の中で起きあがり、四つんばいになって、表に来た、ただごとでない物音を判断しようとしていた。芳子は立ちあがっていた。

表の声は、騒音をやめたが、一つの言葉がはっきりと飛びこんできた。

「コンニチハ、ママサン」

声は咽喉から発音したように異様で複雑であった。

「あんた、進駐軍だわ」

芳子は夫に向って云った。まだ怖れはなかった。このあたりには、ときどき、米兵が女を連れて通りかかり、物を売りつけることがあった。

「いまごろ来て、しようがないな」

留吉は蚊帳から這い出た。ランニング・シャツにパンツ一枚だけだった。彼は、表の暗いところに大きな男が五、六人かたまって家の中を覗いているのを見た。

留吉の背後の薄い電灯が、大男たちの目を反射していた。体全体は影のように暗かったが、目だけは紙をはったように白かった。その目がみんな留吉に向って剝かれていた。

「パパサン、コンニチハ」

一人が、太くて渋い声で云った。五、六人の雲つくように高い背は、身動きもせずにせまい入口にかたまっていた。

留吉は黙ってうなずいた。

「ビール」

と、大男はいきなり注文した。

「ビール、ナイ」

留吉は手を振った。この返事を聞いて、はじめて彼らの静止した姿勢が動揺した。

「サケ！」

一言叫ぶと、大男は靴音を立てて、ぐっと留吉の前に顔を突き出した。貝殻の裏のように光沢のある白い目が電灯に映えてきらめいた。そのほかの鼻も頬も顎も真黒であった。厚い唇だけが桃いろがかって色がさめていた。その唇から酒臭い息が留吉の顔をうった。

「サケ、ナイ。ナイ」

留吉は手をあおぐように振った。はじめて彼は、相手がいつもの調子と違っているのに気づき狼狽した。背中に銃を負っているのが目にはいると、不安が急激に湧いてきた。

後ろにいる男が、何か早口でしゃべった。犬が咽喉で啼いているような声だった。その言葉は短く、それに応えたような三人の声はもっと短かった。

留吉は強い力で突きとばされた。大男たちは靴を畳に踏みつけ、障子を鳴らしてあがってきた。

芳子は蚊帳の陰に走りこみ、立ちすくんだ。一人の黒人兵は太い指で彼女をさし、げらげらと笑った。青い蚊帳の傍で、彼女の白いシュミーズがふるえていた。黒人兵たちは口笛を鳴らした。

「カモン、ママサン」

と、一人が黒い指で下からあおぐように手招きした。彼らは暗緑色の軍服を着ていたが、それが体に密着して皺が立たぬほど図体が張っていた。広げた胸元の皮膚は黒光りがしていた。彼らは芳子を覗いていたが、一人が畳の上で足踏みした。この小さな舞踏は、家中の建具をふるわせた。

留吉は、黒人兵たちの前に立った。彼の背はすぐ前の男の胸までしかなかった。彼は上から圧縮されながら叫んだ。

「サケ、ない。帰ってくれ」

黒人兵たちは、目を留吉に移した。彼らは肩の自動小銃のベルトに手をやり、それをずりあげた。戦闘帽をとって天井にほうりあげた。髪は焦げたように縮れていた。留吉は真青になった。五、六人の黒い兵隊からは、酒の臭いと、すえた動物的な臭いが強烈に発散していた。

二人の兵は体を折りかがめて狭い台所におりた。懐中電灯の光が揺れて移動しているのが、ここからも見えた。戸棚の崩れる音や、器物の割れる音がした。それは十分間もつづいた。

二人の黒人兵が戻ってきたとき、一人は手に五合瓶をさげて、それを友だちに高々とさしあげて見せた。青い透明な瓶の上部には、猿のような黒い指が巻きつき、瓶の底には二合ばかりの液体が揺れていた。黒人兵たちは感嘆した。

留吉は、飲み残しの焼酎があったことを思いだした。忘れていたというよりも、まったくそれは頭の中になかった。兵隊の好物はビールという考えだけがあった。彼らが、今、二合の焼酎を持ち出してきたことで、留吉は内心で多少安心した。一つは、彼らの要求をともかくみたしたことである。二合を五、六人が飲みおわるのはまたたくまに違いない。留吉は動悸させながら、黒人兵たちの様子をうかがった。

彼らは、肩から自動小銃をはずして畳の上に投げ出し、そこにあぐらをかいた。腰にはまだ拳銃のベルトが巻きついていたが、それも邪魔そうに解いた。胴が急にゆるんで腹が突き出た。留吉は気をきかしたつもりで台所から六個の茶碗を重ねて持ってきてやった。動物に餌をやって早く追いたてる算段だった。

一人がボタンをはずして暗緑色の上着を脱いだ。下にも同じような色のシャツを着ていたが、黒光りのする盛りあがった皮膚は、シャツの色をあざやかに浮かせて見せた。つぎつぎとほかの友だちがそれをまねた。巨大な六つの黒い山塊だった。

二合の焼酎は六個の茶碗に貧しげに分配された。彼らは、うす赤い唇にたちまちそれを流した。厚い唇の端からは滴りが顎に流れて光った。彼らは白い歯をむき、量感のひそんだ渋い声や、鼻にかかった声で早口にしゃべりあった。その喧騒の中から、蚊帳を吊った奥で、かすかに襖の閉まる音を、留吉は耳ざとく聞いた。

　黒人兵は、もう以前から酔っていた。どこかで飲んできたことは、彼らがはいってきたときからわかっていた。扁平な鼻は太い鼻孔を押しひろげて正面からのぞかせ、暑そうに息づいていた。

　一人が空瓶をとると、そこに突ったっている留吉の方へかかげて見せ、何か云った。留吉は首を振った。自然と彼の顔には卑屈な笑いが出ていた。突然、瓶は宙をとび、留吉の立っている横の箪笥に当って砕けた。留吉は顔色を変えた。

「ママサン！」

　と、一人が膝を立てて立ちあがった。目が蚊帳の方に向い、大きな体が揺れていた。すわっていた間に、今までの酔いが出たのか、足がふらついていた。

「ママサン・ノウ」

　と、留吉は云った。彼はさっきの襖の閉まる音で、芳子が押入れに這いこんだことを察していた。ノウというのは、いないというつもりだった。

「ノウ？」

　黒人兵は、おうむ返しに云い、胸を張り、深呼吸するように両肩をあげた。この男の目は異様に光って留吉を見すえた。黒い、しまりのない、まるい顔にも、はっきりと日本人同士のように敵意の表情が見えていた。彼は、留吉の言葉を、正直に拒絶とうけとったらしかった。すわっている一人が、いきなり笑い声をあげ、一人が名前を呼んで声援した。

留吉は目の前の男が緑色のシャツを脱ぐのを知った。留吉は恐怖におそわれ、逃げようとしたが、芳子が押入れに隠れている理由で生唾のんで踏みとどまった。

シャツを脱いだ男は、上半身を裸体にした。真黒く盛りあがった肉が犀《さい》の胴体のようにふくれあがっていた。それは黒の鞣革みたいに、動くと鳴りそうだった。留吉の目には、正面の黒い中に桃色の一羽の鷲が翼を広げているのが見えた。鷲の首は、みぞおちの上部に嘴を上げ、翼を両乳に伸ばしていた。

黒人兵は、その刺青を自慢そうに見せると、手をズボンのポケットに突っこみ、掌の中に握りこむように何かを取り出した。彼は留吉に向い、片一方の肩をそびやかし、背を少しかがめて、握ったものをぱちんと鳴らした。その金属性の音といっしょに、光った刃がはね出た。

留吉はその場に棒立ちになった。血が足から頭に逆流した。膝から力が脱け、頭の中が助けを求めてわめいた。体中から汗が噴いた。

すわっていた五人が騒いで立ちあがった。彼らは口々に何か云いあい、蚊帳のある次の間へ大股で行った。青い蚊帳は切れて落ち、薄い布団が靴で蹴りあげられた。留吉は無意識に動こうとしたが、目の前に立ちはだかった黒人兵は、ナイフを握った手の肘を引いてあげた。

襖が倒れる音がし、芳子の叫ぶ声が聞えたとき、黒人兵たちは歓声をあげた。彼らは野鳥のような声で啼き、口笛を鋭く吹いた。

「あんた、あんたあ」

と、芳子が叫んだ。留吉の立っている位置からは、芳子の姿はわからなかった。留吉は口の中に汗を吸いながら叫んだ。

「逃げろ、早く逃げろ」

しかし、芳子の体が黒人兵たちに捕獲されていることは留吉にもわかっていた。彼は無駄を叫んでいるにすぎなかった。家が地響き立てていた。芳子は悲鳴を上げつづけた。黒人兵たちは、上ずった声で笑い、きれぎれの言葉を投げあっていた。

留吉は、突然、

「エム・ピー」

と云った。MPに訴えるぞと、とっさに口からほとばしり出た言葉だった。この言葉は、予期しない効果を黒人兵たちに与えた。まず、前に仁王立ちになって留吉を見すえつづけていた男の目が、不安そうに表の方に向って動いた。

同時に、四人が次の間からぞろぞろと出てきた。彼らの顔も暗い外をさし覗いていた。四人という数は、一人だけが居残って芳子を抱きすくめているに違いなかった。

彼らは声をおとして、互いに話しあった。留吉の見張番も、彼の方を気にしながら、その話に加わった。彼らの話は、早口で、気づかわしげだった。電灯の光を受けると、胸の鷲は、翼の桃色を黒地の中に浮き出していた。

その中の一人が表に走り出た。靴音が暗い外で忙しく歩きまわった。家の中の黒人兵たちは、押しだまって寄りかたまり、斥候の様子を息をつめたふうに見まもった。

留吉は、助かるかもしれないと思った。黒人兵たちが、このまま引きあげるかもしれないという一抹の希望を逆上《のぼ》せた頭に描いた。芳子は口でもおおわれているのか、呻きをもらしていた。そこだけが、まだ物音を激しく立てていた。留吉は、妻に声をかけるのを控えた。下手にこの場で何か云ったら、また黒人兵たちの怒りを買いそうなので、そのことだけを恐れた。

斥候が外からもどってきた。この男は、皆の中でも、とりわけ背が高く、広い肩をもっていた。彼は五人の友だちに、渋いだみ声で手を振りながら話しだした。五人は白い目をいっぱいにむいて聞き耳を立てた。斥候の話は、多分、外は暗い夜がよどんで一帯を閉じこめているだけで、MPのジープなどどこにも走っていないことを報告したに違いなかった。実際、外は、耳鳴りがしそうなくらい静かであった。

斥候の役目をした一番の大男は、また誰よりも昂奮していた。彼はだまされたと思ったらしかった。留吉の顔をにらみつけると、唾をとばして、火がついたようにわめいた。嘘をついたと罵倒していることは、留吉にもわかった。留吉は絶望してそこにへたへたとすわりこみそうになった。その前に、彼の顎は殴られ、彼は目まいして倒れた。

五人の黒人兵は次の間になだれこんだ。芳子の声がまた起った。黒人兵たちは、声を上げ、口笛を添え、足を踏み鳴らした。留吉は頭が朦朧となった。その半分の意識の喪失は何分間かわからなかったが、彼は体に縄が巻きついたことで、また正気に返った。

手が背中に回され、縄が胸から肘にかけて食いいった。飛出しナイフは目の前一尺のところで畳に突き立って光っていた。汗が留吉の目や鼻に流れこんだ。咽喉が痛いくらいに乾いた。

いつのまにか、黒人兵たちがズボンを脱ぎ、パンツだけになっていた。五人が黒い肉塊を電灯の光に輝かしていた。彼らは安心しきって、これからの饗宴に陶酔しようとしていた。六人のうちの一人は芳子を取り押さえているに違いなかった。芳子は、息の切れそうな声をあげ、黒人兵の妙にもの優しげな、なだめる声がまつわっていた。

五人の黒人兵たちは、白い歯をあらわして留吉をわらった。彼らは垣をするように、次の四畳半の入口の前に立っていた。立っていたが、少しもじっとしていずに、絶えず体と足とを動かしていた。彼らは苛立っていた。みなが順番を待っているのだった。彼らは足踏みし、互いの肩をたたきあった。足踏みは旋律的にうつった。

こうした間にも、彼らの口はちょっとの休みもなかった。げらげら笑いはとめどがなかった。笑いには、あきらかに引きつったような昂奮があった。声ははずみ、黒い顔は漆をかけたように汗で光っていた。

　裸体になると、彼らの胴はふくらみ、腹が垂れていた。猿の胴体のように円筒型だった。一番の大男は、留吉の前に立ちはだかって、肩を律動的に上下させた。みんな足拍子をとって跳ねた。隣の部屋では、一人の黒人兵が呻きをあげた。彼らはその方に向ってはやしたてた。口々に名前を呼び、口笛を鳴らし、わめいた。

　大男は、我慢できぬというように、ひとりで踊りだした。彼の黒い胸には、赤い色で女の裸体の一部が彫りこんであった。盛りあがった両の胸乳の凸部を利用して、赤い絵は立体的に見えた。彼は、体をちぢめたり広げたりした。その皮膚の皺の伸縮のたびに、刺青の女陰の形は活動した。彼は、そのしぐさをかねて得意としているようだった。ほかの黒人兵は腰と足を動かしながら、歯をむいて、その男の厚い胸を見物した。黒い鞣革の地肌に、女陰の形の絵は桃色がかって浮きあがり、生き物のように動いた。

　隣から黒人兵が名前を呼んだ。五人の中の一人が急いでそっちに行った。彼はこのなかでも一番の小男だった。ほかの四人は彼の背中に声を送った。順番を得た小男はそれに手を振った。

　四人は、また五人になった。それは番を終った男が新しくはいったからだ。彼はあきらかに白人の血が混じっていて、ただひとり高い鼻をもち、皮膚も灰色にさめていた。それだけに彼は美男であった。彼はその高い鼻を反らせて、パンツをずり上げ、皆に、にやにやと笑ってみせた。それから、目を留吉の顔にやると、ちょっとの間だが、弱々しい目つきをした。その男の手の甲には淡紅色のハートが描かれUMEKOと女の名が斜めにのっていた。

芳子の死ぬような声はやんでいた。黒人兵の声だけがあえいで呼んでいた。こちらの五人の喧騒の中に、それはきれぎれに聞えた。留吉は、体中に火を感じていた。

一時間近い暴風が過ぎた。そのあとは畳中が泥だらけになり、雑多な器物が洪水の退いたあとのように散っていた。障子も、襖も倒れていた。

留吉はひとりで縄を脱けた。それは黒人兵たちがいなくなったので操作が大胆になったからだ。自由になると本能的に表へ走って戸を閉めた。黒人兵たちがふたたび侵入してくる気づかいよりも、近所の誰かが忍び寄ってうかがいに来はしないかという懸念からだった。彼は、それから水を飲んだ。汗が体中に流れていた。動悸が苦しく打ち、立っていることができぬくらい足が萎えていた。

留吉は這うように畳の上を歩き、隣の部屋に行った。芳子の声は長いことまったくしていなかった。覗きこむと、青い蚊帳の波の上に、白い物体が横たわっていた。

芳子は、髪を炎のように立てて、頸を投げ出し、ボロぎれのように横たわっていた。顔が歪み、白い歯を出して口をあけていた。意識はなかった。下着はまくれ、頸のところに押しあげられて輪のようにかたまっていた。乳も腹もむき出し、足を広げていた。下腹から腿にかけて血が流れていた。

留吉の頭から正気が逃げた。周囲が傾き、ものの遠近感がなくなった。彼は妻の体の上にかがみこみ、両手に頬をはさんで揺すぶった。芳子の艶を失った蒼い顔は、そばかすが気味悪く浮き出ていた。

「芳子、芳子」

留吉は呼びつづけた。声が思うとおりに出ずに、かれて自分のものとは思えなかった。

やがて芳子は顔をしかめ、歯の奥から呻きをもらした。頸が動いた。彼女は自分の体の上に乗った重量を払うような恰好で、背を反らそうとした。

「芳子、おれだ。芳子」

留吉は声をつづけた。芳子は黒ずんだ目ぶたを薄く開いた。鈍い白い目だった。彼女は留吉を識別したようだったが、返事をしなかった。ただ低い声だけを笛のようにもらした。

留吉は、妻の傍から離れて、畳を踏んだ。足がもつれて思うとおり歩けなかった。彼は台所に降りて、小さいバケツに水を汲んだ。この単純な動作も自由ではなかった。彼は畳の上に水をまきながら妻のところにもどった。

彼はタオルを三枚ばかりバケツに漬け、水をしぼった。手に握力がなかった。それから、しゃがみこんで、ぽたぽた雫の落ちるタオルで芳子の腹と股の間をふいた。タオルは血で真赤になった。それを取りかえてはふいた。芳子は、歯の間から呻き声をもらしながら、両足を突っぱって、彼のなすまになっていた。動物的な臭気が彼の鼻をついた。

嬰児が粗相したとき、母親がするような操作を彼はつづけた。あるいは、死人を棺に入れる前にする湯灌を連想させた。妻の皮膚をふききよめながら、彼は現在のこの瞬間が現実とは思えなかった。少くとも現実の中に彼があるとは思えなかった。いったい、自分が何をしているのか、どうしてこの位置にいるのか、目的は何なのかわからなくなった。つまり、自己というものが、ふっと遠のき、妻との間隔すら、つながりがぼやけてきた。頭の中に狂躁が渦巻き、その遠心力が彼の思考をあらぬ方に放擲して弛緩させたようにみえた。屈辱も、醜怪も、そのぎりぎりの極限におぼれているときは、無音のようにそれを意識せぬもののようだった。

　留吉は、芳子の体の上にたくれた下着をひきさげた。その下着も裂けていた。彼は彼女の浴衣をとってその上をおおった。蚊が群れてきたので、彼はよじれて落ちている蚊帳を吊った。泥が突然に落ちた。畳にこぼれるその音で、彼ははじめて現実にかえった。彼らが蚊帳にのこした兵隊靴の泥が出来事を証明させた。ふしぎだが、そこの陶器のように横たわっている彼女の実体よりも、周囲の痕跡が現実を思い知らせた。

　表に走り出ると、暗い夜はいつも見なれたままで、森や畑を閉じこめていた。遠くの空がぼうと明るいのは街の方角だった。その方向にむかって彼は駆けた。息切れがし、膝の関節ががくがくした。

　どこかで花火の音がした。花火が今ごろ鳴るわけはない。黒人兵たちが侵入してくる前に聞いた音と同じであった。

どの家も雨戸を閉ざして灯がなかった。右手に池が青白く浮んでいた。黒い林がかたまり、ほの白い道がその間と通っていた。

突然に横から人間の影が二、三人とび出した。留吉は、はっとなった。

「どこに行くのか?」

はっきりと日本語でとがめてきた。彼らは鉄兜をかぶり、拳銃を吊っていた。懐中電灯の光を留吉の顔の正面に当てた。留吉は目がくらんだ。心臓が破れるように打った。

「警察ですか?」

と、留吉は息を切らして云った。

「そうだ。何かあったのかね?」

警察は三人とも留吉の周囲につめよった。それは、そのことが起るのを予期したような問い方だった。

「黒人兵が来たのです。いま駐在所へ行くところでした」

留吉はあえいで答えた。

「まだ、いるのか?」

警察はすぐにきいた。黒人兵のことを知っているような口ぶりだった。

「もう帰りました」

留吉は答えた。

「何時ごろだ？」

「今から二十分ばかり前です」

「何名で来たかね？」

横の警官がきいた。

「六名でした」

「ふむ」

その警官は手帳をとり出した。別な警官は懐中電灯を手帳の上に向けた。

「あんたの名前は？」

留吉は、すぐに出なかった。答えを押さえるものがどこかに動いていた。思いがけないことをきかれたような気になった。

「名前はどういうのだ？」

警官はうながした。留吉は唾をのみこんで答えた。

「前野留吉です」

警官は、住所とその名前を二度きき返して帳面につけた。

「どういう被害があったのかね？」

警官は、留吉の顔をのぞいて云った。その声音に好色的なものが露骨に出ていた。

「酒を――」

と彼は、相手の臭い息を避けるように、顔をしかめて云った。

「酒を、上りこんで、飲んでいったのです」

瞬間、いったい何を訴えに駆けだしてきたのか、という反省が彼の頭の中を過ぎた。こんなことを告げに駐在所に行こうとしたのではなかった。すると、反省が別な反省を呼びおこした。熱い湯に流れこんだ一筋の水に、さらに冷たい水が底から割って出た状態に彼の頭の中は似てきた。混乱が、本心を裏切った方向へ急激に凝固した。

「被害は、それだけかね？」

警官はふたたび懐中電灯の光を留吉に当てて見つめた。いかにも、それだけですむはずはないと云いたそうな口ぶりだった。

「それだけです。酒を飲まれただけです」

留吉は悲しそうに答えた。精一杯、悲しく云ったのは、それだけを強調してほかのことを悟られまいという用心からだった。勝手に、習性的な常識がおどり出て、その答弁を警固した。

「家族は？」

「妻と二人だけです」

彼は頭が鳴るのをおぼえながら答えた。

うむ、と警官は咽喉で返事し、鼻をこすった。

「奥さんに何か乱暴をしなかったかね?」

「いいえ」

と、留吉はすぐに答えた。

「兵隊が酒を飲む間に、妻は裏から逃げていました」

警官は不満そうに黙って、もう一度、留吉の名前をあらためるように見た。警官はあきらかに疑っているようだった。三人とも、互いに何も話をしなかった。

「よろしい。明日。見に行く」

と、そのうちのおもだった警官が云った。彼は甲高い声をしていた。

「今晩は帰んなさい。危険だから、よく戸締りをしてな。もう、外を出歩いてはいけない。街は全部、交通を遮断している」

留吉は、はじめて警官が鉄兜をかぶって、こんな場所に立っている理由を知った。

「あの黒人兵が、どうかしたのですか?」

被害は自分だけではなさそうだという奇妙な安心が、彼のどこかに押しひろがった。

「君のところにはいったのは五、六人だが、全部で三百人ぐらいの黒人兵が脱走したのだ」

警官は教えた。

「まだ、捕まらんのですか?」

彼はきいた。

「捕まらん。奴らは自動小銃も手榴弾も持っている。われわれでは手がつけられない」

暗い空に光ったものが見えた。それが消えると、花火の音がした。

「どっちが撃ったのかな」

警官がその方向を向いて云った。

「MPが出ているのですか?」

留吉は体の中がずんとしびれた。

「MPだけじゃおさまらん。兵営から二個中隊が出動しているのだ。数十台のジープに乗ってな。ジープの先には機関砲がとりつけてある」

警官が興がって云った。

「祇園の晩だというのに、えらい余興がついた」

「ちょっとした反乱だな」

別の警官がおもしろそうに云った。

「MP司令官は、脱走兵が云うことをきかなければ、機銃で殲滅すると云っている。白人と黒人は仲が悪いからな」

このとき、北の空が輝いた。

「照明弾だ」

と、警官が叫んだ。

「おもしろい。やれ、やれ。やってくれ。ああ、野戦に行った時を思いだすなあ」

銃声が、散発的に、別な方角でも起った。留吉は、はじめて、さっきからの花火の正体を知った。

彼は黙って警官の傍から離れた。足にかすかなふるえが起っていた。

「おい」

と、警官が彼の背中から云った。

「黒人兵はその辺の山に逃げこんでいるからな。気をつけて帰るんだよ」

遠くで、ジープらしい車の走りまわる轟音がようやく聞えてきた。黒い木々と畑とのあいだに、光芒が動いていた。


家に帰ると、芳子は、もとのままで蚊帳の中に横たわっていた。呻きも聞えず、身動きもしなかった。妻のその布団の上に盛りあがって置かれたかたちが、青い蚊帳の色を透かせて、留吉に妖怪じみて感じられた。

空気は、彼が出て行った時の状態でよどみ、彼はちょうど、古い水槽の中に舞いもどった魚のように肺の中にそれを吸った。

　彼は蚊帳をまくってはいった。芳子は耳のところまで浴衣をかけて、体に巻きつけるようにして転がっていた。藍色のあじさい模様が皺だらけによじれていた。縮れた髪の毛がばらばらに立っていた。彼は妻に近よりがたいものを感じた。

　何分間か黙ったままでいた。芳子は死んだようにしていたが、彼女が醒めていることは留吉にもわかっていた。蚊がうなって、彼の耳もとを過ぎた。彼は寒さをおぼえた。

　彼はすわったきりで動けなかった。少しでも動くと、彼の周囲に張った空気が揺れて、その波が皮膚を刺しそうだった。だが、動作だけがかならずしもこの状態を破ったのではなかった。やがて芳子が咽喉から嗚咽をもらしはじめた。すすり泣きはしだいに高まり、身もだえする男の声のような号泣に変った。

「芳子」

　留吉は妻の体に手をかけた。彼女の号泣がその手を誘ったのだ。うつ伏せになり、もがいている彼女の体は堅く、彼のさわった手ははじかれそうだった。

　彼は、二度つづけて妻の名をよんだ。よぶというよりも、そうせずにはおかない強いられた力にひきずられた。それはあきらかに屈辱の本体が妻であり、自分は連累者であるという気づかない違和感が、もっと妻の屈辱に密着せねばとつとめさせたのだ。ここには夫と妻という因縁関係よりも、実体と縁との位置関係が感情の不平等をつくったのだ。

芳子は、跳ねるように体を回転させると、両手で留吉の帯をつかんだ。ひどい力だったので彼は倒れそうになった。

「死ぬ。死ぬ」

芳子は顔中涙と汗だらけにして叫んだ。電灯の加減で顔がかげってよくわからぬが、鼻梁と額にだけ光が当たり、怨霊じみていた。声音も熱い息も、知っている妻とは別な人間であった。

「死ぬことはない」

と、留吉は叫び返した。

「おれが悪いのだ。おれが腑甲斐ないからだ」

この云い方に彼はおぼれた。彼は妻の上に倒れて抱いた。その腕の中で、妻は小動物のようにあがき、体温を伝えた。

「死ぬ。明日にでも死ぬわ」

「死ぬな。おまえが悪いのじゃない。おれが男として意気地がなかったからだ。ゆるしておくれ」

彼は妻の顎をひき寄せた。彼女は顎を反らせていたが、すぐに彼の顔に目をすえた。くらい影の中からその目は光っていた。彼を験《ため》すような目つきであった。彼のどこかに狼狽が起った。しかし、次の瞬間の芳子の動作は、狂って彼にしがみつき、声を上げて泣きだしたことだった。

留吉は、妻の体の上をおおった浴衣をはねのけた。彼女の脚が彼からのがれようとした。彼は自分の足でそれを押さえた。

こんな行為で妻の屈辱に同化しようというのか。留吉は激しい昂ぶりの中に、まだ妻に密着しようとする自分の努力を感じた。彼の胸板を汗が流れた。が、行為の同調はあっても、意識の不接着はとり残されていた。

昭和二十五年七月十一日夜の、小倉キャンプに起った黒人兵たちの集団脱走と暴行の正確な経緯を知ることは誰も困難である。記録はほとんど破棄された。

しかし、彼らが二十五師団二十四連隊の黒人兵であったことはたしかであった。二百五十名はその概数である。

彼らは午後八時ごろ、兵営から闇の中に散って行った。手榴弾と自動小銃を持ち、完全武装をしていた。彼らは民家を襲った。夏の宵のことで、戸締りしていない家が多かったから侵入は容易である。武装された集団の略奪と暴行が、抵抗を受けずにおこなわれた。

日本の警察が事態を知ったのは、九時ごろであった。しかし、外国兵にたいしては、無力だった。警察署長は全署員を招集し、市民に被害が拡大しないことにつとめた。市内から城野方面に向う一線は全域にわたって交通を遮断した。それからA新聞社のニュースカーで市民に危険を知らせ、戸締りを厳重にするよう警告した。これだけが、日本側の警察がとりうる最大限の処置だった。

暗い夜の街をニュースカーがわめいて走った。それでさえ報知には制約がある。駐留軍の集団脱走とはいえない。表現には曖昧さがあった。が、その曖昧さが、市民にかえって緊迫感を現実に与えた。戸締りをしてください、外出しないでください、とニュースカーは連呼した。

夜のふけるとともに、城野方面の民家からの被害の情報が次々にはいり、正式に小倉署に届けられたものだけでも七十八件に達した。いずれも暴行、強盗、脅迫の申立てだったが、表面に出さない婦女暴行の件数は不明である。届出の中には次のようなことがある。

会社員某の家では、二十五歳の妻と夕食中、突然、表の戸を蹴破って四、五人の黒人兵が侵入し、サケ、ビールと真黒な手を出したが、某が台所の一升瓶を差しだすと、彼らは銃を放りだして飲みはじめた。某はそのすきに妻を窓から裏の物置に隠したが、酒の後、妻を探した。部屋にいないことに気づいた一人の兵隊は、小銃の台尻で某をなぐり二週間の傷を負わせた。また、別の某の家では、妻が嬰児と二人で留守番しているところを黒人兵に踏み込まれ、泥靴で部屋を荒したあと、妻の体を飢えた目つきで眺めていたが、一人がシュミーズの上から彼女の乳房を玩弄した。が、表にMPのジープの音が聞えると、彼らはガラス戸を破って逃げだした。

しかし届出にはかくされた何かがある。MPのジープが来たというが、MPの活動はそれほど早くはなかった。事実、婦女がそれ以上の屈辱をうけたという申立ては一件もなかった。黒人兵が下着の上から乳房を玩弄したという言葉には、もっと奥の隠蔽がある。MPのジープが到着したというのも僥倖《ぎょうこう》すぎる。

MPの活動は緩慢であった。数十名が現場付近に来たが、なすことを知らない。完全武装の相手が二百五十名もうろついていたのでは、手出しができないのは当然だった。脱走兵が発砲すると、MPもう応射した。しかし、彼らは自分たちではどうにもならぬことを知った。

二個中隊の鎮圧部隊が次に出動した。彼らは装甲自動車と、二〇ミリ口径の機関砲を積んだジープを走らせた。部隊の打ち上げる照明弾が夜空を照らし、両軍の射ち出す機関銃、自動小銃の弾曳は赤く尾をひき、銃声は森閑とした周囲六キロの地域に聞えた。

脱走部隊の二十五師団のM代将が、この責任は自分にある、反乱兵の説得は自分がしよう、と云いだして、ジープに乗ったのは十一時過ぎであった。城野の北一帯は田畑地で、その暗黒の中を黒人兵たちが彷徨していた。数十台のジープがそれを包囲し、ヘッドライトを照射した。強烈な光芒の縞の交差の中に、黒人兵たちが草の茂みや、稲田の中から立ちあがった。草は光線に白く輝いたが、脱走兵たちは泥にまみれた黒い姿を鼠のようにさらした。M代将は拡声器で彼らを呼んだ。

黒人兵たちは両手を上げ、人数のほとんどがキャンプに追いこまれたのは数時間後であった。彼らの背にはジープの機関銃が銃先を向け、車は彼らの歩くのと同じ速さで営門までしたがった。

彼らが、翌日、どのような処罰をうけたか誰も知らない。おそらく処罰は受けなかったであろう。

必要がなかったのかもしれない。彼らの姿は二日とたたないうちにジョウノ・キャンプから消えていた。小倉から港に通じる舗装された十三間道路を深夜に米軍の大型トラックが重量を響かせて快速で通過したが、そのようなことは珍しくなかったので、黒人兵たちが、いつ、どのようにして運ばれたか、市民の中で誰一人として知る者はなかった。

「この事件に悪感情を抱くことなく、今後も友好関係をつづけたい」という意味の、キャンプ小倉司令官の市民にたいする遺憾の短い声明文が、各紙の地方版だけにのった。

事件の当日から一、二日たって、付近の山の中や森林の間をさまよっている黒人兵の何人かを、MPや小倉署員が逮捕した。彼らは酒瓶やビール瓶をさげ、足をもつらせて歩いていた。疲労した白い目は哀願に光り、幼児のように無抵抗だった。

もはや、祭はすんだのだ。太鼓の音も終っていた。——

2

（仁川にて一九五〇年九月十五日発ＡＰ）米海兵隊ならびに歩兵部隊は十五日、韓国西海岸の仁川に大挙上陸し、北朝鮮軍を攻撃中である。マックアーサー国連軍総司令官は早くからこの作戦の陣頭指揮をとった。

（米軍司令部二十六日発表）第十軍団は北朝鮮軍が三十八度線以南に奇襲攻撃を開始してからちょうど三カ月目にソウルを奪回した。

（第八軍司令部にて十月九日発AP）米第一騎兵師団の一連隊はすでに開城北方で三十八度線を突破している。

（中古洞十一月一日発UP）宣川から西北進した第二十四師団所属部隊は一日、中国・朝鮮国境から直線距離で二十四キロ以内の地点に進出した。

（第八軍司令部にて十一月四日発表）第八軍当局は四日、北朝鮮西部戦線で少くとも二個師団に相当する中共軍部隊が戦闘に参加していることを確認した。

（ワシントン十一月三十日発AP）トルーマン大統領は三十日の定例記者会見で「米政府は朝鮮の新たな危機に対抗するため、どうしても必要とあらば、中共軍にたいして原子爆弾を使用することも考慮中である」と言明した。

（平壌にて十二月一日発AP）平壌駐在の国連軍部隊は二日夜同市から南方への撤退を開始した。

（AP＝東京）米第八軍は五日、放棄した平壌から南方に後退したが、その東側は依然、中共軍百万の前衛部隊によって脅威されている。

（興南十三日発AP）東北戦線の狭い橋頭陣地にあった国連軍は十三日興南港から撤退中である。しかし、これは一刻を争う問題で、長津湖地区から国連軍を押し返した中共軍は、国連軍に最後の圧力を加えようと集結中と伝えられる。問題は興南港を見おろす雪の山々から中共軍が攻撃してくる前に、国連軍が無事に撤退できるかどうかということである。第十軍団諸部隊の兵力は、六万と推定されている。前線報道によると第十軍団諸部隊は十万の中共軍の包囲を脱出して東海岸に到着したが、その中には中国・朝鮮国境に進出していた米第七師団の第十七連隊がはいっている。

（米第八軍前線十二月二十九日発表）米第八軍の情報将校たちは、過去数日間の戦闘状況からみて、中共軍の一部はすでに三十八度線を突破、開城、高浪浦地区にはいっているものとみている。

一九五一年元旦の各新聞の第一面は、マックアーサーの日本国民に与えるメッセージを発表した。彼はその中で朝鮮の目下の戦局に言及し、世界平和をおびやかすいかなる侵略者をも、米国は撃破する決意のあることを語った。しかし、それから四日後の新聞は、米軍が、三十八度線を越えてきた中共軍のため、ふたたびソウルを放棄して、水原、原州の線に後退した報道を掲載した。

おびただしい米軍兵士の戦死体が北九州に輸送されている噂がこの一帯に広がった。風聞は部分的だが、卑近な具体性をもっていた。それがささやかれはじめたのは、去年の秋ごろからであった。

――彦島沖に停泊した潜水艦の内で、戦死体の処理がおこなわれている。普通の人夫はいやがるので、門司や小倉や八幡の火葬場従業員たちが連れて行かれているそうな。

最初の噂は非現実的であった。が、従業員たちが徴発されたら、火葬場の業務はどうなるだろうと思案する前に、人びとはそれはほんとうに違いないと思いこんだ。米軍の機密ということのために、すべてが神秘に聞え、合理的に思えた。

日がたつとともに、噂は少しずつ真実性を帯びてきた。

――門司の岸壁に横づけになった潜水艦からは、たくさんな兵士の死体が陸揚げされている。その作業はたいてい夜ふけにおこなわれるが、死体は船底に冷凍されているため、こちこちに凍っている。その様子が干魚に似ているため、荷揚げ人夫たちは死体のことを《棒鱈》とよんでいるげな。

《棒鱈》はすさまじい数だということだった。灰緑色の軍用トラックが数台来て、それらを積みこむのだが、死体は棺にも納められず、外被に巻かれたままを積み重ねるというのだった。その堆積の上にカバアをおおって人目をかくし、小倉の補給廠《キャンプ》に向ってトラックは深夜の道路を全速力で疾駆するというのである。

戦死者の《死体処理》は補給廠の建物の中でおこなわれているという噂がそれにつづいた。ここでは火葬場従業員が退場し、それに従事する専用の人夫が話にのぼった。その特殊な作業のために、法外な日給にありついていることが人びとの関心を惹いた。それは日給ではないというのだ。死体の一体につき八百円を支払われているというのである。

八百円。すると三体処理すれば一日に二千四百円になる。話は耳に聞いた人間の目をむかせるには十分だった。高額な収入である。その高い値段は、当然に人びとに作業の陰惨な内容を空想させた。

砕けた死体や、腐爛した肉片を手づかみする嫌らしさが想像を官能的にした。その深刻さは、高価な報酬と同じくらいな比重があった。

どんなに多く金をもらっても、そのような仕事はご免だ、というのが、たいていの人間が人前で吐く言葉であった。だが、やがて、たいそうな金になるという点に、人びとの興味から羨望が、分離して凝結していった。

戦争している米軍のことだから、それくらいな金を支払うのは当然であろうと、誰もが一体八百円の金額に疑いをもたなかった。

死体をいじる労務者はすぐわかるという者がいた。彼の体からは異様な臭気が発散するというのである。たとえば、電車の中などに乗っていると、その臭いで彼が死体の始末をする人間だと識別できる。臭気は何ともいえぬ嫌なもので、それは死臭ではなく、強い薬の臭いだというのであった。聞く者は、電車の座席にはさまってうつむいている、青ざめた男の顔を想像した。この場合でも、むろん、一体について八百円の計算が誰の脳裏からも離れなかった。

日がたつとともに、しかし、その計算は少しずつ訂正されていった。給金はそれほど高くはなく、せいぜい日給六百円ぐらいだと口から伝えられた。朝鮮から移送される戦死体はおびただしい数に違いないが、死体処理所に雇用を希望する労務者の数も増加したことをそれは意味した。風聞はしだいに実体のかたちをとってきた。

ラジオが夜九時のニュースを終ったあと、ときどき、こんな放送がつけたされた。

——登録労務者の皆さま。駐留軍関係の仕事がありますから、ご希望の方は今夜十一時までに小倉市職業安定所前にお集りください。

夜の十一時すぎからどのような仕事がはじまるというのであろう。放送を聞いた市民の大部分がそれを知らなかったが、なかには、それが戦死体の運搬や処理に従う関係の仕事だとわかっている者もあった。だが、いかなることをするのか内容を知る者は少かった。

しかし、ラジオのその告知はあまり長くはつづかなかった。朝鮮戦線では、中共軍に押し返されて、米軍が撤退をつづけていた。労務者を必要とする戦死者の数がへったのではあるまい。つまり、労務者の臨時募集の告知をラジオがしなくなったということは、駐留軍の死体始末の設備が恒久化したことであった。

事実、その死体処理所は城野《じょうの》補給廠の広い敷地の一部にある建物が当てがわれていた。旧陸軍時代も補給廠だったが、これは二階建三棟と二十棟の倉庫の古びたものが死体の処理のために使用された。

建物の入口には〝Army Grave Registration Service〟（死体処理班）の標識があった。この略号のA・G・R・Sを日本人労働者は《エージャレス》とつづめて呼んだ。

建物の周囲の空地には、死体を詰めて運んできた空棺がいくつもの山に野積みされ、臭気は、風のある日は近くの民家まで流れてただよい、雨の降る日は地面を滓《おり》みたいに這った。

Ａ・Ｇ・Ｒ・Ｓは二重の警備で守られていた。普通の補給廠と、死体処理班との建物の中間には警備兵が立ち、さらに内側を動哨が歩いた。彼らは厚いガーゼを詰めたマスクをしていた。が、それだけでは強い臭気を防げるものではない。彼らは、死の建物にできるだけ背中を向けて呼吸し、薄荷の強いガムを噛んだ。

Ａ・Ｇ・Ｒ・Ｓの建物の区分は三つに分けられていた。それは作業の構成の必要からだった。一つは死体の外景を取りあつかうところであり、一つは内景の解剖をおこなう場所だった。あとの一つは、これらの死体を貯蔵する倉庫だったが、むろん、これが一番大規模であった。

刺激的な臭気は屍室に充満していた。死臭を消すためと、防腐の目的のために、ホルマリンガスが濃霧のように立ちこめ、目を刺し、鼻に苦痛を与えた。ここに働く日本人労務者にも、医者のような白い上っぱりが与えられ、マスクと手袋が当てがわれた。のみならず、パンツまで支給された。一日に三度である。日に三回までとり換えねば、臭気の浸滲からのがれることができなかった。

が、マスクはもとより、薄いゴムの手袋さえも、日本人労務者にとっては、しまいには邪魔であった。それは慣れだった。死体にも、臭気にも古い労務者たちは順応した。上品なことをしていては、仕事ができないと彼らはつぶやいた。

倉庫の冷凍室から、屍をかついでくるのが彼らの仕事の一つだった。それは箪笥のように几帳面に棚におさまっていたが、全体で何百体と引出しの中に横たわり、冷凍した空気を吸っていた。

屍を外景室まで運んできて台にのせるのが、労務者の第一段の仕事である。台は十二ずつ二列にならんでいた。どの台に乗せるかは軍医が突き出た顎や、長い指でそれを指図した。死体はまだ軍服をまとっていたが、どれも完全ではなかった。軍医は新しくのせられた台に向って敬礼し、人夫たちはそれにならった。

外被をとり去り、下着を脱がせるまでが、ここでの労務者たちの仕事であった。傷つき、破壊された戦死者たちに屈みこんで向うのは米軍の医者たちだった。労務者は脱がせた衣服を箱に詰めて退場した。血糊で真黒になって強ばった布片は、一〇キロ離れた、もと日本陸軍の射撃場あとの山の中に運搬されて焼かれるはずになっていた。

外景室には三十人ばかりの日本人労務者が働いていた。彼らは、軍医の死体検査のすむのを待って、次の解剖室に送らねばならない。検査は精密で時間がかかった。軍医が調べ、下士官《サージャン》が記録をとった。死体は胸に真鍮の認識票をのせていた。顔面は破壊されていても、上に凹みのある首飾りは、儀式の時のように同じ位置に揃えられていた。むろん、番号《ナンバー》が刻まれている。認識票は、犬のさげ札《ドッグ・タッグ》と愛称がつけられていた。番号は何千万台という長々しい数字であった。

認識票のない不幸な死体だって、むろん、あった。持主自身が、たいていはその体の原形を失っていた。身長、歯型、レントゲン検査で丹念に調査された。下士官は、死体がまだ生きて戦争に出発する前に控えられた台帳によって引きあわせた。精緻な鑑別であった。台帳の数字が、当人が生きていた時の痕跡であり、台に横たわった物体《ボディ》が死の遺留品だった。

長い確認の仕事が終ると、下士官は死体を次の内景室に持ってゆくことを日本人労働者に命じた。ここで労務者は二、三人がかりで裸の死者を運搬車《キャリヤー》に移しかえ、次の部屋に運んだ。

この部屋にも三十に近い台が二列にならんでいた。ここは解剖室のように複雑だった。が、解剖ではない、組立てだった。

死体は、さまざまな形をしていた。弾丸が一個の人間をひきちぎり、腐敗が荒廃を逞しくしていた。目も当てられぬこれらの胴体や四肢をつくろい、生きた人間のように仕立てるのが、この部屋の美しい作業だった。軍医はメスで切り開き、腐敗を助長する臓器をとり出した。台には水が流れ、きれいなせせらぎの音を立てた。せせらぎはいったん水たまりをつくり、それから小川となっている下水に流れた。臓器はその水たまりの中でもつれあって遊んだ。

四肢を合せるのは困難で、熟練を要する作業だった。軍属の技術者が、部分品を収集し、考古学者が土器の破片で壺を復原するように人間を創った。

死者には安らかな眠りが必要だった。平和に神に召された表情で、本国の家族と対面させることは礼儀であった。それは死者の権利だった。死者は《無》でなく、まだ存在を主張しているに違いなかった。

臓器をとりのぞいた空洞には、これ以上の荒廃が来ないように防腐剤の粉末が詰められた。それから股をひろげ、胯動脈にホルマリン溶液にまぜた昇汞水《しょうこうすい》が注射された。上部に吊られたイルリガートルには透明な淡紅色の液体がみたされ、それが管を伝って死体の皮膚の下に注がれた。すると、青白い死人の顔はやがて美しいうす赤の生色によみがえるのである。容器の液体がへるにつれ、それはうす紅の色ガラスがしだいにずりさがるさまに似ていたが、それだけ死者は次第に生を注入された。赤味のさしてきた頬には、さらに桃色のクリームが塗られ、顔面は寝息でも立てているようにいきいきとして艶を出した。

だから解剖室は死者のよみがえる部屋だった。醜い亀裂は縫いあわせられ、傷あとはかくされた。苦悶の証跡はどこにもない。お寝みを云って、いま横になったばかりのようだった。こうして死者の化粧の工作は完成した。

それから彼らは、寝棺に身を横たえた。函の底にはベッドがあり、周囲の壁には銅版が貼られていた。死者は柔らかい毛布二枚にくるまり、ガーゼと脱脂綿とドライアイスが隙間を埋め、芳香をもった防腐剤の粉末がまかれ、顔の部分だけが知人と挨拶するためにガラス窓からのぞいた。三百ドルがこの豪奢な棺の値段であった。死人はこの贅沢に満足して、軍用機に乗り、本国に帰った。

このような工作の技術は、整形と薬品の注入の工程がすんだあとは、すべて六十人ばかりの軍属の手でなされた。戦争が拡大し、戦死者のおびただしい数がこの北九州の基地に集積せられるにつれて、彼らは東京から派遣せられてここに来たのだ。だから彼らは極東軍直属だった。しかし、軍医も、下士官も、日本人労務者も、彼らを蔭で《葬儀屋》《アンダーテーカー》と呼んだ。

しかし、《葬儀屋》がふえても、死体はそれ以上にA・G・R・Sに集中して堆積した。米軍は共産軍を押し返した時、前に敗退した際に地中に埋めて残した戦死者を掘り起して移送してきた。それらはたいていゴムズックの袋や天幕に包まれていたが、中身の物体は半ば白骨化していた。それから腹が樽のように膨満した巨人の死体も混じっていた。もちろんこれはずっと新しいものである。米軍が三十八度線を踏み切り、中共軍のためにふたたび押し戻された最近の死者に違いなかった。

死体は倉庫の整理棚に三百ぐらいしか収容できなかった。一日の処理能力は、八十体が限度だった。軍医たちは、終日、いらいらしなければならなかった。

しかし、いらだっているのは、順番を待っている死人たちかもわからなかった。外にあふれた死者は早く引出しの中におさまって凍った空気に体を冷やすことを望み、棚の中の死者は早くここから出て化粧されることを主張していた。死者はぶつぶつとつぶやき、不平を鳴らしていた。

軍用機と船は、あとからあとから、新しい死者を運搬した。

歯医者の香坂二郎は、自分と朝晩、同じ電車にときたま乗り合す一人の労務者に、いつか注意するようになった。

電車は小倉の市外を走る小さなものだった。朝夕は、勤人や学生を市中に運ぶためにひどく混む。が、混雑しない電車でも、その労務者はかならず車掌台に身をおいて冷たい風に吹かれていた。その男は草色の短い外套を着、裾を絞り、兵隊靴をはいていた。その服装から香坂歯科医は彼がキャンプの駐留軍労務者であることを知っていたし、のみならず、A・G・R・Sの雇員であることもわかっていた。というのは、歯科医も死体処理班の日本人医師として勤務していたからだ。が、香坂二郎がその男の顔を知っているためではなく、別な理由からだった。

その男は、三十五、六ぐらいに見え、ひしゃげた制帽の下には髪がきたならしく伸びていた。毛穴が粗く見えるほど艶のない顔色をし、笑ったことがなかった。笑う相手がないせいか、いつも孤独な姿勢でたたずみ、にぶい目でぼんやり走っている外を眺めていた。

香坂は、いつかこの男に話しかけたいと思っていたので、帰りの電車を終点で降りて、その男が背中を見せて歩いて行くのに追いついた。

「君の家もこの方角かね?」

と、香坂は道に人が少くなってからきいた。

「そうです」

男は足の速度を変えずに云った。道の端には畑が凍っていて、寒い風が渡っていた。

「君は、エージャレス勤務だね?」

と、歯科医は重ねてきいた。

「そうです。僕は先生を知っていますが、先生も僕があすこで働いていることを知っていますか?」

男はちらりと視線を動かしてきき返した。目のふちにはソバカスの浮いた皺がよれていた。

「君の顔は知らん」

香坂は答えた。

「じゃ、どうしてわかりますか?」

「死体の臭いがついているからさ」

「マスクや手袋を脱がないようにし、下着も毎日とり換えて気をつけているのですが」

「だめだ。爪の間や、髪の毛の間からはいってくる」

歯科医は云った。

「あすこには、いつごろから来ているのかね?」

「三カ月前からです」

「よく、あんな仕事をやる気になったね?」

「失職したからです。勤めていた炭坑が貧鉱でつぶれたのです。僕は事務屋ですから、よそに移っても、それほど金になりません」

「死体をいじる仕事は、それほど金になるのかね?」

「月給一万六千円くれます。キャンプの労務者はエージャレスで働きたがっています」

「そうだってね。東京の失職者が話を聞いてわざわざ小倉に来たそうだ。もっとも、話というのは一日六、七千円にもなると聞いたものらしい。君は、もうあの仕事になれたかね?」

「何とかやってゆけそうです。はじめは嘔きそうだったので、唾を吐いたら、下士官にひどくどなられました」

「できのいい方だ」

と歯科医は云った。

「死体侮辱で馘《くび》になった者がいる。おや、君はこっちの方かね?」

わかれ道に来たので彼は立ちどまった。男はうなずいた。

「この近くでは、前には見かけなかったね?」

「一カ月前に越してきたのです」

「その前は?」

「三萩野にいました。補給廠の近くです」

「よく家が見つかったな?」

「百姓家を間借りしています」

「家族は少いの?」

「僕ひとりです」

歯科医は、男の年齢を確かめるように顔を見た。

「奥さんは?」

「別れました。一カ月前」

労務者は、もう草色の服の背中を見せて歩きだした。凍った雲が暮色の中に沈みかけ、それに向って彼は寒そうに肩をすぼめ、前屈みに歩いていた。

あくる日、香坂歯科医は昨日の労務者を探しだそうと思いながら、仕事に追われて容易にはたせなかった。彼の仕事というのは、死体の部分から歯型をしらべ、台帳の記載と照合して氏名を捜索するにあった。無数の顎の部品が彼の前に詰めかけていた。歯科医は汗をかいていた。

仕事のきりがついたので、彼は気がかりなことを果たそうと思った。横の《人類学者》が小さく口笛をふいた。彼は白骨の頭蓋の測定を終ったところだった。

「いけない、これも朝鮮人《コーリア》だ」

歯科医は、それを耳に聞き流しながら立ちあがった。この部屋にはあの男はいないのだ。次の解剖室に彼は歩いた。

三十人ばかりの日本人労務者がたち働いていた。この中からあの男を探すのは容易だ。マスクと手袋を几帳面につけている仲間から選べばよかった。

その男は、黒人の死者を解剖台から降ろし、《葬儀屋》のところへ運んでいた。歯科医が肩に指をふれると彼は目だけをむけた。目のふちの小皺に特徴があった。

「なれたものだね」

と、歯科医は小声で話しかけた。

「死人がこわくないかね?」

「こわくありません。黒人が多いですから」

労務者は答えた。この返事は少しばかり歯科医をおどろかせた。灰色じみた黒い皮膚の方が、普通には不気味であった。

「なるほど、黒人が多いね」

と、歯科医は見まわして、当りさわりのない同感をした。

「何を見ているのだ?」

「刺青です」

黒地の皮膚は色があせていたが、点描の赤い色だけは冴えかえっていた。絵は、人間だの、その部分だの、鳥だの、組み合せ文字だのさまざまだった。場所はふくらんだ胴と手首が多かった。

「外人の刺青は日本人ほど芸術的ではない」

と歯科医は云って、彼のある眼ざしに気がついた。

「君は、刺青に趣味があるのか？」

「おもしろいからです」

と、労務者は目を笑わせないで答えた。

「おもしろいが稚拙きわまるね。おや、あれは踊り子だな」

歯科医は解剖台をわきから覗いた。頭を裂かれた死人は、胸から腹にかけてフラダンスを踊らせていた。股にホルマリン溶液が注入されているところだった。

「先生」

と労務者は云った。

「黒人の人相はみんな同じように見えて、見分けがつきませんね。けれど、刺青を見たらすぐわかりますね」

「そうだよ。刺青の鑑別方法だってちゃんとやっている。歯や、身長や、レントゲンと併行している」

「すると、台帳があるのですか？」

「ある」

答えてから歯科医は自分に向けている彼の目にふたたび気がついた。が、彼は黙って次の運搬の仕事にかかったので、歯科医は踵をかえした。

その日の帰り、歯科医は、電車の車掌台で風に吹かれている労務者をまた見た。

道で、歯科医は労務者に追いついた。

「君の名前をまだ知らないね、何というの？」

「前野留吉と云います」

と労務者は、だぶだぶの外套に手を突っこんだまま云った。

「君は黒人兵の刺青に興味がありそうだね？」

「探しているんです」

「探している？」

歯科医はおもしろがった。

「台帳に控えがあるかもしれない。どんな絵がらかね？」

「いや、いいです」

と、労務者の前野留吉は、わかれ道に来てから云い捨てた。

「僕だけでおぼえていることです」

香坂歯科医は、だんだん前野留吉と道づれになることを望むようになった。留吉は、いかにもむっつりとして愛嬌がなかった。顔色は、どす青く、皮膚がかさかさに乾燥していた。生気というものがこの男には少しもなかった。だが、それは生活の疲れというようなものでないことを歯科医はよみとっていた。歯科医がこの無愛想な男と道づれになって話したくなったのは、彼の体から立ちのぼる、正体のわからぬ倦怠感であった。

歯科医はその望みを実行に移した。電車から降りて数町の間の田舎道が、いつもの場所だった。ときには空が暗い背景だけのことがあり、ときにはオリオン座が山の端からせりあがっている時もあった。

「奥さんと別れたのは」と歯科医は、あるとき、きいた。

「間がうまくいかなかったのかね?」

「僕も妻も、別れたくなかったのです」

と、留吉は云った。

「それが、どうして?」

「そういう仕儀になったのです」

「深い事情がありそうだな。それじゃ、別れにくかったろう?」

「いや、早く別々になりたかったのです。今はどうしているかな」

留吉はつぶやいて云い、あとは黙ってしまった。歯科医は深い事情を夫婦だけの周囲の人物に限って考えていた。

「ひとりで一万五、六千円とれば、十分だろう?」

と歯科医は、別なとき、またおせっかいな質問をした。

「まあ、そうですな」

と、留吉は背をかがめて歩きながら答えた。

「何に使っている?」

「別に使うこともありません。百姓家の間借りではね。帰ったら、ごろごろと寝ころがっていますよ」

「何もしないのか?」

「寝るだけです」

歯科医は少しおどろいたように留吉を見た。彼はあいかわらず鋭い目つきをし、生気のない横顔をしていた。

「それじゃ、たまって仕方がないだろう?」

労務者は、それには答えないで、歯科医に別なことを云った。

「労働組合がね、労務者の待遇改善の闘争をやろうと云っています」

「知っている」

と、歯科医は云った。

「だが、むだだろう」

「悪い下士官が二人いるのです、日本人をいじめるね。配置替えを司令官に要求して、きかれなければ、ストまでもってゆこうと組合の役員が皆の間を説いてまわっています」

「そんなに悪い奴かね?」

「殴られた者はたくさんあります。自分が気に入らないとすぐ馘にしてしまいます」

「下士官にそんな権利はなかろう」

と、歯科医は首をひねった。

「それが、合法的にやるんです」

「どんな?」

「たとえば、品物をやるんですね、GIの。煙草だとか、毛布だとか。門《ゲート》で見せる持出証にまでサインしてやるんですから、誰でも喜んで持って帰ります。奴は、そのあとですぐMPに電話するのです。こういう日本人が官給品を持ち出したとね。MPでは日本の警察に連絡するから、刑事が占領物資不法所持で捕縛に来る、それを理由に解雇するというやり方です」

「サインをもらっていてもだめだね、うまい罠だな。勅令三百八十九条を利用したのだ」

と、歯科医は云った。

「白人は有色人種を軽蔑しているからね。日本人が兎のように罠にかかったのを見て口笛を鳴らして喜んでいるだろう。司令官に持っていってもだめだな。ストぐらいでは驚きはしない。日本人をばかにしているからね」

　と、歯科医はつづけた。

「おれも日本人の歯科医というだけで給料に差別をつけられている。安いとは云わんがね。しかし、オーストラリア人だってハンガリー人だって、米国に市民権を持っているというだけで法外な高い給金をとっている。技術はおれの方が上だと思ってるがね。国籍が違うというよりも、有色人種の蔑視だ」

　歯科医はここで少し声を低くして云った。

「どうだい、君も気づいたろう？　戦死体は黒人兵が白人兵よりずっと多いだろう」

　留吉は目をあげて返事の代りにした。

「おれの推定では、死体は黒人兵が全体の三分の二、白人兵が三分の一だ。黒人兵が圧倒的に多い、ということはだな、黒人兵がいつも戦争では最前線に立たされているということなんだ」

　いつものわかれ道に来た。留吉は何か云いたそうにしたが、口を閉じて一人で歩いた。彼が傍をはなれると、歯科医の鼻には腐臭がただよった。

　翌日も、香坂歯科医は死者たちとたたかっていた。正確に云えば顎と格闘しているのだった。何十個という顎が飾りのように歯を植えつけて散乱していた。彼はそれを測量し、歯から人間の氏名に還元せねばならなかった。トラックは毎日、後から後から死者を運搬してきた。人間も死体もいらだっていた。

「なるほど、黒人兵が多いですね」

と留吉は帰り道に、疲れた歯科医に云った。

「あなたの云うとおり、黒人兵が最前線に立たされているということですか？」

珍しいことのように歯科医は留吉の顔を眺めた。だるそうな労務者のいつもの表情には、妙な活気がにじんでいた。

「そうだと思う、比率から云ってね」

と、歯科医は疲労していたので、あんまり親切をこめずに説明した。

「朝鮮戦争の米軍は黒人よりも白人が圧倒的に多いにきまっている。それが戦死体では逆の比例になっているのは、戦線の配置によるのさ。ね、そうじゃないか？」

留吉は、そうだとも違うとも云わなかった。沈黙のままに靴音を立てていた。顔を前かがみに戻していたので、彼が考えているのかどうか、歯科医にはわからなかった。

「黒人兵はそうされることを知っていたのでしょうか？」

少し時間がたっていたので、歯科医は質問の意味の念を押した。

「つまり、自分たちがその位置に立たされるということをか？」

「殺されることをです」

留吉の云い方が、激越な方に訂正されたので、歯科医は何となく不機嫌な顔になり、わざと前言と矛盾する曖昧さで答えた。

「不運だということしか考えまいね。白人だって死んでいるんだから」

「しかし」

と、労務者は強硬だった。

「殺されるとは思っていたでしょう。負け戦の最中に朝鮮に渡ったのですからね」

「さあ」

と、歯科医も不機嫌が手つだって依怙地になっていた。

「彼らは米軍の優勢を信じているんだから、そうも思わずに出て行ったんじゃないかな」

わかれ道に来たとき、労務者はそれ以上、押し返す様子もなく、

「黒人もかわいそうだな。かわいそうだが――」

と、つぶやいて、かってに背中を向けた。歯科医はその肩から、また死臭を嗅いだ。

リッジウェイが、罷免されたマックアーサーに交代して極東軍司令官になってから、共産軍との戦線の境目はだいたい三十八度線に膠着した。二月ごろから、ちらちらと停戦交渉の噂が聞えてくるようになった。

しかし、じつはこのころが、A・G・R・Sでは一番多忙をきわめていた。というのは、それまで戦闘のため、不完全だった戦死体の収容がゆっくりとおこなわれるようになり、輸送の死体の数がまたふえたからである。むろん、釜山にも簡単な設備はあったが、本気に当人と米国市民に礼儀をつくすには、小倉のA・G・R・Sまで送らねばならなかった。高給をとっている《葬儀屋》はドクターなみの教養を自慢し、人形造り師のような熟練の技術をもっていたのであった。

この時期にくると、死体は天幕だけに包装されているというようなあわただしさはなく、粗末だが木棺に納められて送りつけられてきた。それらの空箱は、魚をくつがえした魚市場のように、いくつもの山をなして空地に堆積されていた。

七、八十人のアメリカ人と、ほぼ同数のやとわれ日本人とが、死者の大群と戦闘をつづけていた。生きている人間は単数だが、死者は無数の複数だった。もがれた頭、胴体、手、足は、寸断された爬虫類のようにそれぞれの生命を主張してわめいていた。十個の頭部には十個の胴体を求めねばならず、さらに二十本ずつの手と足との員数を揃えねばならなかった。指は百本を要する。

香坂歯科医がその日にあつかった死体はかなり時日が経ったものだった。百日以上は十分に経ていた。どこの地区の戦闘であったか彼にはさだかでないが、地の中に埋めたものが掘り出されたらしく、いたみは激しかった。あいかわらず黒人兵が多く、黒い皮膚は妙な具合に変色していた。

歯科医は胴体や腕には関係がない。しかし歯をしらべている合間には、一瞥する程度の見物人になることはできた。頸のない胴体にはやはり刺青だけが完全な絵で残っていた。それは両乳にかけて翼をひろげている一羽の鷲であった。嘴がみぞおちの上部をかんでいた。赤い絵具があせもせず、鮮かだった。

鷲など珍しくない、と歯科医は思った。外人は刺青の絵がらに鳥類が好きである。あれは幼児的な心理なのか、それとも呪術的なものであろうか。デッサンはおさなく、点描は粗笨《そほん》であったが、カンバスが白い皮膚でなく、黒地であるところに、その絵の原始的な雰囲気の濃密さが奇妙に感じられた。

腰をひねり、両手をあげている踊り子の姿は平凡きわまった。それよりも持主が胸に彫られたこの絵を鑑賞するのに、どのような位置からするのであろうかと歯科医は考えていた。上からさし覗いて逆から眺める不便な見方しかあるまい。持主は一生その宿命を負わされている。多分、その男は自分よりも他人に鑑賞させるのが目的であろう。絵画はもとよりそうしたものだと歯科医は合点した。

低い口笛が短く鳴り、小さなざわめきが起った。歯科医は顎に櫛のように植えこんだ門歯や臼歯から視線を中断させて、わき見をした。一台の解剖台の周囲を下士官たちがとり巻いていた。《人類学者》が頭蓋骨を遺棄してその仲間に加わっていた。歯科医も歯に待ってもらうことにして、その方へ歩いた。

解剖台には大男の黒人兵が、これはあまり破壊されぬ姿のままで仰臥していた。ここにも黒地に赤い絵が貼られていた。みぞおちから臍にかけて女の体の一部が拙劣に描写されていた。みなの視線はそれにあつまっていた。

どのような目的で、この黒人兵はおのれの体にこのような悪戯をほどこしたのか、歯科医には理解ができなかった。この男は低能なのか。どこか西部のさびしい農地で働き、ほとんど教養らしいものを持っていなかった百姓ではあるまいか。でなければ、あんな、ひどいものを彫るわけがないと思った。歯科医の目には、この兵士が戦友にそれを自慢して見せる様子が想像できた。まだ暑い陽が照っている、灼けるような戦線、壕の外から見ると地平まで一粒の黒点もなく、乾いた白い地塊には炎があがっている。暗い壕内に背をもたせている兵士たちも、性《セックス》の遮断された乾きに神経をあえがせ、疲労している。そのとき、この黒人兵の道化た絵は、壕の中の見物人たちに人気を得たであろう。それが熱い水になったかどうかわからない。彼は調子に乗ってさまざまな恰好を見せたであろう。

それにしても、歯科医は自分の場所にもどりながら思った。あれでは軍隊から解放されて帰郷したとき、人前に出せるものではない。刺青は、多分、彼が日本のどこかの基地にいるとき彫らせたに違いないから、無知な彼は、郷里に還ったときの後悔まで考えなかったのであろう。

が、このとき歯科医の顔色は少し変った。そうだ、あの黒人兵は生きて本国に還ることを計算しなかったのかもしれない。彼は死を予想し、大急ぎであの絵を腹に彫刻させたかもわからないのだ。だとすれば、彼は無知ではなかった。彼の絶望はそのとおりにここに腐って横たわっているから。

しかし、数時間をおいた後、歯科医の知らぬことが別の部屋で起った。

軍医たちは朝から押しよせる死者にくたくたになっていた。彼らは解剖台の横に予備のメスをならべ、次から次に紙をさくように腹を切り開いていった。二十四個の作業台がそうだった。一方では吊りさがったイルリガートルの中の淡紅色の溶液が絶えまなく死者に注入され、一方では《葬儀屋》が桃色のクリームを塗っていた。死臭とホルマリンガスのこもった工場だった。

「ナイフ」

と、中ごろの台の軍医が云った。刃の切れなくなった骨膜刀《リオスチューム》を高々とさし上げ、かわりを要求していた。小型の円刃刀よりも軍医たちは大きなこの方を好んでいた。ここは手術室ではなかった。下士官はかわりをさし出そうとしたが、あるはずの所になかった。

「ナイフ」

と、軍医は血走った目で叫んだ。下士官は狼狽した。彼は砥いだばかりの骨膜刀《ナイフ》の行方を捜索した。一人の日本人労務者が、隅に屈みこんで何かしていた。下士官は背後から忍びよって、上から覗きこんだ。それから奇矯な叫びをあげた。人びとが声を聞きつけて寄ってきた。

前野留吉がその骨膜刀を手にもって、しゃがんでいた。腕のない、まるみのある黒人の胴体だけが彼の前に転がっていた。皮膚の黒地のカンバスには赤い線が描かれている。彼の見つめた目には、翼をひろげた一羽の鷲が三つに切り離され、裸女の下部は斜めにさかれて幻のようにうつっていた。が、彼の後ろにあつまってきた人間には、彼のその尋常でない目つきがすぐにわかるはずがなかった。

留吉は後ろの騒ぎも聞えぬげにふり返りもしなかった。

出発は遂に訪れず

島尾敏雄

もし出発しないなら、その日も同じふだんの日と変るはずがない。一年半のあいだ死支度をしたあげく、八月十三日の夕方防備隊の司令官から特攻戦発動の信令を受けとり、遂に最期の日が来たことを知らされて、心にもからだにも死装束をまとったが、発進の合図がいっこうにかからぬまま足ぶみをしていたから、近づいて来た死は、はたとその歩みを止めた。

経験がないためにそのどんなかたちも想像できない戦いが、遠まきにして私を試みはじめる。どれほど小さな出来事も、起らなければそれは自分のものとならず、いつまでも未知の領分に残っている。今度こそ確かと思われた死が、つい目の近くに来たらしいのに、現にその無慈悲な肉と血の散乱の中にまきこまれないことは不思議な寂しさもともなったが、その機会を自分のところに運んでくる重大なきっかけが、敵の指揮者の気まぐれな操舵や味方の司令官のあわただしい判断とにかかっているかもしれないことは底知れぬ空しさの方に誘われる。それがもっとさからいがたい所からのものでないことが不安だ。まだ見ぬ死に向っていたつめたい緊張に代って、はぐらかされた不満と不眠のあとの倦怠が私をとらえた。

防空壕の入口に設けられた当直室では当直の隊員が勤務をしていたが、勤務のあいだ彼らはその身に迫ってくる死についてどれだけ考えることができようか。それを感じ過ぎているのは、自分だけ、という思いを私はふり払えない。せめて五十二名の特攻兵を次の日に移った夜のしらしら明けに、眠りに就かせたことが自分の気持をなだめる。私自身はからだを動かさず号令のことばを選び死の状況を妄想することができたが、特攻兵たちはただからだを動かして出動ができるように一人乗りの艇を整備するだけだ。私の艇の舵をあやつる者など二人の乗組む艇と彼自身の死装束をととのえた上に、私の身のまわりのことまで心遣わなければならない。死の方に向う出撃行に、子どもの遠足のように、搭乗のユニフォームをつけ、ボタンやバンドをそれぞれの位置に据え、もし事故で戦列をはなれるか或いは死を遂行できなかった場合だけに使う手榴弾を腰にさげ、いつ食べるつもりか携帯食糧と水筒をまとって、出発を待った一夜の時刻の移り行きが、理解できないおかしさを伴って遠去かって行った。

特攻兵の出発のあと基地にのこって陸戦隊になる者たちだけが、当直に立ったから、私は彼らに取りまかれたと思ってしまった。彼らの上にも私は指揮権を与えられているのに、特攻兵の方に部下の気持がいっそう強いことがおかしい。あとで陸戦隊となる者だけの中に居ると、いきなり神通力を奪われた環境の中に一人置き忘れられたようだ。特攻兵が示すきびきびした動作がなく、留守番をたのまれた不なれな隣人に見えてくる。同じ隊員ながら、或る瞬間に別々のカプセルに引きさかれてしまうそのつなぎ目の接着点がそこにうっすらかくされている。出発しそびれた特攻兵は今全く眠りにはいったはずだから、その眠りをさまたげぬよう、狭い入江の両岸にかけて設営された隊の中すべてが、足音をひそめて隊務を進め、そして太陽は確実に高い所にのぼって行き、この新らしい日が私は理解できない。

重なり過ぎ去った日は、一つの目的のために準備され、生きてもどることの考えられない突入が、その最後の目的として与えられていた。それがまぬかれぬ運命と思い、その状態に合わせて行くための試みが日々を支えていたにはちがいないが、でも心の奥では、その遂行の日が、割けた海の壁のように目の前に黒々と立ちふさがり、近い日にその海の底に必ずのみこまれ、おそろしい虚無の中にまきこまれてしまうのだと思わぬ日とてなかった。でも今私を取りまくすべてのものの運行は、はたとその動きを止めてしまったように見える。目に見えぬものからの仕返しの顔付でそれは私を奇妙な停滞に投げ入れた。まきこまれたゼンマイがほどかれることなく目的を失って放り出されると、鬱血した倦怠が広がり、やりばのない不満が、からだの中をかけめぐる。矛盾したいらだちにちがいないが、からだは死に行きつく路線からしばらく外れたことを喜んでいるのに、気持は満たされぬ思いに取りまかれる。目的の完結が先にのばされ、発進と即時待機のあいだには無限の距離が横たわり、二つの顔付は少しも似ていない。

太陽が容赦なくのぼり出すと、もう引きもどすことはできず、遂行できずに夜を明かした悔いの思いがからだにみなぎり、強暴な気持に傾いてとどめられない。でも爆発させることがためらわれ、内側におさえこむと、無性に眠くなった。私たちは発進しなければほかに使いみちのない未熟な兵員に過ぎない。日常は些細な行動の束になってひしひしとおしよせ、なおざりにすることは許されないが、そのどの一つを取りあげても、昨夜の今朝では、余分なつけ足しとしか思えない。無意味なつみ重ねのため、区切り目が醜くふくれてきて、私の死の完結が美しさを失う。しかしこちら側の生に取り残されている事実を矯め直すことはできず、よごれた日常を繰返さなければならぬ。はっきりつかまえようのない腹立たしさがわだかまっているがすべて、自分にはね返ってくる。

私ができることとは、司令官の居るSの防備隊警備班に敵状を確かめてみることだが、その度に受ける返答は、展開を見せない膠着の状態だ。死の方につきやるために準備させた前夜の命令のするどさは色あせ、私のきまじめな要求は貸し金の催促のようなひびきをもちはじめ、きおいたつ自分がはぐらかされてしまう。何か質の変った空気が流れ、身構えた心の武装のうろこがはがれはじめる。眠くなった私は防空壕の奥にはいった。かんなのかかっていない丸太と板切れを組み合わせ、蚕棚のように乱雑に重ねた寝床は、湿気がひどくて利用する者はいなかった。壕内は素掘のままわく木をあてがってあるだけだから、天井や両側から水がにじみ出てかすかな音をたてていた。水気を含んだ重い毛布をまとい、搭乗の服装のまま靴も脱がず、かたい寝床に横たわると、骨にしみ通るしめりが感じられる。それは冷寒でなく、関節のところで不調な痼疾を起し尿が通じなくなりそうな気持だ。でも地の底に沈み行く深々とした静けさがあり、どこからとなくきこえる水滴と土くれのくずれ落ちる音を耳にしながら横たわっていると、当面の安楽がからだを包みこみ、日常とその中のすべての約束事を先にのばして、眠りの中にはいって行く楽しみを感じた。

寝不足な覚めぎわの、審かれたのかも知れぬと疑う惑いのあとで、自分のからだが身動きならぬほどこわばっていることが分るが、どうにも動かせない。寝床のかたさと壕の中の湿気でギブスをかぶせられたようだ。しばらくは固縛に抗わぬようにしながら、凍りついた時をやり過ごすと、次第にほどけてきてからだが動かせた。悪い酔いがもどってくるふうに、眠りに落ちる前夜からの自分のすがたがよみがえってきて、嫌悪が胸の中に広がるがそれをそこで育てることはできない。そのとき身につけていた習慣に従って立たされている自分の位置を確かめるために、その気分をふりすて気持を集中させせようとする。防空壕の入口の方から目にまぶしい外の光が、中の暗やみにやさしくさしこんでいて、事態は、眠りに落ちるまでのときと変っていないことが理解できた。前の日につづく変りのない一日が、まだ許されていた。当直勤務者の私語が、壕の中の湿気におおわれた私の寝床の所まで、おだやかなつぶやきの反響をとどけてくる。

私は上半身を起し、自分の投げこまれている状況のあとさきがまだはっきりとつながらず、足をのばしたまま、ぼんやり外の光の方に目をやっているとかぶりものを剝ぐようにあらましがはっきりした。私は特攻出撃をしようとしていた。骨はくだかれ肉片はとび血が流れ去ってしまうはずだった。でも無残なその現場には出かけて行かずにしめっぽい壕の中で固い眠りに引きこまれた。だから私は光栄を自分のものにまだしてはいない。克服できない距離が意地悪くそこに横たわってしまったみたいだ。私は気持がしおれ、倦怠に落ちた。すべてがまやかしのくだらないことのようだ。なぜ敵は近づかなかったか。刻々が私をこころみ、結果として出撃は完了せずに繰越された。それは滑稽なことだ。私はあいまいな顔付で、眠りのあいだわきたたせていた自分の体臭のただようしめった場所をはなれ、明るい太陽の光の直接に届く方に出た。

異常な完結的な予定の行動が延期されると、日常のすべてのいとなみが気息を吹き返す。私の嫌悪している死が、くびすを返して遠去かり、皮膚の下でうごめく生のむずがゆさがはたらきはじめて、あとさきの約束ごとの中にもどって行かなければならないことを知る。巨大な死に直面したすぐそのあとでも、眠りは私を襲い、空腹が充たされたい欠乏の顔付をかくさないで訪ねてくる。もうすぐ死ぬのだからという理由で睡眠と食慾を猶予してもらうことができないことは、私を虚無の方におしやる。でもからだの底の方にうっすら広がりだしたにぶいもやのような光の幕は何だろう。生をつめたく取りかこみ、かたくとざしていた氷結のおもてに、どこからともなくゆるみがしのびこんでくる。そのゆるみにさからいながら、やがては受けとらなければならぬ発進の号令を待つことは、いらだたしい気持をあおった。いらだたしさの中では、危うげな崖のふちを歩きながら道をそれた草やぶの陽だまりに腰をおろし、そこで感覚を喜ばせたいという思いにかたむきがちの自分が統御できない。この行為に従事することを納得させているものは何かが、よく分らない。

当直者はふだんのときのそれにもどっていて、その中にまざって特攻兵の顔も認められた。ほんのしばらくまどろんだと思ったが、日は正午をまわっていた。特攻兵は眠りから覚め、すでに日常の勤務にもどった。近づく私に彼らはどんな感情も示さず、昨夜の出撃準備の緊張の気配を脱け落した顔付をしていた。やりかけた仕事のあてがはずれ、さてその次にどんな仕事をえらび取ってよいか分らないので気持がすすまず空虚に落ちこんだように、細長い入江に沿って設けられた隊の中をうつむきながら歩いた。足もとを見つめても筋道立った何かの考えが起きてくるわけではない。南島の真夏の太陽が、被服の上からからだをこがし、汗ばませる。昨日までの自分とすっかり質の変ってしまった厚みのないほかのにんげんが歩いているようだ。それは防空壕のしめった暗やみの、もっとずっと底の方で、長いあいだじっと横たわっていたような所につながって行く。死の方に近よるために用意していた出発が延期になったまま何事も起らなければ、肉体の新陳代謝のはたらきを拒むわけには行かない。その上になお食物をとらなければならないことは、私を羞恥に追いやり、頬がほてってきて暗い怒りが、たまってくるようだ。もう一度命令が届けば、艇の頭部の炸薬といっしょに敵の船にぶつかることが要求され、ほかのどんな行動をえらぶこともできずに、その予定の、しかし想像することもできぬそぎ立った暗い淵のにおいのする未知のコースに出かけて行かなければならない。恐怖は小きざみに引きのばされ、下手なブレーキのような不快な断続するショックを与えながら結局は目的の方に向って行くことを強いる。即時待機の下の見せかけの休息と平安を、どうして信ずることができよう。でも今それが明らかに私たちを取りまいていることを疑うこともできない。今日はまだ夜の明けきらぬうちに一、二の敵機のにぶい爆音をきいただけで、それまでの日々のように無数のそれが島の周辺の空にしみをつけることをせず、またこの島を通り過ぎて本土の方に爆撃に行く編隊機の複合爆音をにぶくどよもさせてよこすこともしない。隊員は戦闘準備をとうの昔にすませてしまってもうすることがなくなった。このところ敵の飛行機のほかには見かけることができなくなった空の下の陸地や海面では、特攻兵器の艇をあらわに浮べて訓練を行うことなどできるものではない。もし敵機の搭乗員が海上や入江岸にうごめく小さな緑色の短艇にふと平和のときのボートレースを思い起し、同時に気持がそそられ蟻の群れをにじりつぶすつもりになったら、たとえそれが気まぐれな一撃であっても、私たちの艇の先につめこまれた二百三十キログラムの爆薬は決定的な爆発を起すだろうし、もし何隻かが誘爆しあい、そのとき陸揚げされていたら、入江ぎわの山のかたちは変ってしまうだろう。本土からの補給路はとだえて久しいし、兵器も用具も補充される望みはなく、日毎の腐朽と損傷を少しでも少なくとどめようと工夫するだけでそのほかのことは手をこまねいているより仕方がなかったから、その上に日々の課業をこしらえなければならないとすれば、畑仕事にでも充てるほかはない。暗い先の方で予想される隊員同士の陰惨な食糧の奪い合いをいくらかでも和らげるためにも、甘藷の植付けに、はげまなければならない。先の不定の日に特攻兵がすべて出撃し出払ってしまったあと、残った基地隊や整備隊の隊員は実のはいった藷を掘起して食べるだろう。今日敵機があらわれないからといって、兵器に信管をさしこんである艇を海に浮べて突込む練習をすることなどできないから、隊員にはやはり藷畑の土をいじり入江岸にちらばってたてられた兵舎を偽装するための、松の木の切り出し作業が与えられるだろう。太陽は高々とかがやき、つかのまの休息かもしれないが、畑の中にしゃがみこんで仲間と談笑しながらはたらいている隊員は、昨夜から今日にかけて、死の手のひらの上にのぼった者のすがたとも思えない。

私のからだからは塩分がきれてしまったのか、南島の真夏の直射を受けても、日はかげってしまったかとふとあたりを見まわすほどだ。強い太陽の光線はその中に影を含み視野の四隅からフィルムが焼けてきてその中央に暗いすすを流しこむ。地が揺れたときの恐怖のように、その時が過ぎ去ってから反応は皮膚の下の筋肉の所の力を抜きそれは全身に広がって、生活への興味を失わせてしまう。出撃のその日を、恐れおののきながら早く来てしまった方がいいと待ち望み、それが望み通り確かにやって来たのだったのに、不発のまま待たされているのだから。すべての生のいとなみが今の私には億劫となり、両の腕から力が抜け去って、体温は低く下ったみたいだ。

午後も太陽は輝き、敵の飛行機はやってこない。ずっと一日も欠かさずやってきていたものが来ないことは不審だ。昨夜特攻艇を出撃させようとしたほどのさし迫った状況はどこに行ったのか。今日こんなに静かな時を刻んでいることが、うまく理解できない。耳なれた音が、とらえられないと、耳はそれを作りあげ耳の中は音にならぬ耳なりに似た爆音で、あやしい交響楽をかなでているようだ。でも視野の中にとらえる限りでは機影を見ず、また幻覚でなければ何の爆音もきくことはできない。戦いの運行がぴたりと停められ、その所から今までとはちがった世界の端が展べ広げられているのか。からだにまといなれてきたもとのままの皮膚では感受しきれぬ空気のきめがあって私は調節に苦しんでいるようだ。とにかく、どこがどうと言えないけれども何かがちがってしまった。すべての責任のあやもつれの中からのがれたいと思うが、新しい世界の秩序を認める方法もなく決心もつかない。私のあせりの外側の所で、前のままの世界は重たい顔付で一向にたじろごうとせず動いているのだから。折々に課業の折り目を知らせる信号兵のラッパと当直者の号令が石膏のように空気の中に流れ入り、すぐ固まってしまう。

群れ小鳥になって飛び散ってしまいそうな自分の心を、そうならないようにつかまえながら日の傾いてくるのを待った。夜が近づくのは、むしろ危険の方に吸いよせられて行くことのはずだ。あたりが暗くなれば、敵の船がしのび寄り、それにぶつかるために出発しなければならぬ機会が増大する。昨日の今日という状況が、きおいたたせ、すでに引幕が開けられた舞台の裏で落着きなく出番を待つ気持にさせている。しかし失敗することなく役目をうまく果たそうとする気合いを失ってしまった。一度拍子木がはいったまま待たされ、そのあと音沙汰のないことが、なぜかしらぬが約束を破ったのは向うの方だという不満をわだかまらせた。合図があれば、ただそこに出て行ってやるだけだ。侮蔑を受け根こそぎにされてしまったと思い、だからどんな恐怖にも耐え、荒れすさんだ果てで、戦法を無視した特攻戦が戦えそうだ。死は恐ろしいがそれが自分のものとならぬ限りは、そちらの方に吸い寄せられることをとどめることはできない。死を含んだ夜が、この真夏の太陽の直射の下の、かげりと寒冷を私から取り除き、私がそこで主役を演ずることのできる劇が繰広げられる。夜の闇が私のおののきをかくし、戦法の未熟や欠落を覆ってくれそうに思え、早く夜の闇に包まれたいとねがった。

ようやく日が傾きかけ、でも何どきか定かでない時刻に、入江奥の部落の人々が来て、隊の外の小さな谷あいのところに集まっていると知らせてきた。士官室の者だけ五、六人が行くと、部落の人々はみんな笑顔をつくっていたが、それは筋肉だけで、目もとは緊張している。特攻艇が昨夜出撃しかけたまま今も即時待機の中にいるのを知っている目の色だ。こちらの視線を追いかけてはなすまいとする執念が見え、今夜にもまた死ぬために出かけて行かなければならない宿命の私たちに涙を流しているようだ。それはすでに死者を見るときの目付だと思い、過当だと思いながらも肉にひびいてくる感じを受けた。白い歯と口のあたりのしわだけで笑っているその顔は、まだ明日があることに寄りかかっている肉体を持っているにひきかえ、時の刻みも気象の変化もそのままでは受取れない私には、誇張してこしらえられた人形の頭とそのからだのように人々が見えた。環境が私を大胆にし、そのとき私を規制し得たのは感覚だけだから頽廃の淵はいつもすぐかたわらに口を開いていた。どんな要求も彼らの中で所を得るだろうという期待は、でも私をかえって不機嫌にした。海峡をはさんだ向い島の飛行隊から預けられた十個ほどの大型爆弾が、かくして置く場所がないまま、その谷あいの木の下の茂みに放り出してあっても別に異常なこととも思わない乾いた空気があった。部落の人々の大方は見知っていたつもりだがそれは錯覚だったのか、顔見知りはわざとやって来ないで家の中に残っているのではないかとあやしまれるほど、見かけぬ顔が多いと思えた。でも十数軒ほどの小さな部落にこんなにたくさん居たのだろうか。その誰もが、一番親しかった者がその記憶をよみがえらせることを強いるように、微笑を含ませたひとみを集中させ固定しようとひしめいている。栄養の補給が不充分なために、みな色つやの悪い顔をそろえ、いくつかのかたまりになって重なると、すさまじさがあらわれた。慰問されなければならないのはむしろどんな特権も持たずに素手で死の恐怖にさらされている彼らの方なのに、残り少ない米で餅をつき、箱を重ねて持ってきて私たちの目の前に積んだ。急の作業のために、せっかくの慰問を、隊員全体がいっしょになって受けることができなくなったから代表の者だけが好意を受けにきた意味をのべると、年寄りたちの中に目をうるませて涙をにじませる者のいるのがわかった。隊の中の動静はどんな秘密の事がらも部落の方に何となく通じているようで、昨夜のことも明らかに知っているにちがいない。やせて目ばかりいっそう黒々と大きく見える子供たちがあとさきの理解がなくあこがれにひとみをかがやかせて、おとなたちのあいだにはさまりながらにこにこ笑っているすがたが私を打ち、女たちはよそ行きの着物を着けていても、いなかの風習のまま、帯をあらく伊達巻風にしめ、下駄をはかない素足のままの恰好が、抵抗なく胸の中にしみこんでくるのを覚えた。目がなれるとその中に見知った顔がふえてくる。そのように不安定なのは自分の今投げこまれている状況が重症なのかもわからない。おおよそのものがなじみもなく見たこともない遠いよそごととしか思えない。いきなり見知らぬ顔と見えたものは、やがてよく見知った顔であることが分ったから、みんな親しげに笑っていたのは当然だったと思い返した。やがて土着のうたとおどりが披露され、伴奏には三線をもってきていた者がそれを竹の爪でかきならすと、墓場の方に導く雑草の生えた海ばたの細い道が目の底に浮んでくる。のどをしぼって出す声は、経験によってでなければ習いなれることのできない感じやすいふしまわしをもっていて、一つの世界のありさまが表わされ、そこに人を誘おうとする力をもっていた。おどりの方は抑制がなく、やたらに手足とからだを動かすだけのようなところがあって酔わせられないが、ふと目を見はると、女たちが南の島で日焼けしてかたまった肌の上に白粉をつけているのに気づいた。それは肌にのらず、まだらなあやをこしらえていたが、それがかえって奉仕の気持をむきだしにしていて、私をとらえた。身ぶりの幼い誇張が、私を世間のはじめの方につれて行き、束縛のない野外の集いの中に居るような錯覚を受けた。意識から解かれた自在な動きを、私はふしぎな気持で見たが、そこには苦渋がなく、感情が割れて停滞することもない。見物者に誘いかけてくるくすぐりがあるから笑いを以て答えなければならない。私は彼らに隊内の生活にはどんなときも異常な興奮がないことを、示したいと強く思った。その見栄が笑いの振幅を大きくし、それはまた次の笑いを誘ってあとさきがわからなくなる瞬間があった。そのとき自分もしばられない流露感を経験している確かめがあった。まだらの化粧や素足は、或る直接の親密を生み、すべての土俗ぶりに馴れてくると、彼らの目の構造が顔の造作の中で取り分け大きな比重をもち、そこだけが独立して顔の真中で愁いを含ませながらふくれあがってくる。

ふと、皮膚に冷気を感じ私は覚めた。太陽がかげったのではなかったが、夜への階段を下りはじめたかすかな動揺があった。もうこのへんで切りをつけなければならないと思うと、部落の人たちとのあいだに架かったと感じた橋が、す早くすがたを消しているのを知った。もとの断絶が横たわり、それは死とのそれほどもへだたっている。私のたてこもっている城砦は、底のない泥沼に囲まれ、すべてのはね橋をすぐ巻きあげようとする。城砦にとじこもると、敵機の爆音をまだ耳にしなかったことに気づき、防備隊からはその後にどんな連絡もなかったことが関心の前面にせりあがってくる。それは今日このごろでは、望んでもない安らぎであるのに、私は孤独な寂しさを感じてしまう。その寂しさをかくさずに、野外の演芸会を閉じてもらわなければならぬことを言うと、彼らの涙に濡れたあきらめの目がすがりつき、それは私を満足な気持にさせた。待ちかまえていたように太陽は急速にかたむきはじめ、子どもたちは、部落にもどるためになぎさ沿いの小道を歩き出したが、私たちは老人を疲れさせないために伝馬船を用意すると、乗れるだけの者が立ったままでつめこまれ、夕凪の静かな入江面を部落の方に直線に漕いで行った。舟の中の部落の人々は一様に、はなれて行く岸にのこっている私たちの方を目ばたきもせずに眺めた。吃水が浅いために、辛うじて浮くことができた板切れのように見え、黄味を増した落日直前の太陽が彼らの行手にまともにふりそそいだ。個別の表情をあらわしていたそれぞれの顔は、やがて見分けがつかなくなり、金いろの光にまぶされたからだがお互いに溶け合って一つになり一瞬のあいだ輪郭だけが強く浮き上ったかと思うと、彼らのすがたは、薄墨色のおだやかな夕暮時の大気の中で、貧しく望のうすい生活が待つ部落のたたずまいの方に溶けこみ、それをいつまでも見ていた私はこちらの岸にとり残された。

その夜発進の命令を受けとれば、私はきっと勇敢な特攻戦が戦えたろう。昨夜は、一年半ものあいだその日のことを予想し心構えていたのになお動揺したので失望が心を食いあらした。不眠のあとの頭痛をのこしたまま寝ぼけまなこで搭乗服を着け、ボタンやベルトを定まった位置に定めながら中腰で兵器の艇に乗って出かけるようなくやしさがあった。生の世界の方にまだ何かいっぱい為のこしたままのうしろ向きの気持のずれを、戦場に着くまでのあやしげな時間の中で持ち直さなければならないたよりなさがあった。しかし今夜はちがっている。奇妙な一昼夜のあいだに、ないがしろにされた感情につかっていた。そして生きのこったとしてもこの先に生活しなければならぬ日々の、断絶に囲まれた世の中で耐えて行けそうもない気持の底も見たと思った。そこで、防空壕の入口の当直室に防備隊から電話がかかりけたたましく呼鈴がなっている状況を自分に課してみる。そら、今鳴ったぞ。伝令が傾斜を本部の木小屋の方にかけ上ってきて、きっと叫ぶぞ。タダイマシンレイヲウケマシタ。カクトッコウタイハ、タダチニハッシンセヨ。伝令は今にも泣き出しそうな顔付をするが、私は自分に問いかけてみる。で、S中尉、きみはいったいどうなんだ？　私は答えるだろう。今夜なら大丈夫だ。なぜならあのはしかのような発熱の状態は昨夜すべてその過程を予習してしまったから。むしろ発進がはぐらかされたあとの日常の重さこそ、受けきれない。死の中にぶつかって行けば過去のすべてから解き放たれるのに、日常にとどまっている限りは過去から縁を切ることはできない。手ひどい肉体のいためつけが私はほしい。闇と光線と、轟音や鉄、そして肉と血が交錯してこしらえあげた偉大な未知の領域に、ふみこみつつあるこの上ない陶酔のただ中で、死はこの世で受けていたすべてのはたらきを終らせてくれるだろう。私たちの艇に与えられた速力が私の肉を麻痺させ、意識を失いながら武者顫い立たせて行かせるだろう。でも敵機が私たち五十二隻の特攻艇が夜光虫の発行する長い艇尾波を残して航行を起している現場を果たして見のがすか。敵機が私たちの艇の群れに急降下の爆撃を試みないことがどうして保障されよう。敵機が当然なすべきことを行なえば艇のへさきにつめこんだ二百三十キログラムの炸薬をもった特攻兵器は必ず反応し、目標の巨大な艦船が目の前に直角にのしかかってくる恐怖を経験することなしに、自分だけで爆発して海上にちりぢりに飛び散ってしまうのはあきらかだ。それはいわば事故のようなものだ。事故は死の直前の恐怖を取りのぞいてくれるから、私は易々と威厳に満ちた死を自分のものにすることができる。ふたたび生への執着が起きない気持のささくれだっている今のうちに、出発したい。きっとそれはうまく行きそうだ。私は声音を変えずに伝令に総員集合をかけるように伝えるだろう。今はこの上にどんな心のこりもないと言える。トエには手紙を書いてOの部落に出る公用使にたのんだから、いつものようにまちがいなく届くはずだ。その中に書いたふだんと変らない挨拶のことばが、彼女の心を休めるだろう。たとえかえって彼女の心をさわがせたとしても私にこの上何ができよう。トエには昨夜のことをひそかに知らせる者がいて隊の外浜のところに来て会うことができた。私は胸のポケットに彼女からもらったたよりをたばねておさめていたから、その上にてのひらをあて所在をたしかめる度に効果を得て満足していた。でも彼女がすぐそばまで来ていることを知らされると経験した記憶がよみがえろうとしてひしめき、からだが浮き上るのを覚えた。出発の準備をすっかり終え発進のかからぬまま特攻兵を眠らせたあとで外浜に出てみると、死装束を着け紋平をはき懐剣をかくしもったトエが闇の中にうずくまっていたので、駈け寄って行ってつかまえた。私は演習だ演習だと重ねて言ってきかせ、でも発進の下令が気になってすぐ彼女を離して当直室にもどったが、なぜか勇みたって、からだの細胞の一つ一つが雀躍りしている充実を感じた。悲哀は精神をすっぽり包んでいたが、百八十人の集団の中でつきあげられると、肉体の緊張が先立ち、あとにかまわず歩いて行ってしまう。それに彼女の真直ぐ私に向けた凝視を、疑いなく確かめ得られたことが私を有頂天にさせた。しかし出発しないまま一日がむなしく過ぎて次の最初の夜がまわってきたのだ。生涯の設計の骨組みが具合よくすべて支え合い、そのどの部分も繊細過ぎるので全体が微妙な均合いを保っていたが、今夜ちょうど最後の仕上げのときに来たと思えた。今夜出発すれば私の生涯は終りを全うすることができる。彼女の涙や入江奥の部落の女たちのおどりの中の或るしぐさが、おかしな細密画の一こまになって全体の構成を助けていた。すべてが大きな布切れをかぶせたような悲しみの中でにこにこ笑って遠くの果てに遠去かって行くが、壮烈な死に讃歌をささげていた。でももし今夜も昨夜の繰返しに終って私たちの出発が無視されたら、すべてはむしろ悪化し腐りはじめるだろう。やりかけて中途になっているはたらきは、未遂で終ったその断面がなまあたたかくふやけ、いったん氷結させられたためいっそうはね返って手のほどこしようのない症状を示してくるにちがいない。そして私は低潮のときをえらんで真夜中に目を覚まし、今までそうしてきたように北門から外浜に出てトエと合うだろう。それを私は拒むことができないだけでなく、潮の満ち干のうねりは私のからだに感応し、さからうこともできない。渇きが彼女と一緒になることを求めそのことに心をくだいたあと隊の外に出る工夫をこらしてそれを果たし、彼女を認めることに成功しても認めたすぐそのあとから、私の居場所はそこではないと思うことを繰返すだろう。私の意識は二つに割かれ、どちらにも専心できないことが隊の内部を弛めてしまう。それはやがて飽和のところにとどくかも分らない。不自然な環境が無理を重ねてきたが、決算をしなければならぬときは必ずやってくるだろう。身の毛のよだつ最期の場面の、事前の確かめのきかぬ恐怖を、どうすることもできるわけではないが、その突撃行為は過去の未済の行為を帳消しにしてくれると思った。償いをその日の前に割引するつもりで突入の瞬間に賭けたみたいだ。

防空壕の中の寝床は湿気がひどいだけでなく、そこは空襲の不快な音響からはさえぎられまた一応の安全地帯にはちがいなかったから、そこにもぐりこむことは少なくとも外見の気おくれを表した。でも私はたったひとりがらんどうのほら穴のなかで眠ると心が安まった。

十四日の夜も防備隊からの連絡はなかなかやって来ず、すべて、ふだんの日課にかえしてすませた。前の晩に起ったことは実際の出来事とも思えない。疲れきった昼のうたた寝に見た悪夢ではなかったか。どんな現象も気持から剝がれていて、よほど頑張っていないと自分の立っている所さえ見失ってしまいそうだ。はじめほんの少し芽を出した予感がときと共にふくらみ、それは一つの確信の顔付を示しはじめた。もしかしたら、この待機の状態は切換えられることなくいつまでも続くのではないか。敵はこの島などは歯牙にもかけず、直接本土に向う作戦をはじめだし、ここはこの戦争のいきさつから見捨てられようとしているのではないのか。司令官が特攻戦の発動を決意したのは余程のことにちがいないから、そのときたしかに上陸してくるかもしれぬ敵の船団が近づいたはずだ。しかし目的はこの島にはなく、船団は通り過ぎてしまったにちがいない。そうでなければ、どうしてこのような停滞の中に落ちこむだろう。司令官を支える防備隊の参謀たちはどんな全体の作戦構想をもっていたろう。少し冷静に考えれば、この島は作戦の谷間に落ちこみ、どんな戦略価値ももっていないことが分るではないか。しかし恐怖が、一途にこの島に吸い寄せられてくる敵の船団をこしらえがちだ。島は磁気を含んだ孤島となって敵の戦闘力をすべて吸い寄せてしまうと錯覚させられていた。でも参謀たちはこの島の無価値なことにはっと気がついたのではないか。だからその後の敵状の提供にそっけなくなってしまったにちがいない。

真夜中近くなってやっと連絡があったが、それは特攻戦とは少しも関係のない内容のものだ。カクハケンブタイノシキカンハ、一五ヒショウゴ、ボウビタイニシュウゴウセヨ。ヒツヨウナラ、ナイカテイヲムカエニダシテモヨイガ、ドウカ。たとえ今日一日敵機を認めなかったと言っても、特攻戦が発動されている最中に、昼日なか防備隊はなぜ内火艇まで出そうと言うのだろう。なぜかそれは私の緊張をあざ笑っているひびきをのこした。まじめな態度を求めながら応じられるとまじめ過ぎたおかしさを嘲笑する世間のやり口で、防備隊は、そら、死にに行け、とけしかけたあと、なんだそんなに受難者の顔付をするなと言っているようだ。私の方には内火艇をまわしてもらう必要はなさそうだ。

さしせまったこんな日に、どんな用件があるのか見当がつかないが、私は山道を歩いて行くつもりだ。自分の足で土をふみつけながら、しぼるほどの汗をかいてみたい。

私は強い眠気に襲われたので、壕の中の寝床に行って横になるとすぐ眠りに落ちた。それは鎧戸が落とされたような眠りだったが、昧爽のころに目があいた。すぐ寝床を降り、北門の外に出ると、トエが白昼をあいだに置いて前の日からそうしていたと思われる恰好で砂浜に吸いつくように坐っていた。私は何度も重ねてきた同じ姿勢で彼女をなだめ、演習は無事に終ったと言いきかせ、早く部落にもどってぐっすり眠ることをすすめ、自分もふたたび壕の寝床にもどり、湿気にからだを刺されながらむさぼるような眠りをつぎ足した。

目が覚めると、八月十五日の太陽は高く上り、隊員たちの日中の畑仕事も中だるみに来ていた。おくれて起きた気おくれもあり、眠り呆けている間に大事な瞬間を取り逃したのではないかという不安がしばらくただよったが、すぐに眠る前の状況とどんな変化も示していないことが分る。今日も敵の飛行機は現れぬようだ。二日も続けてその爆音をきかぬと、どうしても信じられそうにないと思いたがる。何か決定的な変化が戦局の上に現れてきたのではないか。その考えは好奇と失望とを同時に与えた。作戦の谷間にはまりこんでこの島は見離され、何年か経って、戦争も終りあとさきの混乱がおさまったころにどこかの国が行政権を確かめるためにやってくるかも知れないなどと妄想すると、不思議な興奮が湧いてきた。

私はおそい朝食をそこそこにして、防備隊に出かける準備をした。艇に乗るときのそれではなく、三種軍装にゲートルを巻きつけ肩帯のついた剣帯をしめるだけで、日本刀はそれを吊りさげないで手にもった。

入江奥に向って、部落寄りの番兵が勤務している南門監視所を出て部落の方に歩いて行くと、心もからだも軽くなった自分を感ずる。入江の岸の岩端や小さな谷あい、そして山かげの畑が、ガジマルやアダンの生えた潮くさい小道の蛇行に従って目の先に展べひろがって行く。隊をはなれ一人だけになると自分が生活の根の浅い一人の青年に過ぎないことが分ってくる。そして防備隊に着くまでの一時間のあいだ私は全く解放されて、その状態を享受することができる。たとえ不在の隊に発進の命令が届いても私がそれを知るてだてはなく、もし伝令が追いかけてきたところで追いつくころには防備隊に着いているはずだ。しかも防備隊からの命令でそこに行くのだから隊をはなれていたことに責任を問われることはあり得ない。恥知らずな考えでも、その解放感を受けとらないですますことはできない。トエに会うために隊を出るときは、加速度のついたのめり行く喜びのうらがわにおののきと渇きが深まり、扱いきれない負荷が心にもからだにもまつわりついたが、防備隊に行くときは、身軽な一羽の小鳥の気分になれた。途中の道筋と時間とをゆっくり味わいながら、山の中の湖水と見まごう入江のほとりのうねりの多い道を刀をかんぬきのように背首にあて、或いは肩にかついで歩いた。防備隊の内火艇をまわしてもらえばすぐ向うに着いてしまうから、この気楽な自由を自分のものにすることはできないと思ったとき、昨夜内火艇を念押しされたときにちらと頭をよぎった疑いがもう一度起った。敵機の襲来がはげしくなったこのごろでは日中の航行はほとんど避けられた。小さな櫂漕ぎの島舟でさえ危険を感じて漕ぎ出なくなっているときに、しかも翌日の出航の約束をしようというのはどういうことなのか。敵の言質でも得て今日一日は決して飛行機はやって来ないことを承知の上でなければ、そんな放胆な行動が取れるわけがないなどとおかしなことまで思った。そのとき私はいきなり狭い暗がりの場所から広く明るい所に出たときの気持になって、或る考えが浮んだ。味方の特別に秘められていた作戦が成功して、敵の勢力を日本の周辺の島々からすっかり消してしまったのではないか。今日そのことで防備隊では新しい戦況にもとづいた作戦を検討し直す相談が行なわれるのではないか。防備隊からの召集の度毎にいつも、何かそれまでの計画を変更しなければならない希望的な展開を期待して出かけても、大抵はわざわざ召集することもないような小さな事項に終ることが多かったが、こりずにその次の呼出しのときはまた期待を胸にひそめて山道を歩いて行くことになった。それにしても今度の防備隊の態度にはへんな自信が含まれていた。

部落の人家は、干潮のとき海水のすっかり干上ってしまう長靴の先の折れ曲りに似た入江奥の袋の部分のぐるりに十数軒ちらばっていたが、家の外には人影が認められず、どこで何をしているのか見当もつかない。空襲におびえて刈入れがおくれている稲田の一期作が、雑草のように伸びたまま横倒しになっていて、藁になる前の青くさい、イナゴとまざり合ったにおいを発散している。家ごとに飼っていた豚も漏れ伝わる隊内の動静にあわててある日どの家でも殺して食べてしまった。もし敵が上陸して来れば部落のかたちや人々の運命がどのようになるか私には見当もつかない。それは特攻戦を戦ってみるまでは、のぞき見ることのできぬ鉄壁のために絶望的な未知の向う側にのこされているようなものだ。防備隊の陸戦計画ではそのときの配備の計画なども立てられていて、特攻が出払ってしまったあとの、私たちの隊の基地隊や整備隊の隊員もその計画の中に吸収され、部屋の人々はそれぞれに用意された防空壕に収容された上、爆薬を使って自決するのだと取沙汰されていた。いぶかしいことだが、それらのこととても切羽つまった今になってさえ確かな手答えが得られるわけではない。もし何かが近づいているのなら、阿鼻叫喚の様相に襲われていなければ筋道が立たないように思える。しかし現実は新規の手法で抜き打ちにやって来、いつも出しぬかれて心の準備を欠いたまま死に持ち去られるのかもしれない。私の過去ではきいたことのない鳴き方の蟬の声がきこえていて、稲田のにおいと真夏の熱を含んだ風の肌ざわりが、小学生のころの夏休みを思い起させ、自然は充実し、がっしり統一されて見えた世界に囲まれていた幼いころの自分の感覚が、今取り返しのつかぬ悔いのようによみがえってくるのを覚えた。確かな覚えなしにどこかを歩いているときに、いきなりうしろ襟首をつかまれて、引きもどされるような思いがけなさで、私は小学生のころの古い日本にぐいと引きもどされる衝動を感じ、クモの巣をまきつけた急ごしらえの網でミンミンゼミやツクツクボウシをつかまえて歩き、アリジゴクとジグモを紙の箱に入れてしまっていた幼い自分のすがたがあらわれて私をおびやかした。思わずあたりを見まわしたが、折れ曲ったのでそこだけしか見えぬ入江はじと、まばらな民家などの過ぎてきた方角を背景にした道端の稲田しか目にはいらない。狭い田袋はすぐ山道になり、両側の山際がきつく迫る手前の、川床の深い小さな谷の落合いの横手を切りひらいた畑で、年老いた夫婦が黙々とはたらいていた。私は立ち止って二人に声をかけた。

「なかなかごせいがでますね。きっとすばらしい収穫がありますよ」

背筋をのばしながら私の方を向いた老夫婦は、打消すように手をふって笑ったが、ことばにならず、自分らの子供を見るような目を私に向けた。それはやはり昨日の午後私を見た部落のひとの目だ。昨日も実のところはこの老婦人の目だったかもしれない。彼女の目が部落のひとたちの目を集約し私に注がれていた。老夫婦の数多い子供たちは成長してみな親のもとをはなれ、男の子の中には軍隊に出た者も居た。私はその中の一人に似ていて彼らは私に気持を開いて示した。戦況がまださし迫っていないときにできた交歓は、すでにかなり前からとだえていた。それはトエと会うことに私が腐心するようになったあとさきの時期とも重なったはずだ。「あの人は私たちに声をかけて通って行った」と、もし出撃するかまた別の何かの事故で私の身上に変化が起ったあとで二人は言うだろう。「刀をかついで、学生が遠足にでも出かけるときのようににこにこ笑っていた。私たちは胸がつかえて何も言えんかった。うちの二番目の息子にあんまり似ていてどうしても他人のような気がしなかったのに、みすみす何にもしてやることができなかった」それは私が勝手にこしらえあげたまでだ。申し分なく年齢を重ねた二人の容貌は自分に似た長型の顔かたちなので、感覚の或る部分がやさしくおさえられ、安息があると思った。山は浅くても山の明暗の要素の大凡はそなわっているから、ひなたとかげりにあざなわれながら、私は汗をびっしょりかいて傾斜の道を上った。名も分らず見きわめることもできぬ小鳥の鳴声は、その自由な境遇を誇るようにきこえ、私の耳には珍らしいその音色を快いと思わないわけにはいかない。しかし背負籠の緒をひたいにかけ伏し目になりながら山越えをして来るはだしの娘たちとはすれちがわない。山の中をただひとりで歩くと、外界の自然の音響と意識のうちがわでのラッセル音とがその接触点できしり声をあげ、その耳鳴りのような閉鎖の気持の中ではこのままどこかに逃げて行く錯覚が起きた。さっきの老夫婦の老いた腰をのばしてこちらを見ていたすがたが、最後の目撃者の目となってのこるようだが、しかしそれに難詰の色はなく、永久に口をつぐんだまま不憫の色を浮べてどこまでも追いかけてくる。七島藺の植わった畑のそばを通ったとき、逃げてしまった夢の尾を、ひょいとつかまえた思い出し方で、内火艇の謎がほどけそうになった。つかえて取れなかった栓が外ずれとび、分らなかった向うがわの水が伝わってきたように、センソウハ、オワッタノカモシレナイ、という考えが頭に来た。どう終ったかは想像もできないが、とにかく、それは、終ったのではないか。だから空襲の必要もなくなり、防備隊の内火艇を向い島に通う定期発動船のように昼日なかに海峡に出してよこすこともできるわけだ。オワッタ、オワッタとむくむくした煙のようなものが胸もとにつきあげてきて、私は思わずにっこり笑ってしまい、口もとをしめようと思ってもしめられない。からだの中の毒素を出してしまわなければそれは止まらないと思い、しばらく声を立てずに独笑しながら歩いた。私は生きのこれるかも知れないと思うと、筋肉のどの部分もてんでにおどりはじめたようで、からだが熱く、中心に太い心棒が立ち、トエが傍に来たか誰かに見られたか、そんな感じがして思わず前後を見まわしたが、誰も居るようではない。どうしてか自分がみにくいものに思えたが、次々につきあげてくる衝動をどうすることもできないまま、鞘のまま日本刀を振りまわすようにし笑いを消さず上の方に駈けのぼってみた。叫び出そうとする喚声をようやくとどめ、重ねて汗をかき呼吸が苦しくなると、やっと笑いがとまった。からだ全体を包みこんでくる女性的なものがまといつき、トエがずっとあとを迫って来ているようだ。しかし一陣のなまぐさい風が過ぎ去ったあとは、その考えがどこから湧いてきたか見当もつかない。私の与えられた任務は特攻艇の使用にあるのだから、戦況が良い方に打開されたとしても、ただ基地が移動してもっと前線に出て行くだけのことだ。それの使用が全く必要でないほどの決定的な好転は、どう考えてもやって来そうでない。するとふたたび鉛のようなものがからだに沈み、何かの前兆ではないかと思い不安になって足を早めた。行ってみるとそこは青海原、というおそれが気持の底に沈んでいて、心が波立つと表面に浮び上ってくる。

　赤土の急な坂でSの部落に下ったとっつきのところの疎開小屋が視野にはいり、見てはならぬ場所をのぞき見した気持になった。たしかな遮蔽がなく、炊事のあとの汚水と糞尿に侵されたあからさまなでも親密な露出が、そばを通る者に刺激を与えるようだ。傾斜をすっかりはなれ、Sの部落の田圃全体が見通せるところに出た私は、あきらかにふだんとちがった様子を見た。というよりむしろふだんにもどったと言うべきだろう。今までふだんと見ていたのは、空襲をおそれて耕作者が出ないために荒れるにまかせた異様な田園の風景であった。また、部落のはずれの海岸に岩壁をきずき兵舎と練兵場と桟橋をもった海軍の防備隊があるために、何度も爆撃のとばっちりを受け、あちこちに爆弾で掘り返された月面を思わせるあばたができていたが、それも整地されるでもなく、そのままのすがたをいつまでもさらしていた。その田圃に今、人々が何人もはいって折目の祭のようなにぎわいをわきたたせながら、おくれた刈入れをしていた。そのあたりまえのことが、そこに予想した無人の風景と重ならず、人々の点在が取りちらかされた余計な塵芥と見え、かえってどきりとした異様な情景がそこにくり広げられていると感じたのがおかしい。弾痕のある凹みにも頓着せずにふみこみどんな危険も感じない様子も異状を強めるに役立った。いくらかは不平を投げやりな態度にふき出させているふしがあって、空襲におびえ軍人たちに弱々しく腰を曲げて譲っていたすがたと重なり合わない部分があらわれていた。南の日に焼けた彫りの深い容貌と毛深な手足の骨格のたくましさが、ことばの通じない場所の人の距離を、あらためてそこに立てまわしているように見えた。でも何が起ったのだろう。

今まで受けたことがなかった彼らのその無関心な表情が私をおびやかした。不発弾が田圃の中にあるかも知れぬおそれもそれに荷担した。それはあの滄桑の変化に出くわすことを避けたい気持にもつながったものだ。意識の底で何を理解したのか分らぬが、自分の軍装のすがたがおかしな具合に浮き上り、おそれにつながる感情の端緒の所で軽い寒気を感じた。少し足早に田圃をつききり、部落にはいらずに、防備隊の正門に通じた広い道路に出るかどの所で私は重ねて異様なにぎやかさにぶつかった。それはそのそばの高射砲台で、偽装のためにかぶせていた生木を取り払い投げ捨てたままで、四、五人の作業員が台座のあたりを掘り返していた。それが整った仕事ぶりではなく、投げやりな乱れが露骨にあらわれていた。それをきたないと思ったとき、どういうわけか、ニホンハコウフクシタ、という考えが私を打った。あらためて峠への坂道で襲われた生臭い体感を思い出し、二つが重なって、その場をのがれようとする弱い頭脳に、真実を無理強いするようなふしぎな精神状態を起した。でも事態は経験をはみ出ていて、うまく理解のうつわの中におさまってくれない。日本の降伏があり得るとは思えないがそうとでも考えなければこの言いようのない異臭に満ちた光景の理由が分らない。別に何一つ降伏の事実を言い表わしていたわけではないが、過去がそこで骨折して食いちがいきたない肉塊をはみ出させた様相は、想像もできない或る事の挫折の光景を語っていた。負ケタ負ケタ負ケタと頭の中を出口が分らず狂いまわる考えと一緒に、おかしなことには、生き残った実感がその居場所をかためはじめ、頰に笑いを押し出してよこした。坂道でのつきあげてきたエネルギーがふたたびわき起ってきて頬ににじみ出る笑いをおさえるのにおかしな苦労をしながら防備隊の正門をはいったが、隊内の様子は別にそれほど変ったふうでもない。やはり自分は何か先まわりした幻想にとりつかれたのかとあやしげな気持になった目に、兵舎の一隅から長くとぎれずに立ちのぼっている一すじのすけた太い煙が見えた。するとまたあのへんな確信がわき、見通しのきく練兵場に出ると、そこにつっ立っている航海長を見つけた。私は彼のそばに走り寄って、とうとうお手あげでしたね、と言ってみたい気持が起った。応召する前は或る外国航路の商船の船長をしていた予備士官の彼には、いつもは軽口を言ってみることもできた。もしかしたら彼の方から冗談事のようにキサマいのちびろいしたな、などと話しかけてくるような気もした。でも私を見つけた彼の表情にはけわしいまじめさが認められ、思わず私も表情を引きつらせ、軽率に駈け寄ることがためらわれ、歩調を変えずに大股で近づいて行くと、彼はにらみつけるようにして私の接近を許した。彼が何を考えているか分らないが、今ここで冗談を言って笑い合う二人がほかの者から眺められることを考えたら、なお少しのこっていた笑いの種が引っこんだ。でもいつものように理解されている年長者に向う気持で敬礼をし、何も言わずに彼の傍に立った。

「御苦労御苦労。歩いて来たのか」と彼は言った。

私がうべなう返事をすると彼は視線をはずして兵舎の背後の崖の方に目をやった。私は練兵場からはいっそうよく見える煙の方に目が行きがちだ。しばらく無言のまま別々の方向を見ながら二人は立っていた。

「えらいことになってしもた」

と彼はぽつりとつけ足して言った。

私は予感と妄想かも知れぬはたらきだけで思いめぐらしていたので、正確にはまだ何も知ってはいない。しかし直接そのことをきくのはどうしてか躊躇され、ことばを変えて言った。

「今日の召集は何でしょうか」

すると彼は私の目をのぞきこむようにして、

「正午に陛下の御放送があるはずだ」

と言い、そしてとどめを刺すぐあいにつけ加えた。

「無条件降伏だよ」

ムジョウケンコウフク、私は頭の中で反芻した。それは子どもの戦争ごっこか大学の講義のときにでもきいた実体のないことばに過ぎないではないか。それが今現実の重さで目の前にはだかった。といっても本当は私の耳はそれを予期していた。ただ肉声ではっきりそのことばが発音されると、取り返しのつかぬ重さを装い出す。あらためてそれが具体的にはどんな意味をもつものか見当のつかない戸惑いにぶつかった。それは少しずつ、馴染みの、未知のものへの怖気の顔付に変貌した。それはよく分らぬながら、今の戦闘態勢の中で完全にそのしくみから脱れ出るまでにどれほどこみ入った煩瑣をくぐりぬけなければならぬかということへのおそれだ。おそらくそこを無疵で通りぬけることは不可能ではないか。その中でただの一つにつまずくことでもたぶんそれは死を意味するだろう。つい先刻までは恐怖にさいなまれながらも死の方にだけ向けていた考えが、ぴりりと引き裂かれて、生きのびられるかも分らぬという光線がさし込んできた。そしてその光線を浴び無性にいのちが惜しくなっているのに、もう一度、死の方に頬を向け直さなければならないとはどういうことだろう。そう考えると、もともと色つやの悪い顔が反応して急に青くなったように思え私はなんべんも顔を両手で拭うようなしぐさをした。さっきおさえ殺してしまった笑いを、むしろもう一度呼びもどしたいと思ったほどだ。段をつけるようにやってきた変調が自分ながら分らない。

正午の放送は雑音が多くてよくききとれずに終った。雑音を縫って高く低く耳なれぬやわらかな声音がいっそう架空な気持に誘った。そのあと司令官があらためて日本が無条件降伏を受け入れたことを伝えた。各出先隊の指揮官はそのことを各自の隊員に伝え、軽挙妄動することのないようという注意を受けた。集合はすぐ解かれたが、私は特攻参謀に呼ばれたので、彼の部屋に行った。彼はふだんの顔付を私に示したが、以前より少しだけ人なつこくなっているようであった。以前の固さからは全く想像できないくだけた態度があらわれていた。これまでは彼の前で兵術に未熟な予備士官の私の素性が殊更にあらわになった。それに反し海軍兵学校の訓練が身についたきりりとした彼の態度が、肩に巻きつけた参謀肩章と共に、軍隊の威厳を装わせ、それは抑制された或る美しさがあってさからうことができなかったのに。ほんのわずか、にじみ出た今までに見せなかった彼の過剰な応対が、私をけげんな気持にさせ、彼の参謀室をふと商事会社の応接室と思わせ、おそらく私の態度の中にはかすかな横着が顔を出したにちがいないが、それは隊に帰り降伏のことを伝えこれから先の対処を決めるときに、今度は私が隊員から受けるかも分らないものであった。

「司令官の達しで分ったと思うが、今のところ単に戦闘を中止した状態ということだな。だからもし敵が不法に近接したときは突撃しなければならない場合の起ってくることも充分考えて置かなくちゃいけない。君のところの特攻艇だが、御苦労だけれど即時待機の態勢を解いてもらっては困るんだ。こちらから指示するまで、今のままで待機していてほしい。ただし信管は抜いて置いてほしいな」

と言う彼を、私はじっと観察することができた。前にはできなかったことだが、それができる今の自分を以前のこういうときに移したいと思いながら、私は或る示唆を受け、血の気の失せて行くのを心遣った自分の頬に生色のよみがえった思いをした。彼のことばで、はかられていることを知りながら緊張し、暴走しようとするもう一人の自分をなだめて骨抜きにして行く過程を味わった。これは私も将来自分の方法として採用しなくてはならない。片方で皮肉な気持になりながら、反面私は彼を好ましく思い、彼と一緒に、つい先刻までは崩壊しなかった秩序の中にもどって禁欲的な特攻作戦に没頭したいと思った。

「ところでね、これはどうしても私を信じてもらいたいんだが、君たちの気持を私は充分理解できるつもりだ。だから無理解な一方的な処置は絶対とらないつもりだ。どうかどんなことでも事前に私に相談してくれないか。くれぐれも断って置くが、これは私だけの気持なんだ。きっと悪いようにはしないよ。決して思いつめて単独でやらないようにな。どんなことでも私を信じて相談してほしい」

その彼のことばははじめのうち何のことか分らなかったがやがて私はその意味に気づくと、晴々としたおかしさが訪れてきたが、黙ってそのまま意味がよく分らぬ顔付を消さずにきいていた。五十二隻の特攻艇を持っている私の隊がこの際どのように見られているかが分り、もしその気になれば私は彼を脅すこともできる立場に立たされていることが、或る満足を私に与えた。私は特攻艇を率い、休戦を無視して敵陣に突込むことなど少しも考え及ばなかったが、その気になればそれが可能であることが分り、妙な気持になった。でも私は本心を彼には告げずに黙っていた。

特攻参謀と別れたあと私はそのまますぐに帰隊することはためらわれた。どういう順序で隊員たちにこの急激な変革を伝えてよいか思案がつかない。もし誰か一人でも武器を手にして突撃の決行を迫る者が居たら、それをどう扱ったものか。もし私の拒絶に激昂して日本刀で切りつけるか拳銃や小銃を発砲するようなことがあれば、私はそのために斃れなければならないだろうか。或いは対抗して私闘をひろげることができるか。そこのところの心決めができなければ私は隊にもどることはできない。私の足は知らずに予備士官の個室の方に向いた。予備学生の同期生は、訓練を受けた一緒の期間も少なく、また入隊以前の一般の学校でのそれぞれの学生生活をもっているから、そこにだけ青春を見据えるほどの親密な感情はないが、何と言っても、さなぎの期間を互いに内部から見られたひるみをもち合っていることに変りはない。クラスの中でかりそめに居場所としたそれぞれの位置は、実施部隊に移ったあともすっかり変えてしまうわけには行かない。それは成人してから小学校の級友に会ってうっかり虚を突き合う感じと似たようなものだから、孤立した隊の中でなじんでいるこのごろの私の姿勢は、さかのぼった過去のそれに合わそうとすると疲れを覚えた。でも今は彼らの中にはいって子どものときのように気ままなおしゃべりをしたいと思った。しかし彼らの多くは私を避けるように思えたのは気のせいだったろうか。高射砲台を受持っていた一人は拳銃をみがいていた。彼は防備隊に突込んできた敵の急降下爆撃機にも姿勢をかがめずその何機かを撃ち落したその勇気が私の耳にもきこえていただけでなく、予備学生のときにも環境にたじろがないいさぎよさがあって私は目を見張っていた。彼は転勤のときのように散らした個室の中で椅子に腰かけ、分解した拳銃をみがきながら、予備学生のときに習慣付けられた二人称を使って言った。

「キサマは特攻艇をもっているからうらやましい」

返事ができないでいると、

「何かたくらんでいるというううわさだぞ。やるのか」

と、重ねて言ったので私は返事をした。

「何もたくらんでなぞいないよ。オレのところは拳銃もないんだ。二百三十キログラムの炸薬だけだ。でも何にもしないよ」

「まあ、そう言うことにしとくよ。とにかくよ、キサマはうらやましいよ」

そして早く帰ることをうながす具合に手もとを乱暴に動かす様子が見えたから、彼に別れてそこを出たがその拳銃を使って彼が何をしようとしていたのか、分ったわけではない。機帆船隊に乗組んでいた一人は、中途で放棄してきた大学にはいり直して書物をたくさん読んでくらしたいと言っていた。島々のあいだの連絡のためについ最近まで出航を強いられていた彼の配置こそ、持続的な危険に最も多くさらされていたと言えるかもしれない。しかし防備隊付の彼らは身軽で既に軍隊の組織の外にほうり出されたと等しいように思えた。しかし私は、まだそこから抜け出てはいない。今から無条件降伏の事実を伝えるために自分の隊に帰らなければならない。参謀や同僚が私に向けている目付を私は自分の隊員の方に向け直さなければならない。

内火艇が防備隊の岩壁をはなれて、しばらくのあいだはすすけた黒い煙が長くたなびくのが見えた。それは病死した捕虜を焼く煙だと言っていた。やがて自分の隊の入江にはいるころには、すでにあたりはたそがれどきのやわらかな光線に包まれていた。

先任将校のK特務少尉が、外出から約束の時刻を無視して帰宅した夫を迎える妻の顔付で桟橋に立っていた。防備隊での様子をいち早く知りたがっている彼の目に私は総員集合をかけることを要求してすぐ本部の自分の部屋にはいった。

入江の夕暮れどきの静けさは、集合の騒ぎでにわかにかき乱されたがやがて規則的な号令のあとで、またもとの静寂に返った。三角地帯のかなめのあたりに設けられた本部から渚に近い広場までの傾斜地には甘藷が作られそのあいだを縫うようにこしらえたソテツ並木の坂道が、総員の集合した場所に出て行く私の前に横たわっていた。珊瑚虫石灰骨片の小石をしきつめた広場は百八十人の隊員が集まるとあといくらも余裕がなく、渚とのあいだに生垣を設けた具合に生えたユナギとアダンの叢生を背景にして整列した隊員たちが長方形の隊形の中で顔を重ねていた。彼らの一人一人が予感や情報の中でどんな思索の中に投げこまれているか私が分るわけはない。用意された台の高さだけの展望から眺めおろすと、加速度を増して暗さを重ねてくる夕やみの中でも、まだその表情をはっきりとらえることができた。そのどの顔も私が今伝えようとしていることばに渇いている熱っぽい集中があった。

「達する」とこころみの中に身をまかせる気持で私は言った。

「天皇陛下におかせられてはポツダム宣言を受諾することを御決意になり、本日、詔書を渙発なされた。つまり我国は敵国に対し無条件降伏をした。各隊はただちに戦闘行為を停止しなければならない」

隊伍の中にかすかな揺れがあった。何かを待ち受けるように、私はいったんそこでことばを止めた。静寂がつづく中で、何人かの隊員の顔が個性を思い起させながら、私の意識にはいった。それは年若の者と年配の者が交錯していたが、その瞬間後者の面上に安堵の色が浮んだのを見のがすことはできなかった。それはすぐ消えたがその気配は隊伍を縫って結び合い、もやのように全体を包んだと感じた。私はそれを予想してはいなかった。幾つかの個性が、鋭角な抵抗感を湧きたたせていることも感受できたが、それはひどく孤独なすがたをしていた。

「われわれは宣戦の詔勅によって戦争に参加した。従って終戦の詔勅が下った以上、それに従わなければいけない。決して個人的な感情で軽々しい行動に出てはいけない」

言いながらそれはごまかしだとささやく自分が居た。もしここで、こうではなく詔勅に反して特攻出撃の決意を発表したらどうだろうと考える自分も居た。しかし年配の隊員の表情にはほっとなり、自分の論理に従えずに落ちて行く感じの中で、無理におし出すように先を続けた。「正式な講話の交渉がいつはじまるかは分らないが相当長期間われわれはこのままの生活をしなければならないと考えられるから、当分のあいだ従来のままの日課を行う。なお一言注意しておくと、特攻戦に対する即時待機の態勢はまだ解かれてはいないから間違わないように。信管も、挿入したままにせよ。戦闘停止ということはあくまで暫定のものだから、もし敵艦が正式な交渉を待たずに勝手に海峡内に侵入して来ればわが隊は直ちに出撃する。そのつもりで気持をゆるめないように」

ひどい疲れが私を襲い、部屋のベッドに仰のけになった。危惧した事態のどんな徴候もなかったからその限りに於いてもう案ずることは何もなかったのに、言いようのない寂寥が広がっていた。時点が移ってしまえば、想像することさえ禁じていた、死の方に進まなくてもいい生きのびられる世界は、色あせて有りふれたものにしぼんでしまい、そこで手ばなしで享受できると考えた生の充実は手のひらの指のすきまからこぼれてしまったのか。装われた詭弁があとくち悪く口腔を刺激し、生きのびようと腐心する私を支える強い論理を見つけ出すことができない。戦争と軍隊に適応することを努めその中で一つの役割を占めたことによって出来かけていた筋道を、生きのこることによって否定したことになれば、それでそれ以前のもとの場所に帰ったことになるとでも言うのか。しかしその考えは私を少しもなぐさめない。生きのびるためにそのとき適宜にえらぶ考えは、環境の大きな曲り目の度毎にまたえらび直さなければならなくなり、とどまるところなく繰返されるにちがいない。刻々の嫌悪感の中でだけ反応してきた過去が、空襲と突き当るときの想像と抗命をおそれ、それらの可能性が自分の意志の結果としてではなく、自然現象のように去ってしまうと、そのあとに空虚が居残り、新たな局面に出かけて行って対処するエネルギーが生れてこない。

おそい夕食が用意されて酒も配られた。食卓についた准士官以上は、まださぐり合う猜疑心でお互いを伏眼がちな姿勢にさせた。何と言っても覆うことのできない虚脱がそこにあった。ちょうど電信員が傍受した情報がもたらされ、それが披露されたとき、先任将校が口をほどいておさえていた気持をぶちまけてしまった。情報は大分に居た特攻司令長官が詔勅の放送をきいたあと自分自身一番機に乗りほかに八機を従えて沖縄島の中城湾に最期の特攻突入をかけたことを伝えていた。それは私に強い衝撃を与えた。先任将校の声が無条件降伏のだらしのないこととヤマトダマシイの喪失をなげき、特攻機で多くの部下を殺した特攻長官の最期の態度を武人の手本だとたたえた。酔いが同じことを彼に繰返させたとき私は口を入れないですますことができない。「もし何ごとかを本気で決意している者なら、きっと何も言わずに黙っていてやるだろうな」彼は目を光らせて黙り、食堂兼用の士官室に気まずい空気が流れ、私は自分の部屋にもどってベッドに横たわっていた。

それぞれの兵舎の方角や広場のあたりからも、ざわめきが伝わり、時おり誰かが大声で叫ぶのがきこえた。効果のないことと知りつつ最期の特攻突入をかける姿勢は、私にも栄光につつまれて見えた。でもそれを口にすれば、危機をすりぬけたみじめさをいっそうかきたてることになるから、そうするわけには行かない。それを彼が繰返して言っていると嫌悪がわき、それは私の今までのやり方への非難を含んでいるように思えた。いつわりが少なく意志的な彼のよごれのない態度に魅かれながら、一番強い反撥を感じてしまう。しかし彼がもっと強く私につっかかってこなかったことに安心しながら彼を値ぶみしている自分が解せない。もしかしたら、武人の本分を楯にし与えられた特攻の目的を変更せずに貫くために突入を私に強いるかも知れぬと考えていたのに。しかし彼はそれをせずに酔いにまぎらせて鬱憤を散らしただけだ。えたいの知れぬ一つの悲痛が、隊を襲っていることに、やがて私は気がつかなければならない。

うつらうつらしたと思ったとき先任下士官が腰をこごめてはいってきた。

「おやすみのところよろしゅうございますか」

と彼は言った。いつものおとなしい彼と少しちがっているところが見えた。酒気をおびたからだをふらつかせながらベッドのそばに来てうずくまり、隠していた思想を打ちあけるふうにしゃべりはじめた。

「少し酔っていますがかんべんして下さい。でも隊長にはどうしても一度お話したいと思っていました。お話してもよろしゅうございますか」

と念をおすので、私はかまわないといった。

「わたしたちがどんなに苦労をしてきたかあなたには分かりませんですよ。今こうしてわたしが上等兵曹にまでこぎつけたのに何年かかったと思いますか？　十年ですよ。十年もわたしは軍隊というところで青春をすりへらしてしまったんです。それでようやく上等兵曹です。もっともあなたにとって上等兵曹など別に何ということもないでしょう。あなたはご自分では気がつかないでしょうが、わたしから見れば、こう言っちゃ何ですが幸福な境遇ですよ。何不自由なく最高の学府を出してもらって。そうでしょ。わたしは知っておりますよ。申し上げてみましょうか。御尊父は絹織物輸出貿易商をなさっておられるでしょう？　わたしは隊長のことは何でも知っていますよ。おどろきましたか」

「絹織物輸出貿易商じゃない。輸出絹織物商だよ」

「おや、まちがいましたか、とにかくお金持のお坊ちゃんにはちがいないですよ」

「私の家はそんなものじゃない」

「でもわたしの家とはくらべものになりませんですよ。わたしの家は小学高等科に出してくれる余裕もなかったですよ。あなたは海軍においでになってからまだ二年もたっておらんのにやがて大尉に昇進なさる時期に来ていなさるのですからねえ。おこらないで下さいね。おこって下さると困ります。お気にさわりますか。しかしこんなことはつまらんことです。日本は負けてしまったんです。テイコクカイグンなんかふっとんじまったんです。海軍上等兵曹も何の役にもたたなくなりました」

彼がはいってきて話しはじめたとき、私はトエとのことを言われるのではないかと思った。言外にそのことをほのめかしているのかもしれないが、あからさまには現れてこない。

「あなただから言いますがね、実はこうなることをわたしは予想していました。最近の海軍は昔のテイコクカイグンとすっかり様子がちがってしまいました。これでは戦争に勝てっこはないですよ」

「私は昔の海軍は知らない」

「いえ、それはわたしだって隊長のあとにつづいて立派に突撃するつもりでした。でも何だかこんなふうになるのじゃないかと思っていました。わたしは本当は軍人などに向きません。これからわたしは家に帰ったら百姓をやりながら好きな発明の研究に没頭したいと思っています」

「ハツメイ?」

と私はききかえした。

「……の発明です」

彼は目を輝かせて言ったが、何の発明か私にはききとれなかった。

「今でも課業のひまにその研究をやっておりましたんですよ。わたしはそれさえしていればほかに何のたのしみもいりません。隊長は御存じなかったのですか。すっかり分っておられると思っておりましたのに。もっとよく部下の身の上を知っておいていただきたいですな。わたしはその研究で特許を一つ持っております。ちゃんと登録された特許権です。今度くにに帰ったらそれを実用化する方法を考えます。女房に手伝わせて、それに没頭するんです」

と私は言った。

「それはいいいな。私は何をしていいか分らない」

「隊長、あなたは帰れるつもりでいるんですか」

と彼は急に声を殺して言った。

「………」

「今度の戦争の責任は、士官がとらなければなりませんよ。下士官兵には責任はありません。士官とはそういうものです。今までそれだけの特権が士官には与えられてきたのですから。あなたはいくら期間が短く、また予備士官であっても、お気の毒ですが士官としての責任をとってもらわなければなりません。それにアメリカ側が必ずそれを要求してきます。私は長いあいだ軍隊でくらしてきましたからそこのところがよく分るのです。覚悟しておかれないといけませんよ。士官は全部処分されるかも分りません。そうでなければこれほどの大きな戦争のあとのおさまりのつくはずがありません」

彼のそのささやきのことばは妙に真実性があった。

「これは思わず長話をしました。せっかくおやすみのところをおじゃましました」

と普通の声にもどった彼が立ち上った。

「へんなことを申し上げましたがお気になさらんで下さい。どらわたしはこれからヘイタイたちがばかなまねをしないかどうか見まわって参ります。そっちの方は御心配なさらんでこのわたしにおまかせください。どうもどうもおじゃましました」

と彼は二、三度腰を折って辞儀をした。そしてふらつく足で入口のところまですざり、そこでもう一度深い辞儀をした。

「ではごゆっくりおやすみください」

彼はそう言って出て行った。

のこされた私は気持がふさいだ。唐突に「毒を仰ぐ」という熟語が浮んだりした。それは私にできそうなばかりでなく、自分にふさわしい語感があった。このようにして隊の中の今までの秩序が崩れて行くのだと思うと、その過程が見えるような気がした。すると抜刀してお互いの肉をそぎ合いながら血を流す光景がまざまざと目の裏に浮んだ。私は起き上って日本刀を取り、それをベッドの中に入れた。考えられもしない変化の中でせっかく生きられる状態が出現したのに、それを完全に自分の手の中に収めるまでにはなお多くの難関が横たわっていることにがっかりした。もし刀を抜かなければならぬときは抜こうと心に言いきかせた。拳銃は持っていないが拳銃でない方がその場合むしろ心に適うと思った。トエのことをちらと思ったが、夜毎に血が狂ったように求めていた気持がうそのようにおさまっているのに気づいた。むしろ或る安らぎの中に吸収されているのではないかと思った。日本刀を抱くようにしてその鞘をさわっていると殺伐な気持が湧いてきた。この気持を以前に欲しかったと思った。だがいずれにしろ明日になったら何よりも先ず特攻艇の兵器から信管を外ずさせよう、と思いながら私は眠りに就いた。

ベトナム姐ちゃん

野坂昭如

占う気持はてんからなく、ただ、「アイスメルシャンプー、アイスメルシャンプー」と酔ったあげくにわめきたて、泣きじゃくっていたジュニアの、膝まくらのままようやく寝入ったらしく、その所在なさに、机の一輪ざしの、埃まみれの造花の花片、一つ一つむしりとり、むしるうち思いがけず、「スキ、キライ、スキ、キライ」拍子とるように口をついてでる。やはり弥栄子《やえこ》も女の子、とおい昔、野の花にあてもない想いたくした記憶が、少年そのままのジュニアの表情に、よみがえったのか。

基地からはるかはなれたバア〝ジャングリラ〟が弥栄子のなわばり。〝ジャングリラ〟は三坪たらずの土間に、ぎくしゃくと腰さだまらぬテーブル三つ椅子が十、ママは上海がえりで、かえるとすぐこの基地に店をひらき、それというのもつれあいが日英の混血、横文字に強いから有利とふんだのだが、彼は引き揚げの道すがら、「内地には女が余っている、トラックいっぱいの女に男一人の割合いだそうだ」臆面もなくいい、敗戦直後のよろず毛唐上位の世の中を、高い鼻梁と奥眼にものいわせ、したい放題の日を送り、たまに店へ戻ればＧＩ連れで、一文も払わず飲み倒す、ついに我慢しかねて、そこは女一人上海できたえ上げたタンカの切れ味、「とっとと出ていきやがれ、くそばかハーフ」たたき出し後は一人で、水兵相手のいっぱい飲み屋。基地でいちばん古いが、古いままにとり残され、今ではベトナム休暇のマリーン達の、それぞれ二万近くの金ふところに上陸し、バアでDRINK、ホステスとALLNIGHT、たちまち使い果して二分も残らず、ボケのあだ名そのままにさまよい歩いて、ようやくたどりつく吹きだまりの店、そしてまた三十をとうに越したバタフライ達のあなぐらでもあった。

〝ジャングリラ〟で泣きわめくマリーンの姿は珍しくもない、だがその合の手に、「アイスメルシャンプー」と吠えたてるのが奇妙で、「どうしたの、この人」弥栄子がママにたずねると、「なんか知らん、このコまだ若いからわるさされて、便所の脱臭剤を体にふりかけられたらしい。ジュニア、もう泣くのやめなさい」ママに肩をゆすられても、ジュニアとよばれたマリーンおいおい泣くばかり、そうきけば、雨雲たれこめた夜のうん気のように、わる甘い臭いが一面にたちこめている。

「泣かなくてもいいのに、それともマミーが恋しいのかしら」「それがね、ベトナムのジャングルでは、シャンプーもアストリンゼンも使うたらあかんねんて、その臭いで、ベトコンが射ってくるそうやわ。連れのマリーンが、お前の体こんな臭いしてたら、そらもう十キロ先のベトコンにもわかって、たちまち殺されてしまういうて、からこうたのよ。弥栄ちゃん、なんか飲む？　このジュニアはあかんよ、ドブ板通りでええようにカモにされてきとる」ドブ板通りは、基地のそばの歓楽街、百軒余りのバアが軒をつらねて、ベトナム帰りをボケと呼び、そのふところに一万あれば三千を店で使わせ、残りはアパート、ホテルへ連れこみ、鼻血も出ぬまでまきあげる。

「もうあそんできたの、この人」「そうらしいで、一連隊でホテルへくりこんで、そこで脱臭剤かけられたらしいわ、病気の予防やいうて」弥栄子がそばにすわると、なるほどジュニアの体はすさまじい臭い、「お風呂でおとさないと、しみこんじゃうんじゃない?」そして本当に、犬のように嗅覚の利くベトコンから滅多射ちにされるかも知れぬ、密林の木洩れ陽浴びて、体中射ちぬかれたジュニアが息絶えて横たわり、血の臭いと脱臭剤の臭いが入りまじってただようシーンふと浮かび、「ねえ、お風呂へいきましょ。HAVE、YOU、ALLNIGHTPASS?」外泊許可証たずねる弥栄子の言葉にジュニアはすすりあげつつ、思いがけぬ大きな声でイエスといい、「じゃいらっしゃい、毒よ」「弥栄ちゃん、ほっといたらええねん、一文も持っとらへんよ、ジュニアは」旗艦が入港してるから、もうじき馴染みの水兵が来る、それまで待ってなさい、ママはとめたが弥栄子は、「うん、後でまた来ます」ジュニアの体支えるようにして立ち上る、入れちがいに痩せた顔に流行おくれのフォックス型眼鏡かけたサリー、「ハーイ、どうしたの?」入るなりジュニアをあごでしゃくり、「今度のマリーン、わりに景気いいっていうじゃない」弥栄子こたえず、ジュニアはまたアイスメルシャンプーと、さも悲しそうに吠えた。

弥栄子の部屋は、バタフライの渡世には珍しくせまいながらも一戸建ち。十坪ばかりの敷地に六畳と四畳半の台所、それに風呂がついていて、これは二年前まで、英国領事館守衛の通称オクちゃん、これもまた混血の五十男とみようみまねの夫婦暮しの末、筋書き通り裸になって家だけが残ったのだ。

風呂へは入れたものの、服を洗うわけにもいかず、「表へ出しとけば少しはちがうでしょ」物干しのロープにかけ、オクちゃん名残りの浴衣を与えてなおジュニアは泣きやまず、弥栄子やむなく母親のようにその頭をかかえこみ、「大丈夫よ、もう臭わないから、さ、ねんねしなさい」六畳の間いっぱいに鎮座するベッドに二人でもたれ、ようやくジュニアはおとなしくなる。

「スキ、キライ」どうしてもキライで終るもどかしさに、三本五本と造花をむしり、気づくと花片がジュニアの顔に散っていて、指で払おうとすればふとジュニアが造花の一本を摘みとり、「生きる、死ぬ、生きる、死ぬ」低く占いはじめ、はじめは、恋占いと思った弥栄子、生死を花片にたよると知って、「よしなさいよ、ね、やめて」ジュニアの顔に唇をちかづけ、だがジュニアは確実にひとひらずつむしりつづけ、「NO！」と、たまらず弥栄子、花をひきちぎり、そのまま膝をくずしてジュニアに寄りそった。そして先きほどの、ジュニアの血と脱臭剤の入りまじった幻影を追い払うようにしゃにむにしがみつき、「殺される前に殺すのよ、OK？　死んじゃ駄目よ、KILL、VIETCONG」下半身をまさぐったが、ジュニアはなえたまま、「ベッドへ寝ましょうよ」ジュニアはものうげで、それを必死に持ち上げ、持ち上げつつふと、「死体みたいに重い」と考え、あわてふり払い、ジュニアが死ぬのも生きるのもこれ次第、私がジュニアを雄々しくさせたら、ジュニアは生きながらえる、もししぼんだままなら、ジュニアは死ぬ、花占いならぬナニ占いか、下着をとると眼をみはるばかりに白い下腹部に顔をうずめ、これは、弥栄子だけのいつしか身についたおまじないだった。

マリーン達は、女に飢えているはずなのに、時としてなえたままのことが多く、それは弥栄子の客となるマリーンであれば、すでに金も体もドブ板で使い果し、残った小銭でビールの泡をちびちびなめるいわばぬけがら、そこへ弥栄子のとって三十八歳、いささか押しつけがましいサービスうけるのだから、あるいは道理ともいえたが、弥栄子は、必死だった。ある時なんとか雄々しくさせようとするうち、マリーンはどこ吹く風と寝こんでしまい、そしてすぐ隣合う家の便所の、換気筒の風にきしんで、カラカラギーッと鳴る音を、ベトコンの追撃砲弾の落下とまちがえ、マリーンものもいわずにとび起き、拍子に弥栄子はしたたかつきとばされ、脳震盪おこしたのかフラフラする頭のまま、「どうしたの、HERE、IS、NO、BOMB、怖くないのよ」ふたたび体すりよせ、呆然としたままのマリーンの股間を愛撫し、またある時、ウイスキーを買いに表へ出て、部屋へかえると突如マリーンがとびかかって首をしめる、「NO、VIETCONG、I、AM、JAPANESE」とっさにさけんで、マリーンもすぐ正気にもどったが、どうやら薄暗い明りに、弥栄子をゲリラと錯覚したものらしく、しめ上げられてぜいぜいと弾む息のまま、「かわいそうに、お酒のんでのんびりしなさいよ、ね」自腹きったウイスキーを飲ませ、そしてお祈りのように男性をまさぐる。雄々しくなったからといって、体を与えその代償に金まき上げるつもりはない、ただひたすら明日からまた死地におもむくマリーンがかわいそうで、いたましく、しかも自分にしてやれることは他になにもない、せめておまじないほどこし、武運長久を祈るのが関の山、弥栄子自身、マリーンの股間の逸物を直立させることと、どこからとんで来るかわからぬベトコンの弾丸の間に、なんの関係もないと十分わかってはいるのだが、とにかくそれをほどこさないでは、気がすまなかった。

「もういい、ねむたいんだから」ジュニアは腕をのばして弥栄子の髪をつかみ横にひく、ジュニアの男は、まだ雄々しくなりきらぬまま、脈打ってそのつど少しずつちぢまり、いかにも血のひく感じで、「駄目よ、もうちょっと」さらにふくもうとすると、ジュニアは寝がえりうってそっぽむく、また海からの風が出て換気筒がきしみ、脅えやしないかと弥栄子は気になったが、ジュニアは、脅えるほどにも戦場なれしていないらしく、今は脱臭剤のかわりに、ねっとりもののすえた男の臭いがただよい、「ジュニア、年いくつ?」「二十一、丁度今月でね」それでもにッと笑った。

十六の年まで、弥栄子は麻布、有栖川公園近くに住み、父を早く失い、母一人子一人、麻雀屋を開いておっつかっつに生きていたが、大戦はじまると牌《パイ》はのっけに追放され、学生御下宿に衣替え、それも次第にひっそくして、昭和十九年、弥栄子が女学校四年の時には、大学工学部へ通う学生一人、自然、家族同様に暮らし、緑の下の防空壕掘りやら、町内勤労奉仕と男手は大いに助かったが、その彼もやがて学徒動員。「心配ないように、もう少し掘っておこう」学生は上半身裸体となって壕にもぐり、せまい穴に腰をすえ、壕をコの字に掘りすすみ、弥栄子は土運びなど手伝いつつ、昏がりの中の、スコップ突き立てるごとに荒い息を吐き、筋肉のしなう白い体をぼんやりながめ、この時の学生もたしかに二十一歳、「ぼくはどうせ死んじまうんだけど、弥栄ちゃんや小母さんには生きてもらわなきゃ」学生が記念にと、どこからか借りてきた軍刀膝の前に立て、すまして撮った写真やら、友達同士の寄せ書きみせられても、なんとなくこれから遠足へでもいくような按配で、別段、悲しいと胸には来なかったのに、急に死ぬといわれ、「本当に? 和夫さん死ぬの?」「ああ、どうせ特攻要員だろうから、ほら、大きなみみず」スコップにしゃくい、まるで若者が娘にプレゼントする如く、弥栄子の前にみみずをほうりなげる。

「嘘よ、死ぬなんて」「お風呂わかしてくれないかな、薪木まだあるだろ」建物疎開の材木を和夫が細かく割り、風呂の分は十分あったが、今、眼の前の和夫がやがて死ぬ、なにか言葉を口にしたら、見栄も張りもなく泣きくずれそうで、そのまま表へ出て、風呂場の炊き口にしゃがんで大きく一息入れたつもりがしゃくりあげ、右手にみみずを持ったままとめどなく涙があふれた。学生達が風呂へ入る時、よく弥栄子をからかい、裸をみせつけようと用をいいつけ、その都度本気で弥栄子は怒ったが、この日は、風呂場で和夫の湯をあびる音をきくと、矢も楯もたまらず、あの壕の中で白く浮んでいた体、やがて死んでしまう、特攻でくだけてしまう体がみたくてみたくて、「和夫さん、背中流しましょうか」声うわずらせて、しゃにむに戸を開け、別にわるびれもせぬ和夫の肌をしげしげとながめ、「こんなとこにニキビが出来てる」はしゃいで爪でつぶし、爪に残った黄色い脂肪を、そっと口にふくみ、秘密めいた臭いが、唇に残った。

母と寝ていると、客間でガタガタと音がして、まさか泥棒と半信半疑、のぞくと浴衣一枚の和夫が、ちがい棚の戸袋をあけているから、「どうしたの？」和夫は一瞬とまどい、「いや、煙草を切らしてね、小母さんのをちょいと盗もうかと思って」じゃ私が探すと、母の枕もとの刻みを煙管袋ごと持って和夫の部屋へ行けば、十月というのに蚊帳がつられていて、「なつかしくてね、出してみた、もう蚊帳の中でねることもないから」弥栄子もくぐって入り、灯火管制のくらい灯の下で、狂ったようにたてつづけに煙草をくゆらす和夫の顔が、浮かんでは消え、また浮かび、ふときづくと、和夫の視線、横坐りの弥栄子の半ばあらわれた右のふとももに、ひたと注がれているのに気づいたが、かくすつもりはなく、「和夫さん、死んじゃいや」がきっかけ、肩ひきよせられ、後は、さきほどのニキビの、さらに強い刺激臭が、蚊帳の中にみるみる重くよどむのを、弥栄子はただ、「死なないで、死なないで」とくりかえしつつ、胸いっぱいに吸いこみ、和夫は一言も口をきかず、せわしい息を吐きつづけ、しかし予期したうごきにはならず、「やめとこう、どうせ死ぬんだから、いけないよ、ね」どさっと重味がかかり唇をふさがれ、「あげる、みんなあげる、弥栄子あげる」うわ言のようにいいつづけたが、「駄目なんだ、駄目なんだよ、ぼくは」泣き出しそうに和夫がいい、家族男がいないから、はじめてみるそれはだらしなくうずくまったまま、壕の中のみみずに似て、さすがふれもならず、弥栄子は泣きじゃくった。三日後、いったん郷里の名古屋へかえる和夫を送って東京駅へ行くと、そろって眼鏡をかけた学生四人、和夫を中に円陣をつくり、一人が扇子を両手に踊り狂い、和夫はただニコニコと笑いうかべていたが、喧騒なプラットフォームにふと和夫と弥栄子二人きりのような錯覚がうまれ、乳房を抱くと、掌から異常な戦慄が体を走り、ああもいおうこうもいおうと考えた言葉すべて忘れて、気がつくと、汽車の赤いテールランプすでに闇にまぎれ、急に物音を失った構内の昏い電灯の光が、夢のように思えた。

同じ二十一といっても、ジュニアより和夫の方がはるかにキリッとしていたような記憶はあるが、なにしろ二十二年前のことで、その後なんの音沙汰もなく、ただあの濃密なもののすえた臭いははっきり覚えている、「和夫さんはきっと死んだ、しゃんとならなかったのだから」同じ年のジュニアに、つい知らず昔を思い、だからなおのことジュニアを雄々しくさせてあげなきゃと、指をさしのべ、やがて寝入ったままながら、手ざわり次第にたしかになり、ようやく安心して弥栄子も、ジュニアによりそって眼をつぶる。

朝、気がつくとジュニアの姿なく、枕もとに、ちいさなケネディコイン、売れば二、三千円になるその値打ちを知ってか、それともこの記念貨幣の他に持ち合わせなかったのか、いずれにしても、〝シャングリラ〟のドリンク払いもどしは月一万五千にもならず、オクちゃんとの生活の残骸売りぐいで食いつないでいる弥栄子にはありがたい、突っかけはくと、髪もとかしつけぬまま、ドブ板通りの横文字屋、水兵とバアホステスの手紙の翻訳から、同じく結婚カード届け出の代行、よろず相談うけたまわり所の小父さんをたずね、「これ買ってくれない?」「珍らしいね、弥栄ちゃんが商売気出すなんて」「そういうわけじゃないけどさ、くれたのよ」「ベトナム姐ちゃんの情にほだされたわけかね」「なによベトナム姐ちゃんて」「おや知らなかったの、こりゃわるかったかな」赤とブルーの縞に色どられたエアメールの封筒いちいちきちんとしわをのばして机にならべ、「マリーンにしろ水兵にしろ、相当程度がわるいねえ、ロクに字を知らないんだから、もっともなんだよ、大学出がワンサとベトナム行きになるようじゃ、アメリカもお手上げってことだろうけど」小父さん話をはぐらかし、弥栄子もしいてききただささず、そこへ十七、八、いやこれで夜の化粧すれば、あっぱれ基地のホステスなんだろうが、昼はあどけない下ぶくれむき出しの女やってきて、「テープレコーダたのむわ」「奥にあるからかけてごらん」女はスーパーマーケットの袋から刀のツバほどのリールとり出し、セットすると、流れ出たのは、漫画の声のようなカン高い英語、「廻転がちがう、スイッチこっちへ切り替えて」とたんに重々しい声となり、「ねえ、なんていうてるのこれ」女は、半ば臆病そうにたずねる。「ベトコンに殺されかかったが、危くたすかった、弾がボンボンおちてくるのを逃げまわりながら、ぼくはあなたのことを考えていました」ケケケと女は高笑いし、「バカみたい、そんなこと考えてるから殺されちゃうのよ、ねえ」「そんなことって、これ君の彼氏だろう」「ワンノブゼムよ、このテープに返事入れておくれっていうのよ、名文句つくってよ」夕方また来るからと女はテープそのままにかえり、「あれ、どこのコ?」「ダラスに最近入ったんだ、かわいそうに男は夢中だっていうのに、少しはベトナム姐ちゃんの爪の垢でも飲めばいいんだよな」

「ベトナム姐ちゃんてなんのことよ」弥栄子がたずねると、小父さんひょいと真面目な顔で、「ぼくぐらいの年でなきゃわからないけど、昔、兵隊婆さんというのがいてね、むやみに兵隊さんが好きで、出征兵士がいるっていうとはるばる出かけて世話をする、行軍する兵士をみればお茶を接待する、弥栄ちゃんきいたことないかい?」きいたことはないが、兵隊好きというなら、母親がそうだった、弥栄子がまだ小学生の頃、動員令が下って召集された兵士の、宿舎が足らず、民家に兵士二、三名ずつ割り当てられた時、率先して六人を迎え、母ははしゃいで、人がちがったように朝早く起き、演習に出かける兵士の飯ごうにちらし寿司をつめ、卵焼きを入れ、兵士の一人は困惑しきって、「下士官殿にしかられますから、塩昆布だけでけっこうです」と申し出たがきき入れず、「途中でこっそり食べりゃよろしいがな」それればかりではない、何組か泊った兵士のあるものには、帰還してから東京で働きたいという希望をきいてあちこち頼み歩き、嫁の世話までした。そして五月二十五日の空襲で母は焼け死んだのだが、隣組の人は、「あれだけ兵隊さんにつくした人がねえ、運とはいいながら、殺生なことをする」といい、母の兵隊好きは、有名だったらしい。

「弥栄ちゃんは、金銭はなれてベトナム帰りを大事にサービスする、だからベトナム姐ちゃんというわけ、決してわるい意味じゃないよ、ここいらのホステス達、あまりあくどいからなあ、あんたのようなベトナム姐ちゃんは、貴重な存在、日米親善のいしずえさ」おもしろそうに小父さんは笑いながら、〽ベアトリ姐ちゃん、まだねんねかいとうたって、「いや、これはあんたのこととちがう、古い流行歌さ」

ケネディコインが二千八百円で売れ、ラーメンでも食べようかと、歩き出したら、ふいに胃袋をねじきられるような激痛に襲われ、そのまま道ばたにしゃがみこんで、涙とよだれ流れるにまかせ、これははじめての経験ではなかった。先月にも、いやここ三月、ほぼ月に一度のわりで眼もくらむ痛みを感じ、ほんの五分辛抱すれば、ケロッとおさまったから、軽い胃けいれんと薬も飲まず、ただ表を歩きながらはこれがはじめて、さすがに人だかりがして恰好わるく、うつむいたまま、アスファルトをゆっくり流れる自分のよだれながめて、「もうじき、もうじき済む、済んだら、なんでもないこと」心にいいきかせる。

母が焼け死に、とりあえず野方の親戚にひきとられ、ここは母の姉にあたる老夫婦、女学校は自然退学のまま区役所へ勤めるうち、満洲から息子一家が帰国し、出ていけとはいわぬまでも、家族が増えれば食糧難も倍加して、一家そろってむかう食卓、それまでやさしかった伯母さんも孫にはお粥を底からぐいとすくって米粒沢山によそい、弥栄子にはうわずみの重湯をとろとろ茶わんに注ぐ、疎開させていた母の衣類すべて息子の嫁のものとなり、この頃から弥栄子は一人歯をくいしばって、「もうじきこんなところから脱け出せる、脱け出すまでの辛抱」と我慢するくせがついたが、なにしろ十七、八の女の身では、やがて息子が駅前に出した乾物の闇屋も手伝えず、せいぜい夜おそくまで石臼まわし配給の煙草をさし出し、せまい肩身の置きどころを求め、そうこうするうち昭和二十三年の春、沼袋にあるアメリカ陸軍刑務所の食堂ウエイトレス募集に応じ、すべては食物にひかれてのことだった。

戦前にもみたことのないターキーのサンドイッチや、眼もあやなオードブル、残飯はもちろん、時にはチップにもらいためた小銭で、フルコースのテーブルにもつき、かたがた英語も耳になじみ、夜がおそいのと、とにかく後指さされる女の進駐軍勤め、ぶつくさいう伯母夫婦には、残りもののケーキでごきげん伺い、どうやらおちついてセクレタリースクールへでも通うつもりのところへ、朝鮮事変が起って、食堂は閉鎖、弥栄子は日本人従業員専用の食堂へ移されたが、ここではＧＩの残飯をシチューの如くに煮て、それをドンブリに移すだけ、同僚にさそわれ、中野寄りの、ＧＩ専門のバア〝テキサス〟に勤める。

ＧＩ達は、戦いがはじまると、みるみる荒れて、少し酔えば映画でみるような、なぐりあい、かと思うと仲直りしてお互いビールを頭からかけっこし、荒れるにつれて、一時姿を消していたリズやらサリーやらジェーンがあらわれ、ビールやりとりの末、腕を組んで姿を消す。和夫の印象が強かったのか、敗戦直後では、よほど親がしっかりしていなければ、良縁は無理なのか、弥栄子は恋人も持たず、すでに二十を過ぎ、刑務所の食堂でさんざ尻をなでられ、抱きつかれたが、それ以上の誘惑にのらず、〝テキサス〟で強引に求められ、おぼつかないダンスする時も、せいぜい腰をひいて、というのは、男の股のあたり、こちらにふれるのが気味わるいから。

一緒に移った同僚はもともとサージャンの恋人がいて結婚のつもり、アメリカへ渡ってから恥しいからと、隆鼻術などして準備おこたりなかったが、弥栄子はGIを恋人にするなどまるで考えられぬ。昭和二十六年五月、ママも帰って、弥栄子一人戸じまりをし、便所からでると大男がいて、「脱走して来た、かくまってくれ」という。刑務所から、トラックの荷台の下にかくれて脱け出し、そういえば、しばらく前にサイレンを鳴らした自動車が走りまわっていた。

「見つかれば殺される、暁方には出ていくから、かくまってくれ」大きな図体をガタガタふるわせ、〝テキサス〟には二階があって、おそくなった時などママが泊るのだが、どうしていいかわからず、弥栄子も驚きがおさまると共犯者のように怖くなり、ともかく二階へあげ、かえりもならぬからビール一本持ってコップに注ぐと、口をつけたとたんにむせかえり、「殺される、殺される」つぶやき「なぜ逃げたの」ときくと、すでに朝鮮で一度逃げ、つかまって刑務所へおくられているので、敵前逃亡だから、どうころんでも銃殺。「ぼくは、人を殺せない、殺せないから逃げた」おいおいと泣き、あたりはばからぬ大音声《おんじょう》、ひょっとしてMPのパトロールの耳に入りはしないかと、背中なでてあやすうち、赤ん坊のように、弥栄子の胸にとりすがり、「殺される、殺される」そして弥栄子は、ふと和夫を想い出し、特攻隊で死ぬのも、敵前逃亡で死ぬのも、同じくあわれな男の情にふれたおもい、自分から抱きしめて、横たわり、「あんたにあげる、好きなようにしていいのよ」聞かじった、パングリッシュの口説をささやき、大男は身も世もあらぬ風にかじりついてきたが、これもあまりの死の恐怖からか、意の如くならぬ。

「サカハチってなに?」以前、GIの言葉をききとがめてママにきくとママはいやしく笑いながら、尺八のことだとくわしく説明し、耳ふさぎたい思いだったが、どうせMPにみつかる、みつかれば銃殺ならば、どうにかして最後の男のねがいかなえてあげようと、はっきり意識はせぬが、弥栄子もじれて、まだふるえのとまらぬ大男に、やみくもにこころみたのだがかなわず、「OH、NO、OH、NO」とすすりなくばかり。

暁方、約束通り大男は去り、とめてみたところでラチのあかぬこと、三日後、どこをどう歩いたのか、千葉県の保田で逮捕され、GI達、酒の肴に噂して、右手で喉をかき切る真似し、「バカな男さ、殺すくらいなら殺される方がいいってよ」その夜、弥栄子は、酒に酔い、〝テキサス〟の二階のベッドで、まだ二十二歳のスミスに処女を与えた。舌なめずりして、あれこれ技巧を弄し、あきることなく抱きしめるスミスの体の下で、弥栄子は、「じきにすむ、すこしだけの辛抱」と歯をくいしばり、自分でもなんのために、抱かれているのかわからなかった。

胃の激痛がおさまると、さすがにがっくり疲れて、ラーメンどころではなく、部屋へもどり、アイスメルシャンプーの臭いあらためて鼻をつき、チェッと弥栄子舌打ちをする、臭いがいやなのではなく、ジュニアにサインもらうのを忘れていたのだ、壁にシーツを張りつけて、弥栄子の部屋に泊ったマリーンや水兵にサインをもらう、何時からのならわしか、覚えてはいないが、マリーンは必ず便所に名前を書き、始末に困って紙をはると、それをサイン帳の如く、さまざまな文句を書きつけ、それならばと、いっそシーツにしたので、二百近い名前がならび、うち七つに赤い線のひかれているのは、戦死したマリーンのもの。「あー、こいつは迫撃砲でやられた、これはヘリコプターもろとも焼け死んだ」こともなげにいって、かつての戦友の名を抹殺し、「こっちもいつまで持つかな」と、余白に名前をしるし、「国防省へ送ってやんなよ、マクナマラんとこへよ」ふてくされるのもいれば、突然シーツをまるめ、表へ投げ捨てた男もいた。弥栄子は、自分でJUNIORと書きこみ、「あんたは大丈夫、おまじない効いてるから」そして窓をあけると、五月の鯉のぼりが眼に入ったから、ふと、このシーツを空高くかかげたらどうだろう、これぞベトナム姐ちゃんの旗印。

「ママ、これから先きもずっとお店やっていくの」夕方、風呂上りさすがに少しはやつして〝シャングリラ〟に出かけると、弥栄子よりさらに三つ年上のアイリーンがいる、「もう、いい加減でやめたいんやけどね」「もうかった?」しゃがれ声でアイリーンはたずね、「こんなお店を、私も持ちたいんだけど」「もうかりはしないよ、みとってもわかるでしょ」「それでも引退するんなら、老後の生活費くらいは」「私は、子供がおるもの」「へえ、ママに、どんな子」「どんな子てね、引き揚げてくる時四つやってんけど、ここは環境わるいから親類あずけてね、ちゃんと大学まで出て、おとどしかな、結婚したのよ」「うまいことといくかなあ、今時、なかなかお母さん引きとる子供はいないよ」「今度、横浜へ家建ててね、私の部屋もちゃんとこさえてあんねん、私が前に眼つけて借地やけど権利おさえといてんから、文句いわれる筋合ないのよ」うれしそうにママは笑い、弥栄子はともかく、アイリーンにしてみれば、先ゆきの目安はこのママ、年老いて後はママみたいに暮す心づもりだったのが、どっこいママはちゃっかりと、手のとどかぬ世界に逃げ場所を用意している、むっつりだまりこくったアイリーンにママは、「なんというても、女は子供よ、子供がなかったらみじめになるわ」四十過ぎたバタフライには酷な言葉だが、アイリーン身にしみてわかるだけに反撥もせぬ。

弥栄子も、もちろん結婚は考えた、酔いどれの、半ばパイラーに近いオクちゃんと一緒になったのも、三十近い年齢にふと脅えて、とりえはないが、悪いことだけはしそうにみえぬ人柄に賭けたので、そして子供も産んだが、その二歳の時、小児結核でとられた。

スミスに体を与えてから、弥栄子は野方の家を引きあげ、〝テキサス〟の二階に留守番がわりに住みこみ、さそわれるままGIを客として、そのあまりの変りように、同じバタフライ、オンリー達、「辛抱してたのが、ついにあふれた」といい、この頃はもちろんショート二千円、泊り五千円、きっちり貯めこみ、時に、そうと知らぬ日本人のさそいも受けたが、これは不愉快なばかり、体力や技術の差ではなく、おさまったとはいえ朝鮮の戦場に疲れて、どことなくすさんだ印象のGIとくらべると、同じ男とは思えぬほどたよりないしました、GIには感じる連帯感が、日本人とではまるでなくいかにも金で買われているような、負い目をうけるのだ。横文字の源氏名をつけず、ヤエチャンが通称となって、沼袋はもとよりジョンソン、立川基地まで名がとおり、昭和三十年刑務所が閉鎖されると、弥栄子は立川に住み替え、昼間は守衛、夜はパイラーのオクちゃん、正しくはオクタビアヌスとものものしい混血児をしり、いつまで商売つづけられるわけでもない、店を持てとそそのかされ、貯金はたいて一軒を借り、店をナワバリに客待つ身には気楽にみえるママさん稼業も、実はやりくりが大変で三年持ちこたえたのが精一ぱい、なんとなく亭主に居ずわったオクちゃんと連れそって、この基地へ流れつき、「知り合いの外人と組んで商売するから、心配ない」多分、密輸めいたことなのだろうが、時には大枚の金を持ちかえり、道具調度をそろえ、子供も授かり、ようやく人並みの生活にもどったかと喜んだのも束の間、根はなまけもののオクちゃん、子供の相手ばかりしていて、たちまち家財道具、なだれ打って売り食い、さらに、虎の子の貯金まで使いこまれ、またまた「いつかこういういやな時もすぎる」と、弥栄子が歯をくいしばったが、やがて赤ん坊は結核で入院、薬石効なく、全身枯枝のようになって死ぬと、子供の死を口実に自暴酒装ってオクちゃんは飲みあるき、ある夜血をはいて、なんのことはない、彼自身もう長い間胸をやられていて、子供もオクちゃんから感染したとわかり、さすがに気がとがめたか、それまでの不節制のたたりか、みるみるおとろえて、オクちゃんもみまかる。死の直前、オクちゃんは、「怖い、死ぬのは怖い、いっしょにいってくれ」と弥栄子にうわごともらしたが、弥栄子の心まったくうごかなかった。

すぐ翌日からの食いぶちに困って街頭に立ち、どうかくしても三十の坂を越えたしいみやらたるみやら、だが、折からベトナムの戦いすさまじい様相となり、ほうほうの態といった形で上陸するマリーンには、女であればなんでもいいらしく、結構商売になり、そして弥栄子は、またあの、死を目前にした男に抱かれるおののき、いや、死に脅える男を、精いっぱいあやしてやる女の悦びをよみがえらせたのだった。

「そやけど、近頃の水兵がめつうなったねえ、ほんまにけちやわ」ママはアイリーンにいい、「まあ、弥栄ちゃんは、けちでもなんでも関係ないねんやろけど」「トブ板には、若い女がいるし、〝ジャングリラ〟ではロハのベトナム姐ちゃんが頑張ってる、どうしたらいいんだろうね、あたしゃ」アイリーン、口ほどでもなく、やさしい手を弥栄子の肩に置き、「本当にロハなの、ロハでもなにか時計とか指輪とかふんだくってるんだろ」「そりゃくれる人からは貰うけどね」「あたしも、ベトナム姐ちゃんにくらがえするかなあ」「アイリーンかて、ステディボーイつくって、うまいことやったらええのに」「この年じゃねえ」「コックなんかで、丁度、年かっこええのおるいうよ」「コックねえ」あるいはアイリーンも、戦い、死を身近に置く男の魅力にとりつかれてるのかもしれず、「アイリーン、あなたの客、何人死んだ?」「何人て」「あたしの寝たマリーンね、もう七人戦死してるわ」「そんなことわかるの」「うん、わかる、寝たらわかるでしょ、あ、このマリーンは死ぬか、それとも大丈夫かって」「わかんないよ、そんなこと」「わかるわよ、戦死するマリーンのオチンチンは、しゃんとならないじゃない、生きのびるマリーンは、いつもピンとしているじゃない、捧げ銃《つつ》みたいに、アテーンション、ワントウスリフォ」立ち上ると、店の中を歩調とって歩きまわり、ケタケタ笑って、私わかるのよ、戦死するＧＩ、殺されるマリーンちゃーんとわかるのよ。アイリーンとママは、急にはしゃぎ出した弥栄子の心はかりかねてぞっと立ちすくむ。

一週間後、弥栄子は、市役所へ出かけ、「ベトナムの兵隊さんのためにプールを寄付しましょう、ベトナムは暑い、ジャングルはむしむしします、とってもかわいそうでしょ、だから、戦い終ったらすぐにとびこんで、体を冷やさなきゃいけないのよ、ね、私が寄付します、とりに来て下さらない？」とにかく基地でもつ町だし、係員半信半疑で弥栄子について部屋までいくと、もはや家財道具何一つないところに、マリーン達の寄せ書きだけが壁に貼られ、「さあ、どうぞ、プールを持って行って下さい、私のプール」いうより早く、くるっとスカートをまくって、畳の上にダイビングして、明るく笑いつづけ、係員はあわくってよたよたと後しざりし、ついで脱兎の如くに駈け出す。「すいません、割箸をいただけませんか」弥栄子はふたたび表へ出て、荒物屋にたずね、「へい、こちらが百二十円」「ううん、四十五万人分欲しいのよ、ベトナムにいる兵隊さん、お箸がないんですって、かわいそうでしょ、送ってあげなきゃ」うむいわせず、男のさし出した割箸をひったくり、「ＫＩＬＬ、ＶＩＥＴＣＯＮＧ」一声さけび、悠然と歩く。和夫も死んだ、ジュニアも死んだ、換気筒カラカラと鳴るごとに、みんな死んでいく、シーツが赤く彩られ、臭気どめの香りがジャングルに漂い流れ、木洩れ陽のスポットライト浴びてＧＩが死ぬ、死んじゃダメ死んじゃダメ、アテーンション、サカハチサービスワントゥスリー、真白き富士のベトナム姐ちゃん、おチンチンの行列、隊伍を組んで、かえってらっしゃい、ゴッドセーブザおチンチン、苔のむすまでおチンチン、へーイカモン！

　弥栄子が脳梅になったという噂は、たちまちドブ板通り一帯にひろまり、〝シャングリラ〟はもとより、簡易食堂、ラーメン屋も気味わるがって、弥栄子が近づくと、しっしっと追い払い中には水をぶっかけ、子供達おもしろがって、後をぞろぞろとついて歩き、〽ベトナム姐ちゃんまたねんねかいとはやし立てる。だが横文字屋の小父さんだけは、その奇想天外な話にいちいち相槌うち、「マリーンは戦死、ベトナム姐ちゃんはいかれる、もちつもたれつさ」というから、アイリーンがたずねると、ベトナム行きのマリーンと首尾よく結婚し、しかもマリーンが戦死した場合、その弔慰金は妻であるホステスがうけとる、その額はほぼ一千万円ばかりで、この幸運に、というのも、どうせ戦時妻、夫が首尾よく除隊して、アメリカへ渡るにしろ、日本で水入らずに暮すにしろ、ロクな結果にならないことはわかり切っている、それより一千万もらって、店でも出した方が、はるかにましで、このケースが月に二、三件、一方、ホステスの中で、脳梅の症状あたらしくみせるのも、月に二、三人、うまく釣り合いがとれているわけ。いわば食うか食われるか。「そんなら、やっぱり〝シャングリラ〟のママのように、子供を産んで、年とったら子供にたよるのが一番というわけね」「〝シャングリラ〟のママに子供？　誰がいってた」「自分で威張ってたもの、大学を出て結婚した息子さんがいるって」小父さん、しばらくだまっていたが、「あの婆さん、今でも商売している」「そんな、商売って、あの人もう六十近いよ」小父さんだまって、唇を、なにか含んだようにオチョボ口にひらき、指さして、「これだよ、マリーンの間では有名さ、一回三百円で、金のない連中を相手にしてね」「それでお金溜めて、子供を養ってたの」「子供なんかいやしないさ、死ぬまでやりつづけるんだろ、上の口の方なら衰えはないからなあ、歯が抜けりゃ抜けたで好都合」だまりこんだアイリーンに、「どうだい、適当なマリーンがいたら、結婚カード書いてあげるよ、書式一切三千円」アイリーンは髪の毛かき上げ、フッと笑って、さすが四十過ぎてのバタフライ、身のほどは誰より自分が心得ている。

弥栄子は、日に二、三度襲う激痛に、みとる人はおろか食事すら口にできず、日増しに痩せ衰え、だが発作がおさまるとよろめきつつ起き上って、ドブ板から臨海公園を歩きまわり、やがてどこで見つけたか、大きな竿竹に、今はただ一つの財産、生きていたしるしの、マリーン達のサイン残したシーツを、まきつけかついで歩く。マリーンをみれば、これだけは忘れぬおまじない、つとその股間に手をのばし、マリーンの奇声上げとびじさるのを、母親のようにやさしい眼でたしなめ、「死んじゃ駄目よ、死んじゃ駄目」そして、臨海公園から海をみおろし、岩壁から港外へだまって姿を消す黒いスヌークやら、時にはシードラゴンに竿をうちふり、「KILL、VIETCONG」とさけび、まるで軍歌のように、「ベトナム姐ちゃん、またねんねかい、ベトナム姐ちゃん、またねんねかい」筋肉労働者のように、しゃがれ切った声で唄う、雨の日も風の日も。

水筒・飯盒・雑嚢

古山高麗雄

三十年ぶりに仙台に来た。八月の暑い盛りに。まだ明るいうちに着いたので、汗を拭き拭き、連隊の跡を訪ねてみたが、どこがそうなのか、よくわからない。金網で囲った自動車練習所があった。緑色のトラックがのろのろと動いている。これは自衛隊だろう。このあたりが四連隊の跡であって、その背後の、今はもう建造物に埋め尽くされている一帯が、宮城野原ではあるまいか？　そんな気がする。宮城野原は、歩兵第四連隊に召集された私が、匍匐前進の稽古などをさせられた演習場である。重機関銃の分解搬送や、突撃の稽古もさせられた。北西の一隅に、窪地や壕のある部分があり、私たちはその窪地や壕に身を潜めて突撃の号令を待った。重機の銃身を背中に載せての匍匐前進というのがあった。あれ、三十キロの鉄塊を背中に載せられると、私は腹這って、手足をバタバタさせるだけで、五センチだって前進することができない。その私を見て、仲間の兵隊たちが、文鎮で押えた紙みたいだと言って笑った。班長も、私のあまりの体力のなさに呆れて、気合をかける気にもなれなかったようだった。やあ、交代、と言い、私の文鎮を他の兵隊の背中に移した。あの分解搬送や突撃の稽古をさせられたのは、しかし、退院してからだった。最初は、気を付けや、オイチニの稽古だった。私は入隊して十三日目に、この原っぱで駆足をさせられて尻を抜かし、ひと月ほど陸軍病院に入院したのだった。あの陸軍病院は宮城野原の東側にあって、演習場と道路を隔てて建っていた。それらしい建物が見当たらない。あの病院も焼けてしまったのだろうか。それにしても本当に、なんという変わりようだろう。追憶——といってもわずかな感じが残っているだけで曖昧なものだが——追憶の中にあるかつてのたたずまいは、もうどこにも見当たらない。片鱗も残っていない。それはしかし、当然だと思う。空襲で焼かれた街が変わっていないはずはない。まるきり変わっていて不思議はない。宮城野原ばかりでなく、駅前にしても、部屋をとったホテルの界隈にしても、私の追憶につながるものはなかった。仙台は杜の都と言われていて、樹木の広がりの中に低く沈んだ街であったが、今は、緑よりもビルの目立つ街に変わっている。

私はしかし、この仙台に、〝跡〟を見に来たのだろうか？　〝無〟を見に来たのだろうか？　そのどちらの気持もあったように思う。焼土に再建されたこの国の街に、三十年前を見に来るというのは頓馬なことだろうか？　しかし焼土にすら〝跡〟が残っていることもあるし、なければ〝無〟を味わって帰ればいいと思う。私は、〝跡〟をも〝無〟をも予期していたような気がするが、いずれにしても、一度見ればいいのだった。私は三十年間、一度見るという宿題をかかえていたのだった。そして、とにかくその宿題を仕上げたわけだ。済んだ、と私は思った。私の仙台は、思い出の中にしかないことがよくわかった。私は自分が、なにかのめぐりあわせで助かった死刑囚で、いったんそこに立たせられた刑場を見に来た者のように思えた。刑場は消えていた。戦争というのはなにしろあれだけの体験だから、自分の中には、何かが、何かのかたちで残っているわけだろう。たとえば私が、いまだに水筒と飯盒を雑嚢に入れて、車のトランクの隅に突っ込んでいるといったようなこと。水筒も空だし飯盒も空で、実際に使うわけではない。それでも、そういう癖を捨てようとは思わない。それどころか、あれをそばに引きつけておくと、落ち着いたような、抒情的なような気分になれるのだった。あれはもう、お護りのようなものかも知れない。私の秘密の三種の神器だ。戦争中はしかし、あれは抒情であるばかりでなく、何よりも大事な実用の道具だった。兵隊が生きるためには、鉄砲よりも、水筒と飯盒が大事だということを私はビルマの戦場で知った。ビルマの山で、ジャングル野菜と呼ばれた食える雑草を食うためには、水と鍋とが必要だった。鉄砲と弾薬とは、その重さに苛まれただけでなく、それによって強調されるどえらい大きなものへの反感から、そしてそれには敵いっこないと諦めきった無力感から、心理的にもうとましい存在だった。私は目方を減らすために、それを使いたかった。人に向けて撃つことはない、減りゃいいんだ、とこっそり思っていた。そういう思いは、栄養失調の私の消耗をいっそう早めたに違いない。水筒の水は、それがあると思うだけで安堵し、鼓舞された。水筒に水を満たすたびに元気を取り戻す。飯盒もそうだ。飯盒さえあれば、という思いに支えられる。第一、そういう考え自体が気に入っていた。鉄砲に刻まれた菊の紋章は、死にしか結びつかない。もしそれが鉄砲にではなくて、水筒と飯盒とに刻まれ、そしてもし、皇軍の勇士たちがみな一つずつ、飯盒のほかにフライパンでも背負って戦ったら、あの戦争の死者は半減したに違いない、と思うのだ。

しかし、今、車のトランクに入れてある私の三種の神器は、旧軍隊のものではなくて、デパートの登山用品売場や、アメリカ軍の払下品店で買って来たものばかりであった。水筒はアルミ製ではなくて、ビニール製である。アメリカ軍のものだというのだが、本当かどうかわからない。雑嚢にもUSAの文字が入っているが、これは日本製である。米軍のものではありません、と払下品屋の人が言っていた。飯盒は、デパートの登山用品売場で、旧軍隊と同じ型のアルミニュウム製を買ったのだが、蓋に取っ手がついていて、便利になっている。蓋が、フライパン風に使えるように改良されている。だが今は、それが何であろうと、どうということはないのだ。それを実際に使わなければならないような事態を、私は考えようとはしない。今の私には、トランクの中の道具は、単に懐しいだけの記念品になってしまっているのかも知れない。戦後、復員兵が、編上靴に偏執して、やたらに買い集めたという話を聞いたことがある。そういう傾向が私にないとは言えない。雑嚢を買い過ぎる自分に気がついている。そうしたことは無論、戦争の思い出につながっているのだろうが、そういう変な癖は、異常な経験をした者の哀しい創痕といったようなものなのだろうか？　きずあと、といったような考え方は、私はしないけれど、やはり、ある〝跡〟ではあるのだろう。そして仙台も、いや、日本全体が、あるいは、あの空の、ビニール製の、アメリカ製か日本製かはっきりしない、あのトランクの隅の水筒のようなものになってしまった、ということかも知れない。それとも私は、独りでそんな気になっているのかも知れない。

福島競馬に行ったついでに、仙台まで足を伸ばした。そうも言えるし、仙台に行きたいので福島競馬に出かける気になった、とも言える。いずれにしても競馬は、遊びをかねた私の仕事である。馬券を買い、一方で競馬に関する原稿を書くのである。スポーツ新聞に私は、週に三回、短文を書いている。金曜日と土曜日には、翌日のメインレースの勝ち馬予想を書く。日曜日には、その日のメインレースの観戦記を書く。馬券を買うためと観戦記を書くために競馬場に出かけて行くのだが、毎年、夏になって、競馬の舞台が、府中、中山のいわゆる中央場所から、福島、北海道に移ると、私は競馬場に行かずに、テレビ観戦記というのを書くのである。それでも、都合がつけば、シーズン中に一度くらいは、福島にも北海道にも出かけて行くことにしているのだった。

福島だって仕事で行くんだよ、仙台は取材さ。家を出るとき私は妻にそう言った。しかし、これが取材と言えるだろうか？　私は宮城野原とおぼしきあたりの道路のわきに車を停めて、これが取材なら、何だって取材だなあ、と思うのだった。懐しかった。来た。見た。思い出した。終わり。簡単にそう思って帰ってしまえばいい、と思った。取材ではなくて、思い出にふけるために来たのだった。つまり、私は妻に、「遊び半分、仕事半分で福島競馬に行って来る。思い出にふけりに仙台に行って来る」と言ってもよかったのだ。だが、すると妻はどう言っただろう。取材に行く、と言われるよりは抵抗を感じるだろう。

「何を思い出しに行くの？」

「軍隊時代のこと」

「思い出してどうするの？」

「どうもしない、思い出すだけ」

「また変なことを考えているんでしょう。どうぞ、お好きなように」

私の水筒や飯盒にしても、妻にしてみれば、〝変なこと〟だろうと思う。妻は私より四つ下で、いわゆる戦中世代の年齢だが、私の水筒や飯盒や雑嚢への執念については、理解できないだろう。私は昭和二十二年の晩秋に南方から復員し、二十四年に妻と結婚したのだが、何年か経ってから、妻は、私の三種の神器を処分してしまった。

「屑屋さんに持って行ってもらった。いるの、あれ？」

「うん」

「あんな、きたないものが？」

「まあ、いいや」

と私は言った。気の小さい妻は、悪いことをしてしまったような表情になり、

「きれいなのを買ったら」

と言った。

軍隊から持って帰ったあれは、確かにきたなかった。雑嚢は色褪せ、生地は弱っていた。水筒と飯盒とは、ところどころ凹んでいて、剥げた塗料の代わりに戦地の煤を吸って、黒ずんでいた。そういうふうに古ぼけていればいるほど記念品としての価値があるわけかも知れない。しかし、あんなものを大事にされては、妻としてはたまったものではないだろう。冗談でなければ、〝三種の神器〟などという言葉は、使えない。あんなものは処分してしまったほうがいいのだ。そうは思うのだけれど、私は、あの嫌な戦争の中から、懐しい部分をちょっぴり取っておきたかったのだ。

水筒も飯盒も雑嚢も、内務班には結びつかない。内務班にも、懐しい部分が何かあっただろうか？私が南方に向かって仙台を発ったのは昭和十八年の五月だった。私が補充兵として召集されたのは、その前年の十月だった。幹部候補生の試験を受けさせられて、そして落第したのが、入隊半年後の翌年の四月で、五月に師団司令部に転属になって、ルソン島に送られたのだ。

歩兵第四連隊には、八カ月ぐらいいたわけだが、人の名前が思い出せない。中隊長の姓は憶えている。石山だった。だが、師団長の名も、連隊長の名も、大隊長の名も憶えていない。中隊付将校というのもいたはずだが、憶えていない。内務班の班長の名も憶えていない。人事係准尉の名も、教育係班長の名も、見習士官たちの名も、一切憶えていない。名前を憶えているのは、同年の兵隊の、ほんの数人だけである。

顔は、かなり憶えている。その顔といま偶然街なかで出会っても気がつかないかも知れないが、いくつかの顔を私は思い出すことができる。私を殴った班長や古兵の顔。殴られなくても、何かに関連して憶えている顔が少なくない。殴られたことも、全部は憶えていない。内務班では、寝ることが一番の愉しみだった。眠っている間だけは、何も考えなくて済むから。夜の点呼が終わって幅の狭い鉄のベッドに折り込んだ軍隊毛布の中に体を差すと、消燈ラッパが鳴る。あのラッパは確か、二度繰り返されたような気がする。丸顔の古兵で、毎晩ラッパに合わせて、兵隊さんは可哀そうだな、また寝て泣くのかや、と言うのがいた。あの古兵の顔を憶えている。あの古兵には殴られたはずだと思うのだが、殴られたときのことは憶えていない。殴られたのをはっきり憶えているのは、不寝番勤務中にタバコを喫っていて見つかったときのこと。あの曹長だったか軍曹だったかの顔も憶えている。それから手を憶えている。何してる、とあの曹長だったか軍曹だったかは言った。殴られるな、と覚悟して手を見ると、グローブのように大きい。本当に眼から火花が飛んだ。あの下士官は、私がルソン島に行くことになって、連隊から仙台駅に向かって行進が始まると、見送りの列の中から飛び出して来て、体に気をつけてな、と言いながら、あのグローブのような手で私の手を握った。あのときは私もホロリとしたのに、あの下士官も名前は忘れてしまった。夜尿症の上等兵がいた。あの上等兵は、中支か北支かに行っていて、病気で送り還された兵隊だった。病院から石山中隊にやって来た。四連隊では、六十キロの俵を背負って百メートルを四十秒以内で歩く稽古をさせられたが、中隊であれができなかったのは、あの夜尿症の上等兵と私の二人だけだった。それであの上等兵は、おれとお前は同じだな、と言って親しみを見せるのだった。私はあの上等兵とも肩を寄せ合いたくなかった。今にして思えば私は了見が小さかったと思う。けれどもあの頃は強い古兵とも夜尿症とも親しめなかった。あの上等兵も、顔は憶えているが、名前は忘れてしまった。——

私はあの頃、内務班の毛布の中で、毎晩、何を思ったのだろう？　召集解除の日のことを空想しては、しかしすぐに寝入ってしまったような気がする。召集解除——まさに空想だったのだ。あの頃の軍隊では、平時と違って、年期を数えることはできない。先の見通しというものが全くなかった。解除など、外地にでも出されてしまえば、いっそ、ない、と考えたほうがよさそうであった。だが、その日を空想すること以上の放楽はなかった。そうだよ、あの実現の可能性のない光景を、私は戦地に行ってからも、数えきれないぐらい繰り返し想ったのだ。十五年も二十年もの刑を終えて、監獄の門を出たときの快感。それがどんなに実現の可能性に乏しいものであっても、それを夢みることで自分を支えていた。入隊して一週間目か十日目ぐらいに、死にたい、と思ったことを記憶している。苦痛は過ぎてしまえば懐しさに変わるというが、嘘だ。それは、ことによりけり、というものだ。屈辱的な私刑を受けたことが懐しさに変わるとすれば、それはその人間が、被虐好き変態者ということだろう。私には苦々しさや恥ずかしさを伴ったものばかりが甦って来る。南方に発つとき、下士官から、体に気をつけてなと言われてホロリとしたのは確かだが、しかしあれだって、別に懐しくはない。ひとつだけ、歩兵第四連隊の内務班では、戸石泰一との交際だけが懐しい。戸石とは戦後もつきあっているが、共に司令部に転属になってルソン島に派遣された者を除けば、中隊で名前を憶えているのは、戸石だけだ。戸石の家は、宮城野原のすぐそばにあって、日曜日の外出の折、訪ねてごちそうになった。戸石は自分は太宰治の弟子だと言って、太宰治とのことや弟子仲間の話をした。戸石が書いた小説の載っている同人雑誌を見せてくれた。戸石の家には、穏かな母堂がいて、婚約者の八千代さんが外出日には必ず訪れて来ていた。同人雑誌の小説は、八千代さんとのことを書いたものだった。男と女となんとかかと悪童たちに言われて石を投げつけられる。林の中に二人は逃げ込み、六尺豊かな戸石が、小柄な八千代さんの影を、小さいな、小さいな、と言って踏んで戯れる場面があった。抒情的な小説で戸石の人柄の良さが出ていた。その八千代さんに私は文学書の購入を依頼して、次の外出日に受け取っては、内務班に持ち込んだ。戸石は幹部候補生の試験に合格したから、十八年の春には別れることになったが、寒い冬の日、八千代さんが買って来てくれた本を外套の中に背負って運び込んだ。寝台の下の床板を一枚はずして、秘密の書庫を作り、隠していた。幹部候補生の試験を受ける者は、消燈後一時間、見習士官室で勉強することが許されていたので、それをいいことに私は、文学書を読みに行った。ガルガンチュワ物語を読んだことを憶えている。あれはフランス装の白っぽい、大判の分厚い本であった。私は秘密の書庫に何冊かの本を入れたまま南方に行ったわけだが、あれも見つかれば殴られたわけだ。異常な時代だったが、私も異常だったと思う。外地に行ったら、日本人とつきあうのと同じように現地人とつきあおうと決心して出かけて行ったが、あれだって、正義に似て実は異常だったのだと思う。同じように、ではなく、現地人に対してより、戦友に対してのほうが狷介だった。拒否していたものがあった。当時のうとましい自分を思い出せば、それだけでも苦々しいばかりだ。

しかし、もういいではないか。過ぎたことだ、と思うのである。過去の恥は引きずって回るよりないし、思い出は止めようがない。そういうことは今後も続くわけだが、仙台旅行はとにかくこれで終わりだ、と思った。

明日、板垣徳さんを訪ねたら、早々に引き揚げよう、と思う。板垣さんを訪ねないわけには行くまい。仙台に行ったらお訪ねしますよ、と言ってある。仙台在住の第二師団での旧知で、住所を知っているのは板垣さんだけである。板垣さんとは東京でも会ったし、年賀状も交換している。板垣さんは師団司令部の主計将校だった。私は衛兵隊所属の一等兵だったが、師団司令部の将校で、私が親しんだのは板垣さんしかいない。板垣さんのほうはどう思っているかわからないが、私のほうでは、少なくとも、終戦から復員するまでは、板垣さんだけには気を許してつきあった。板垣さんとは復員の船も一緒だった。終戦後私は、戦犯容疑者としてサイゴンの刑務所に拘置されたが、まる一年目に釈放されて、サイゴン郊外のカンホイ・キャンプで、さらに半年間、復員船を待った。板垣さんとはカンホイ・キャンプで再会した。師団長が戦犯容疑者として拘置されているので、世話をするために残留しているのだと言っていた。復員後はずっと音信の交換がなかったが、二十年近くも経ってから、偶然出会った。それから二度ばかり会っている。板垣さんについては、終戦後のベトナムで私が、自作自演出のアチャラカオペレッタを軍隊の野外劇場にかけたとき、化粧や着付で世話になったことが忘れられない。私は刑務所に収容される前南ベトナムで、一度はライチョウという町の近くの森の中で芝居をやり、カンホイ・キャンプでも一度、アチャラカをやった。その両方共、板垣さんの世話になった。衣装も手に入れてくれたし、女形の帯を結んでくれた。白粉や口紅も持って来てくれた。ライチョウの芝居では私は、飯炊き婆さんの役を演じ、カンホイ・キャンプでは、左の頬に大きなホクロのある盲目の娘を演じた。そのホクロを板垣さんに描いてもらった。板垣さんには会おう。それで終わりだ。それにしても、明日もまた暑いのだろうな。今年は日照りの夏である。ここひと月ほどの間に、雨が何回降っただろう？　私が住んでいる神奈川県相模原では、先月の二十日頃と今月の初めに降った。ほかには記憶がない。もっとも私は、先月も今月も、自宅で過ごした日は少ないから、相模原の雨の回数など言えたものではない。

ホテルに戻ると、すぐバスで汗を流して、相模原に電話をかけた。

「僕だ。仙台からかけている」

と言うと、妻は、

「いつ、着いたの」

と言った。

「今日」

「暑いでしょう、そちらも」

「うん。それでも仙台は、福島よりはいくらか涼しいらしい。福島は凄いよ。福島は桃や梨の産地で、今は桃の時期だけれど、雨が降らないので、果樹園なんか困っているらしいね。なんかね、土地に水分が足りなくなると、樹木は、樹木自体を護るために、実の水分まで逆に吸いもどしてしまうのだそうだね。それで実がだめになってしまうのだそうだ。雨乞いなんかもやってるそうだ」

私は、聞かれた話を伝えた。

「そう。道が混んだでしょう」

「ああ、ひどかったよ。普通なら二時間ぐらいのところが七時間も八時間もかかるという混みようだった。しかし、福島から仙台までは、割合流れがよかった」

「お盆の最中に行くんですからね。物好きね」

「明日か、明後日には帰るよ。帰りは、お盆のラッシュより、一足先行しようと思う」

「それで、取材はできたの」

「まあね。しかし、仙台とはこれで縁が切れたような感じだな」

「どうして?」

「なんにも無いんだよ。あまりにも変わっちゃってね」

「あんなに、仙台、仙台って言ってたのに」

「そうだよ、三十年間気にしていて、一日で終わりさ」


次の日も、かんかん照りの暑い日だった。午後になってから板垣さんの事務所に電話をかけてみたが、私のアドレスブックの番号では、別の家が出て来た。私は間違えて書き込んでいたようだ。

いきなり行ってみることにして、フロントで聞いてその町名の一画に行き、酒屋さんで尋ねると、すぐにわかった。角のビルの二階にあった。入って、女事務員に、板垣徳さんはいらっしゃいますか、と訊くと、おう、と言って振り向いたのが板垣さんだった。

「よかった。さっき横浜から帰って来たばかりだ。墓参りに行ってたの」

「そうですか。突然、伺いました」

応接室でちょっと向かい合ってから、ビルの前の喫茶店に行った。予定を訊かれたので、

「いや、あとはもう帰るだけです」

と言うと、

「一平さんに会いませんか?　すぐ近くですよ」

「そうですね。一平さんには会って帰りましょう」

「案内しますよ」

と板垣さんは言った。

「実は昨日、四連隊の跡に行ってみたんですが、まるでわからなくなっていますね」

「警察学校になってますよ」

「自衛隊じゃないんですか?」

「警察学校ですよ」

「じゃ、僕は何か、間違えてるな」

「行ってみますか」

「行ってみたいですね。焼けたわけでしょう、空襲で」

「馬小屋が焼けたということですよ」

と板垣さんは言った。

やはり、私は間違えている。昨日の自動車練習所は、連隊の跡ではなかったようだ。しかし、宮城野原という広い地域があの辺であることは、間違えようのないことに思える。とにかくあの辺であることだけは確かなのだと私は思った。にもかかわらず、すぐ近くまで行っても間違えるほど仙台は変わったのだと思った。

一平さんというのは、武藤一平さんのことである。司令部でも、姓より名前を呼ばれることが多かったが、今は肉屋さんをやっていて、肉屋の一平さんと言われている。第二師団は勇兵団というのであった。師団司令部の戦争中の称号は、勇第一三三九部隊と言っていたが、仙台では勇一三三九会という懇親会がもたれていて、一平さんがその世話人をしているという話を聞いていた。一平さんとは、その勇第一三三九部隊の管理部衛兵隊で同年兵であった。私は終戦まで一等兵で、いわゆるポツダム上等兵といわれる終戦上等兵だが、一平さんは私よりは昇進が早かったような気がする。やはり補充兵だが、召集は私より一月早い、九月だったと思う。あの秋は、九月に一般補充兵の召集があり、十月に、私たち幹部候補生要員補充兵の召集があったのだ。最初から要員として召集されたので、私たち十月組は、全員試験を受けさせられたが、石山中隊では、三十人のうち五人が落第し、落第した五人のうち何人かが、九月組と一緒に司令部に転属となり、南方に送られたのである。私は、私と一緒に落第した者の名前を、二人しか憶えていない。五人のうち、誰が私と一緒に司令部に転属になったのかは憶えていない。一平さんのことも、一平さんとは仙台を出発して以来、終戦まで南方の各地で起居を共にした仲間であるにもかかわらず、名前と顔だけしか憶えていない。他の人たちについても、ほとんど同様である。勇第一三三九部隊管理部衛兵隊の人々については、歩兵第四連隊石山中隊の人々とは違って、顔だけでなく、名前は随分憶えているのだ。しかし、その一人一人とのつきあいについては、記憶がない。憶えているいくつかの光景の中に、誰かが出て来るだけである。つきあいの中でとらえているものがない。ということは、私が誰ともつきあわなかったということか。

もう一度、四連隊の跡に行ってみることにした。

そこを右に曲がって、曲がれますね、そしてすぐ左に行って、と隣りのシートの板垣さんに教わりながら、車を走らせた。

「この市電の線路の中が、すっかり焼けたんですよ」

と板垣さんは言った。連隊の跡は、国道45号線から南に入った所にあって、榴《つつじ》ヶ岡公園という標識の文字が眼についた。そうだった、連隊は榴ヶ岡公園にあったのだ、と思い出した。

変わってしまったどころか、三十年前そのままの建物が、そこにあった。看板だけは、東北管区警察学校と変わっていたが、門の内側には衛兵所があり、突き当たりに石山中隊の兵舎があった。門からのぞいた範囲であの頃と違っているものと言えば、庭が緑草に覆われ、サッカーのゴールが建てられていることぐらいのものだ。

「そのままですね。焼けなかったんですね」

「だから、馬小屋の一部が焼けた」

「建物の色は、クリーム色だったんだな。僕は、灰色のような気がしていた」

「そこが連隊本部。そこが将校集合所」

板垣さんは、塀の中の建物を指さした。

「そうでしたね」

私は、連隊本部当番というのをやったことを思い出した。お茶くみである。一人の将校が、医務室から手に入れた細菌培養用のバターを冷蔵庫にしまい込み、夕方、革のカバンに入れて持って帰ったことを思い出した。ああいうことを見るたびに、あの頃の私は、自分の零落を意識したものだった。

あの頃の私の零落感というのは、あれはどういうことだったのだろう？　それは私が不如意の中で未練がましく自分を憐れんでいた感傷のようなものだろうか？　私はあの頃、自分が人力車夫になった夢を見たことを憶えている。あの夢を見たのが、軍隊に入る前だったか、入ってからだったかは憶えていないけれど。ほかに夢なんか、一つも、と言っていいぐらい憶えていないのに。俵担ぎのできない私が人力車夫になれるはずはないのだが、そこは夢だから、何にだってなれるわけだろう。私はとにかく人力車夫になり、梶棒を握っていたのだった。あんな夢を見たのは、築地小劇場で「無法松の一生」を見たせいかも知れない。あれは、みじめな気持になった。人力車夫が将校の奥さんに、観音様をあがめるみたいに惚れて、みんなでそれを美しく思うようになっているのが、やりきれなかった。異の唱えようのない時代になっていることを確かめた。あの芝居はあとで、車夫が将校の未亡人に懸想するとは、怪しからんということになった、と聞いている。しかし、あの頃の私は、将校夫人が美人に描かれることだけで、また一つ絶望感を重ねた。現実に将校夫人には、美人が多いような気がしていて、軍人たちは着々と自分たちの世界を定着させようとしていたように思えたから。そういう、ひがみっぽい思いが、私を人力車夫にしてしまったのだろう。梶棒を抱えて走っていると、車上の客から背中を蹴られた。振り向くと軍人が乗っている。相手が軍人ではどうしようもなく、私は屈辱に耐えて走り続けるのだった。――なにも私は、バターを自分の口に入れたかったわけではない。ただ軍人たちが、細菌培養用の横流しバターを家庭に持ち帰るのを見ると、相手のどうしようもなさから、そこでも、背中を蹴られる人力車夫を感じるのだった。

「では一平さんの所に行きましょうか。廿人町からエックス橋に抜けて行きましょうか。私は廿人町を通って、連隊に通った」

何か言われるたびに、少しずつ記憶がよみがえって来る。しかし、板垣さんの記憶と私の記憶とでは、どの部分が重なっているのか見当がつかない。一平さんにしても同じだ。板垣さんが通勤を思い出す廿人町は、私には連隊から仙台駅に向かう行進の一回だけの追憶があるだけだ。ラッパを先頭に、市民が旗を振って見送る中を私は歩いた。一平さんとは、そのときの追憶は共通しているかも知れない。しかし、他に一平さんと共通している追憶とは何だろう？　見当がつかない。戦地の山河だけは、共通の追憶の中にその姿を残しているかも知れないが、板垣さんは、私の頬にホクロを描いたことを憶えているかどうかわからない。零落の感傷の中で、水筒と飯盒と雑嚢とを抱きしめていた私のどこが、板垣さんや一平さんと共通するかわからない。

しかし、四連隊が焼けていてもいなくても、もういい。とにかく、もういい、これで終わりだ、と思うのだった。〝跡〟として、四連隊の跡は、水筒ほどの意味がないような気がした。

一平さんの店は、通運会社の裏の一方通行の道にあった。通運会社のトラックが道を塞いでいて、しばらく武藤精肉店の看板を眼の前にしたままで、辿り着けなかった。人通りの少ない四メーター道路に、一平さんの店だけが商家の看板を出している。想像と違っている。私は、商店街の賑わいの中の、冷凍室に巨大な肉塊を吊った店舗を想像していた。一平さんが白いコック帽をかぶり、胸まである厚地のエプロンをつけて、包丁と砥ぎ棒を摺り合わせている光景を想像していた。ところが、板垣さんが店の前で車から降りて、一平さんいる、と声をかけると、出て来たのは、丸首シャツに下駄ばきの、肉屋さんというよりは八百屋さんふうの一平さんだった。

一平さんは私を見ても、さして、久しぶりに珍しい人に会ったというような態度ではなく、気楽に、やあ、と言った。二十年ぶり、三十年ぶりの再会には、私も馴れている。私は小説を書き始めると、私がそこで生まれ、旧制の中学を卒業するまで育った、朝鮮の小都市に在住していた人々の訪問を受けることが多くなった。朝鮮からの引揚を扱った小説を書いたことがあって、そのために私の方からもそういう人々を訪ねたし、軍隊で知り合った人とも、幾人かに会っている。勇一三三九会の世話人をしている一平さんの前にも、終戦以来という人が、随分現われたのではないかと思われる。なにか、久闊ずれしている者同士の出会いのような気がしないでもなかったが、だが、一平さんはもともと、いつも静かに落ち着いていた人だったなあ、と思い出した。一平さんについても、風貌だけしか思い出せない。しかしそれだけは忘れていない。あの頃と全く感じは変わっていないと思った。頭髪が薄くなっていることが眼につく。

「まあ、とにかく、上がってくれっちゃ」

と言われて茶の間に上がると、一平さんは、

「あんた、戦犯だっけ、残されて、帰って来るの遅れたわけだっぺ」

「そうだよ、板垣さんと一緒に。板垣さんは戦犯じゃないけど、二十二年の十一月に帰って来た」

「運、悪かったな。しかし、生きて帰って来た者は、運悪いとも言えないな。死んだら終わりだから」

「そうだねえ。死んだ吉田——鈴木源蔵も死んだな。死ぬも生きるも、運としか言いようがないな。吉田や鈴木のことを思えば、監獄に入れられたことぐらい、なんでもないさ」

と私は言った。

「生きてりゃ、こうして会えるわけだしゃ」

「そうだよ」

「帰って来てから死んだのも、いるのしゃ。榎本兵長——伍長だべか、知ってっぺ」

「ああ知ってる。悪い奴だったな、あれは」

「帰って来たそうだけれども、死んだっつう話だ」

「ベトナムで逃亡したんだよな。あとで帰って来たわけだな。そう、榎本は死んだのかね」

「そういう話だ。そうだ、あんた、須藤、知ってっぺ。須藤邦一」

「ああ、知ってるよ、いつもニコニコ笑ってた、背の高い」

「うんだ。須藤はすぐそこに、日新火災さ勤めているのしゃ。電話かけてみっから。これ勇一三三九会の名簿、四十四年の会のとき作った。今度はあんたも入れとっから」

一平さんは、十二ページの勇一三三九会名簿を一部私の前に置くと、須藤に電話をかけるために、店の土間に降りた。名簿を開いて、記憶している名前を拾いながら聞いていると、一平さんは須藤の他にも電話をかけて、私が来ているから、都合がついたら来ないか、と言っている。

私は須藤についても、一平さんについてと同じように、風貌だけしか覚えていない。名簿の中から名前を拾い出して思い出してみても、やはり、ほとんど、風貌だけしか憶えていない。その人間が登場するシーンはと言えば、せいぜい、幾人かの者について、一人に短い一コマだけが結びついているくらいのものである。それもすべて、好ましくない一コマばかり。一平さんや須藤のように光景が結びつかないのは、私が一平さんや須藤と、好ましくない関係に、どのような意味でもならなかったということにはならないか？　帰国してから死んだという榎本伍長、または兵長（私も彼の階級は、はっきり憶えていない）については、一コマだけでなく、三コマも四コマも思い浮かべることができる。だた、それはそれほど彼が、悪い奴だったということだ。彼には理由もなく殴られた者が少なくなかった。不思議なことに、理由もなく、殴りたくなると人を殴るというような暴力を振るっていた。榎本から、私は一度も殴られなかった。彼は、分隊員に窃盗への参画を強制する分隊長であった。プノンペンでシアヌーク王宮の衛兵勤務に就かされたときには、カンボジヤ兵の被服倉庫から盗み出した軍服の生地を分隊員を使って市民に売りさばき、その金で娼婦を衛兵所に連れ込んで、人前で性交した。そういう男だったが、一等兵の私に、なぜかピーナッツとキャンデーの入った器を突き出して、食えよ、と言うのであった。私は断わると殴られると思ってそれを食った。そういう彼を私は嫌った。嫌ったために、彼は私にとって印象的な存在になったのだ。他の人々についても、ある者については、その戦友が、みんなで追い駆けまわした青大将をどういう要領でか独り占めにして、焼いてふりかけの粉末に作って、おれ体が弱いから、悪いけど分けてやることができねえ、と周りの者に言訳をしながら、飯盒めしの上にちびりちびりとかけて食っていた。衛生サックを容器にしていた。それをおぞましく感じたから、その戦友については、その光景だけを憶えている。告げ口されて殴られた思い出。紐を結べと言って編上靴を足ごとに突き出された思い出。——せめて、歩兵第四連隊から仙台駅に向かって出発したときに差し出されたあのグローブのような手、ああいった思い出がないものだろうか。クアラルンプールで小池班長が、上等兵昇進の選に洩れた私を慰めようとして、サイダーを馳走してくれた。選に洩れたのは当然だし、いいんです、と言った私の真意をわかってもらうわけにはいかなかったが、あれは、グローブの手のようなものだったかも知れない。小池さんは今は仙台にいないようだが、そういうことは憶えていまい。泰緬《たいめん》国境を貨車で越えたとき、場所が狭くて横になって寝ることができなかった。あのとき、寄りかかれや、と言ったのは沢木だったと思う。それだけのことだが、あれもグローブの手のようなものかも知れない。しかし、そういった追憶は、おぞましい追憶に較べると、ゼロに近いのだ。といってそれは、軍隊への怨恨から、〝同じように〟ではなく、隣人との間に歪んだ観念の壁を立てて、その分だけ現地人に近づこうとして、その実結局は行きずりに終わってしまった私の幼稚さへの報いだろう。

おぞましいのはどちらだったか、わからない。だが過去にはもどりようもないし、やり直しもきかない。今となっては、今から、ああいった壁を立てず、なりゆきのままにこの人たちとつきあって行くしかないいし、そうするのがよさそうだ。

電話をかけ終えた一平さんは、茶の間にもどって来る。

「須藤君は、すぐ来るっつう、言ってた。門村君も、少し時間遅れて来るっつう、言ってた。門村、憶えってえっぺ」

「ああ、憶えてるよ」

と答えながら私は門村の顔を思い浮かべた。

「みんな来たら、チャバレーさ行くべ」

「いいな」

終わりではないな。始まりだな。と私は思った。一平さんたちと、特別昵懇な交際が今後始まるとは格別には思えないが、先刻まで、これで終わりだ、と自分に言っていた私は、いやいや〝始まり〟だと考え直した。

板垣さんは、来客の予定があるので残念ながら、もう帰らねばない、と言った。

解説

八木澤高明

今から十四年ほど前、私はヨルダンの首都アンマンから車でイラクの首都バグダッドへと向かっていた。

車窓に飛び込んで来る見渡す限りの黒光りした岩だらけの世界。木や草はどこにも見当たらず、同じ地球上とは思えないような景色だった。日々の生活のなかで草木が当たり前のようにある日本からは想像もできない世界でもあった。

その光景を目に焼きつけながら、日本という水と緑に囲まれた土地に暮らす人間と、乾いた大地に暮らす人間では、気質も習慣も違うのは、当たり前のことで、人間というものが分かり合うなんてことは夢物語なのではないかと思った。

ちょうどイラク戦争が勃発して一年が経った二〇〇四年三月のこと、私は五年ほど働かせてもらった写真週刊誌の仕事を辞めて、イラクへ旅立った。フリーランスとして最初の仕事が、バグダッドでの仕事だった。

このイラクでの初取材は、イラクの現実を日本に伝えようという気持ちではなく、国際的な紛争地の現場に立ってみたいという思いと、日本の日常からかけ離れた土地に身を置くことによって、自分自身はどんな心境になるのか、どんな世界が見えてくるのか探究したいという思いがあった。そして、戦争というものがもたらす現実というものは、どんなものなのか知りたいと思った。言ってみれば、極私的な旅だった。

イラクへの旅へと私を誘ったものに、幼少期の思い出というものも影響している。幼い頃、私は亡き祖父から聞かされる戦争の話が大好きだった。

明治生まれの祖父は、日中戦争から太平洋戦争にかけて中国、東南アジアに出征し、鉄道連隊の機関士をしていた。

「日本の軍隊は、武器は良いものを持っていなかったけど、強かったんだよ。もし武器が良ければイギリスにもアメリカにも負けなかったよ。惜しい戦いだったな」

祖父の話はレパトリーがあるわけではなく、毎回話の結末はそのような形で終わった。似たような話の繰り返しだったのは、今にして思えば、祖父としても戦場の生々しい話など孫に聞かせるつもりもなかったのだろう。

年を重ねていくうちに、祖父の戦争話を聞かなくなっていき、代わりに従軍した兵士たちが記した戦記物の本や当時の記録写真を見るようになり、戦争の悲惨さというものに目が向くようになった。そのきっかけは、間違いなく祖父から聞いた戦争の話にあった。

戦後の日本は戦争とは直接的に無縁な社会であったが、今でも世界に目を向ければ、戦火は絶えない。バグダッドの日常は、銃声と米軍のヘリコプターが放つバリバリという不快なローターの音、そしてテロが頻繁に発生し、血腥い空気に覆われていた。

私はバグダッドの中心部からほど近い一泊十ドルほどの安ホテルに滞在していたが、一週間ほどが過ぎた頃、夜中に今まで聞いたことがない爆発音で目が覚めた。ホテルの窓が、ビリビリと音を立て、飛び起きて外を見たら、どす黒い煙りが、左から右に流れていた。ほど近い場所で爆弾テロが起きたのだった。

ホテルを飛び出し、現場へと向かった。テロが起きたのは、歩いて十分ほどの場所にあるホテルだった。ホテル前の道路で自動車爆弾が破裂し、ホテルの外壁は吹き飛び、コンクリートが剝き出しとなり、まるで建設中のビルのようになっていた。

爆破されたホテルからは血まみれの被害者たちが運び出されていた。私が目にした青年と思しき被害者の四肢はかろうじて繋がってはいたものの、手足はだらりとぶら下がっているだけで、すでに息絶えているように見えた。

後日、被害者が入院していた病院に足を運び話を聞くと、私が目にした青年は、イラク北部から出稼ぎに来て被害に遭い、病院で死亡が確認されたという。

現場には、けたたましいサイレンの音とともに米兵たちがやってきた。彼らは集まった群衆を追い払い、ホテルに近づけないようにしていた。道路の一角に一台の装甲車が止まっていて、女性兵士がひとり腰掛けていた。彼女は銃を握りながら、恐ろしくて堪らないのだろうか、小刻みに震えていたのだった。

彼女の姿を見たときに、兵士の姿からも戦争というものの残酷さを感じずにはいられなかった。

一ヶ月ほどで私はイラクを抜け出したが、あの震えていた女性兵士の姿が今も脳裏に焼きついている。

『一兵卒』

田山花袋の『一兵卒』という小説を読んだ時、女性兵士のことが頭に浮かんだ。

『一兵卒』の舞台は日露戦争である。富国強兵を進める日本が、初めて本格的な近代戦を経験した戦争でもあった。

一九〇四年に日露戦争が勃発すると、田山花袋は記者として従軍している。小説は日露両軍合わせて約二十七万人が干戈を交えた遼陽会戦が火蓋が切られる前の、戦場における一兵士の生き様を描いている。

そこには、華々しい英雄譚はない。愛知県から出征した一兵卒は、兵士特有の病である脚気のため、日本軍が遼陽会戦のために勢いよく進撃してく様とは裏腹に、ひとり取り残され、銃や背嚢のずっしりとした重さを感じながら、兵站基地へと向かう。そこに行けば、軍医がいて治療してくれるであろうという僅かばかりの希望を胸に抱きながら……。苦しい行軍の最中に浮かぶのは、故郷に残してきた妻や両親、そして東京での楽しかった日々のことである。その回想シーンが描かれていることにより、一兵卒の人生の行方を暗示している。

一兵卒は、何とか兵站までたどり着くが、開戦準備に忙しい軍に、病んだ一兵卒を気に掛ける者はいない。彼は兵士向けの売店が置かれていた洋館の一室で、夜中に病の苦しさから呻き声をあげる。かろうじて仲間の兵士が彼の存在に気がつくが、軍医はやって来ない。明け方になってようやく軍医はやって来たが、すでに息絶えた後だった。その日は、遼陽会戦中の九月一日であった。ちなみに遼陽会戦においては、日露両軍合わせて、約四万人の死傷者を出している。

日本はアメリカの仲介などにより、日露戦争を講和に持ち込んだ。その一方で、国民には大国ロシアに勝利したと発表し、日本は一等国であるという自負を政府と国民が持つようになっていく。

いわば日本中が勝利に酔いしれている時代状況の中で、この小説が生まれた意義は大きい。その後日本は日清、日露の戦いを皮切りに、富国強兵の名の下に帝国主義の道を突き進んでいく。それが後の太平洋戦争にまでつながり、自壊の道を歩むわけだが、自然主義作家田山花袋は、明治日本が起こした草創期の戦争において、基地における一兵卒の生と死を通じ戦争というものの本質を見事に抉り出している。

太平洋戦争におけるガダルカナルの戦い、インパール作戦、さらにはフィリピンのルソン島やレイテ島などにおいて、従軍した一兵卒たちは、軍医はおろか、食料も満足に支給されることなく、日本に残して来た家族のことを思い浮かべながら野に斃れていった。

太平洋戦における戦死者の多くは、戦闘によるものではなく、飢えや赤痢やマラリアなどの病によるものである。戦場において、一番の被害者は、罪のない一般市民であるが、その次にくるのは、司令部にいる士官ではなく、赤紙一枚で有無を言わさず徴兵され、最前線で戦わされた兵士たちなのである。

田山花袋がこの作品を執筆した時に意識していたかどうかはわからないが、『一兵卒』という作品は日露戦争におけるひとりの兵士の生き死にだけを描いたのではなく、その後に起こる戦争の有様や日本という国家の行く末も暗示している。さらには、今日世界中で起きている戦争そのものの姿を描いているといってもいいだろう。極めて普遍的な戦争文学である。

『河沙魚』

『放浪記』で知られる林芙美子の小説『河沙魚』は、シベリア抑留から帰って来ない夫を待つ間に義理の父親与平と肉体関係を持ってしまい、女の子を産んだ二十三歳の千穂子の姿を描いたものである。

戦時中の千穂子のような立場の女性はどれくらいの数いたのだろうか。夫が戦地に出征し、帰ってくることすら定かではない不安な日々。

一方で与平の妻まつは、寝たきりの状態で、満足に日常生活を送れない状態となっていた。ひとつ屋根の下で、千穂子は夫との間にできた二人の子どもと与平とまつの五人で暮らしはじめた。家に部屋は四部屋あり、ひと部屋は寝たきりのまつと与平の寝室、ふた部屋は台所と物置、東向きのひと部屋で子どもと千穂子が寝ていたが、そのうち布団の上げ下ろしが面倒になり、まつと与平の寝室で皆は寝るようになっていた。

骨身をおしまず千穂子は百姓仕事を手伝っていた。そのままでゆけば何でもないのであったけれど……。千穂子は臆病であったために、ふっとした肉体の誘惑を避けることが出来なかったのだ……。一度、軀を濡らしてしまえば、あとは、その関係を断ち切る勇気がなかった。若い女にとって、良人を待つ四年の月日と云うものはあまりに長いのである。良人の父親と醜いちぎりを結ぶにいたっては、獣にもひとしいと云う事は、いくら無智な女でも知っているはずであるのに……。

千穂子と与平の関係は続いていき、子どもを身籠り、夫の隆吉が帰ってくる直前に女の子を産むことになる。彼女は、乱れた関係を続けたことに、心苦しさを覚えずにはいられなかったが、一方で数年にわたって夫の顔を見ないうちに、その記憶が朧げとなっていき、与平に対する愛情が色濃くなっていたことも紛れもない事実であった。

一方の与平は、己の犯した事の重大さが身に沁み、毎晩酒を飲んでその気持ちを紛らわせようとした。ところが、酒は与平の気持ちをだらしないものにさせ、夜になると、寝たきりの妻まつが目を開けていようが、千穂子の体を求めたのだった。その行為のあとに襲ってくるのは、息子隆吉に対する自責の念である。

隆吉が日本に帰って来る直前、千穂子は荒川区の産院で女の子を産んだ。当然ながら誰からも祝福されない出産である。

与平は、隆吉に会いたいという気持ちと同時に、やはり合わす顔がないという思いから、川で入水自殺を試みるが、死に切れなかった。そして、千穂子は死を意識しないことはなかったが、心から死ぬ気にはなれなかった。

このふたりの関係というのは、倫理的には許されるものではないが、戦争という日常において、日頃私たちを取り巻いている倫理観というものが、いともたやすく崩れてしまうことを物語っている。ふたりは、それぞれ江戸川に住む河沙魚となって、本能的に求めあった。そして、千穂子は散々苦しい思いを抱え、隆吉が帰ってくる前日、江戸川に架かる橋の上で、これまでの与平との関係を振り返りながらも、最後は河原に降りて、草むらで小用を足した。何ともいい気持ちであったという言葉で物語はしめくくられる。

ふたりの関係は、間違いなく戦争が産んだ悲劇ではあるのだが、河原で小用を足す千穂子の姿を描くことによって、そこを乗り越えていく人間の強さを作者は描き出している。それは、イデオロギーや倫理では縛ることができない、人間の本能といってもいいだろう。

『歌姫』

基地の島として知られ、現在普天間基地の移設問題で揺れている沖縄を舞台としているのが、火野葦平の『歌姫』である。

時は昭和十九年九月、陸軍士官の主人公である私は、インド作戦を終えて飛行機で日本へと帰る途中、飛行機の不調により沖縄に立ち寄ることとなった。太平洋戦争がはじまる一年前にも沖縄を訪れていた主人公が、沖縄の変貌ぶりに大きな驚きを覚えた記述が印象深い。

あの戦争の荒々しく埃っぽい喧噪のみが、末期の不安を塗りこめて、この夢の町の表情をくずしてしまっているのだった。

飛行機のうえから見たとき、幻燈のあざやかさで屈曲の多い島をつつむ珊瑚礁の色は昔のままであったが、山や谷や崖や、丘陵のいたるところに菊石のように穴倉が掘られ、大砲の据えつけられているのがみとめられた。

静かだった那覇の町は、戦争によってまるで別世界へと変貌していた。それが意味することは、基地の島というのは、戦後の米軍にはじまったわけではなく、大日本帝国がアジアへと軍靴を響かせたことにルーツがあるということである。

軍用トラックが街中を走り回り、巨大な加農砲が本土から運び込まれ、鉄兜をかぶり着剣した歩哨たちが、島の人々があいびきの場所とした阿旦や榕樹の下に立っていて、戦場となる日が近いことを物語っていた。

そして、かろうじて主人公の心の中に残っていた沖縄があったのは、かつて主人公が逗留した那覇の遊廓である辻遊廓のみであった。以前沖縄に滞在した際に、十日ほど一緒に過ごしたサトという遊女が変わらず辻遊廓にいたのだった。

ただ、その辻遊廓も半分ほどが日本軍の慰安所として利用されていたりと、戦争とは無縁ではなかった。

辻遊廓は、一九四五年の沖縄戦において戦火で灰燼に帰しているので、主人公が目にしたのは琉球王朝から続く辻遊廓の最後の姿だった。

前回の滞在で、主人公は五日の予定を十日に伸ばすほど、遊女サトに心惹かれた。そして今回も以前とまったく変わらずサトは美しく、むしろ若々しくなっていたほどだった。

サトばかりでなく、彼女が暮らす琉球の風情に包まれた部屋も昔日のものとまったく変わっておらず、戦雲が迫る那覇との対照的な姿が浮かび上がる。

ただ、サトの心の中は死の恐怖から逃れようと必死であった。ひとときの時間を過ごした後に、主人公にどこか疎開先を探して欲しいと頼むのであった。

主人公のことを待ち焦がれていたというサトであるが、一方主人公は、果たしてサトは本心で主人公のことを愛しているのか、それともどの客にもするように遊女の技巧として、そうした態度を取るのか心の中にすっきりとしない気持ちを持ち続ける。

戦時であれ平時であれ、遊客と遊女の間についてまわる心の葛藤。主人公は、サトのことを忘れることなく東京へと戻ったが、疎開先を探すというサトとの約束は果たさなかった。

一読すると、約束を果たさない不誠実な男が遊女と過ごした日々を甘美に描いたという見方もあるだろう。それはそれで、極めてリアリティーがあるのだが、主人公を日本という国に見立て、サトを琉球文化の象徴として捉えてみると、小説は極めて現実の世界に近づいてくる。約束を守らない日本という国と沖縄。現在の基地移設など政治問題にも繫がってくる両者の間に横たわる、不信感の根源が描かれているようにも思えるのだ。

『出征』

今から二十年以上前のこと。インドからチベット、シルクロードを旅して、中国の上海からフェリーに乗って、日本に戻る旅をしたことがあった。その旅の終わり、フェリーで東シナ海を越えると、鹿児島の屋久島などの島々が目に入ってきた。チベットからシルクロードと乾いた景色を見続けていたこともあり、照葉樹の黒々とした森に覆われ黒々とした島を目にした時、緑が目にしみて、無性に懐かしい気持ちになった。その時改めて自分が日本人なのだなという気持ちになり、日本がいかに緑の多い国であることを思い知らされた。

風土というものが、アイデンティティーを形作るもののひとつであることをその旅で知ったのだった。大岡昇平の『出征』を読むと、小説のラスト近くにマニラに向かう大岡の部隊を乗せた輸送船が門司港を出て、海原を進んでいくくだりがある。

波はますます高く、船は激しく揺れた。玄海灘であろう。九州の山は次第に青く霞もうとしていた。行く手には一つの島があった。片側は全部岩を露出した三角の島である。

あの島が祖国の見納めになるだろう、と私は思った。島を通過すれば船は恐らく外洋へ出て、私は二度と日本を見ないであろう。

祖国という言葉は一つでも、我々がそれに附する内容はまちまちのはずである。私は大体「わが偶然生を享けたる土地を何故祖国と呼ぶ必要があろう」といった明治の基督者と同意見であるが、兎に角私は自分の生涯の思い出の繋がる土地の最後の一片から眼を離すことは出来なかった。

二十代の私が船の上から眺めた風景は、輸送船に乗った多くの日本軍の兵士たちが、言葉にできない深い思いを胸に秘めながら眺めたものだった。そして、米軍の潜水艦の攻撃により少なくない兵士たちが故郷のことを思いながら海の底に吸い込まれていった場所でもあった。

この作品は東京の連隊に補充兵として召集されていた大岡が除隊となるべき日に、それが反故にされフィリピンへと送られることになったことからはじまる。そして、神戸に暮らしていた家族を一日だけ許された面会に呼び寄せるが、大岡が指定した日に基地での面会は叶わず、偶然にも汽車がでる品川駅で会うことができ、そこで交わされたやり取りは、劇的な言葉が無く、すぐ目の前で二人が会話を交わしているような、リアリティーがある。

特に妻との偶然の面会における心の推移は、大岡ひとりの経験をもとにして書かれているが、実際には出征していった兵士たちと家族の間で、無数に繰り返されたことであろう。

輸送船の上から海を眺め日本を離れるところで小説は終わる。偶然生を享けた土地を祖国とは呼ぶ必要があるかという思いを抱えている大岡ですら、消えゆく祖国の島影から目を離すことができないほど、戦地に送られることの恐怖心や喪失感の大きさというものを感じずにはいられない。

大岡が戦地へと向かったのは大戦末期のことである。そこに待ち受けているのは、個の力では抗うことができない死であった。人間ではなく、軍隊のパーツの一部として扱われまさに絶望の航路に身

八木澤高明

を置き、奇跡的に生還できたからこそ、戦争というものを情に流されることなく、資料を読み解き極めて冷静かつ客観的に記した後年の『レイテ戦記』が生まれたのだろう。

『黒地の絵』

小倉の街を歩いたのは、蒸し暑い夏の夜のことだった。駅の西口にある映画館やストリップ劇場などがある猥雑な通りを抜けて、駅前のロータリーに出ると、どこからともなく腹の底に響くようなドーン、ドーンという音が響いてきた。何の音かと思いながら歩いていると、目に入ってきたのは、路上に太鼓を置いて、子どもたちが叩いていたのだった。

小倉祇園太鼓が迫り、その練習をしていたのだった。真剣に太鼓の練習をする子どもたちの姿を見ながら、私はある小説のことを思い出していた。小倉祇園太鼓が行われる日に朝鮮戦争へ送られる米軍の黒人部隊の兵士たちが、集団脱走し暴行事件を起こした事実をもとに書かれた松本清張の『黒地の絵』である。

小説を読んだのは、小倉を訪ねる数年前のことだったが、小倉を訪ねた日に小倉祇園太鼓の音を耳にするという奇妙な巡り合わせに不思議な気持ちになったのだった。

一九五〇年六月二十五日、圧倒的な兵力で三十八度線を越えた北朝鮮軍は、瞬く間に戦力の整っていない韓国軍、米軍を中心とした国連軍を打ち破り、朝鮮半島を南下。黒人部隊が、小倉の街から一里ほど離れた場所にある基地に入った七月十日には、米軍は韓国中部の町大田にまで追い落とされていた。

劣勢が続く朝鮮半島において、黒人部隊に降りかかってくる運命は明らかであった。当時米軍において、アメリカ社会と同じく、歴然とした人種差別があった。黒人と白人は同じ部隊で戦うことはなく、朝鮮戦争当時は黒人部隊が存在していた。黒人部隊が廃止されるのは一九五四年のことで、両者が同じ部隊として編成されるのは、ベトナム戦争まで待たなければならなかった。

そもそも黒人が兵士として戦ったのはアメリカ南北戦争に遡る。その時から、黒人兵と白人兵は反目し合い、同じ部隊として戦うことはおろか、黒人兵は戦う勇気が無いとして、基地での雑役などが主な任務とされたのだった。兵士としての役割の違いから黒人兵の給与は安く抑えられていた。言ってみれば、アメリカ建国の当初から、黒人部隊は不当に扱われ続けてきたのだった。

岐阜から派遣された第二十四連隊が小倉に入った七月十日。米軍側は小倉市当局に、祇園太鼓の自粛を要請した。市当局はその申し出を突っぱねた。米軍側が危惧した理由は、単調なリズムの繰り返しである太鼓の音を黒人部隊の兵士たちが聞くことによって、黒人部隊の兵士たちが、精神の奥底にあるアフリカの舞踊の記憶を思い返し、血の興奮を招くのではないかということだった。ただ、米軍側ははっきりとその旨を伝えなかった。祭りは中止されることなく、太鼓の音は響き続けた。

最近の研究によれば、和太鼓の旋律は、前頭葉の血流を増やし、脳を活性化させる効果があるという。黒人兵たちは、これから送られる朝鮮半島での戦闘のことを思い、沈んだ気持ちであったことだろう。太鼓の音は、脳を刺激し絶望から逃れる気持ちに火をつけたのだろうか。

黒人兵士たちは、恍惚として太鼓の音を聞いていた。その単調な、原始的な音楽は、ここに来るまで雑多に入りまじり、違音性の統一した鈍い音階となってひろがってきた。彼らは頸を傾げ、鼻孔を広げて、荒い息づかいをはじめていた。

ついに黒人兵たちは、完全軍装のまま基地から脱走し、小倉市内の民家になだれ込んだ。彼らは強盗、強姦を繰り返した。

黒人兵たちの毒牙にかかったひとりが、炭鉱の事務員をしていた前野留吉の妻芳子だった。家へと押しかけた黒人兵は、隠れていた芳子を見つけると、留吉が身動きできないように縄で縛り、次々と芳子に襲いかかった。そのうちのひとりの大男の胸には、赤い色で女の陰部が彫り込んであった。

突然襲ってきた暴風のような出来事によって、前野留吉の人生は一変する。そして、事件を起こした黒人兵たちは、処罰されることもなく、人知れず朝鮮半島へと送り込まれた。

朝鮮半島の戦いは、仁川上陸作戦により米軍が押し返したものの中国軍の参戦もあり、泥沼化していく。そして、米軍側の死傷者は増え続けた。戦死した米兵は、小倉で死体処理班によって死化粧を施されて、本国へと返されていた。その作業には、多くの日本人労務者が関わっていたのだ。

その労務者の中に、前野留吉の姿があった。彼は妻を犯した米兵が死体となって帰ってくることを望みながら、死体の刺青を確認していた。同じく死体処理班で働く歯科医師は、毎日帰りの市電で一緒になる前野の姿を気にとめる。ふたりはいつしか会話を交わすようになり、最前線に送られる米兵の境遇についての話題となった。戦場に送られるのは白人の方が多いのに死体処理班に送られてくるのは白人に比べ、黒人の方が多いことから、前野は黒人兵たちが殺されることを知ったうえで戦場に送られたに違いないと言った。その発言の中に前野の複雑な感情が伺える。

妻を犯した黒人兵たちは、米軍内において自らが捨て石の立場であるからこそ、あのような振る舞いをしたに違いない。かわいそうな連中であると、だからといって彼らの罪は許すことはできないが……。

そして、ついに前野は、骸となった黒人兵にあの日目に焼きつけた刺青を見つけた。叫び声をあげてその刺青を切り裂き、物語は終わる。

日常を奪われた罪なき日本人。一方で最前線へと容赦なく送られた黒人兵は、生きて故郷に帰れないと思い、自棄っぱちの気持ちで己の胸に女性器の刺青を入れたのだろうか。朝鮮半島に巻き起こった戦争という巨大な渦は、本来交わることはなかった人間たちを悲劇的な形で結びつけた。

当然ながら、刺青を切り刻んだ前野留吉の怒りは、それによって解消されたわけではなく、基地と戦争に翻弄される人間の姿が浮かび上がるのだ。

『出発は遂に訪れず』

著者である島尾敏雄の実体験をもとに書かれたのが本作品である。一九一七年に横浜で生まれた島尾は、学生時代から幾つもの同人誌を発行し、作品を発表するなど、彼の人生にとって文学はなくてはならないものだった。

一九四一年太平洋戦争が開戦すると、一九四三年に九州帝国大学を繰り上げで卒業し、海軍に志願した。飛行科を志願したものの、採用されたのは一般兵科であった。基礎教育期間を経て、魚雷艇部門に採用され、横須賀の水雷学校などで学んだのちに特攻隊に志願する。その後第十八震洋特攻隊指揮官として、本作の舞台となる奄美大島の加計呂麻島に赴任した。

島尾が配属された震洋特攻隊というのは、ベニヤで作られた二人乗りの小型ボートの舳先に二百五十キロ爆弾を積んで、敵の船舶に特攻するものである。当然ながら、ひとたび出撃すれば、海の藻屑となることは目に見えている。

特攻隊といえば、航空機を使った神風特攻隊が広く知られているが、連合軍の攻勢の前に物資も兵力も欠乏していた日本軍は、様々な特攻兵器を生み出していた。その中でもあまりに無謀なものは、敵の上陸舟艇の船底に機雷を触れさせ爆破する伏龍であろう。かつて私は、伏龍の元特攻隊員に話を聞いたことがあった。名前は門奈鷹一郎さん。

「飛行機乗りになりたいと思ったけれど、海に潜っての特攻ですからね。当時は上官の命令が全てでしたから、何の疑問も持ちませんでした。今から考えれば、本当にひどい話です」

当時、門奈さんの年齢は十五歳。一途に命令に従うことは当然で、死を前にしても恐ろしいといった感情はなく、ただ粛々と一兵士として死ぬ為の訓練に従事した。

伏龍特攻隊員は、伏龍による特攻のために開発された軽便潜水器と呼ばれる酸素ボンベを背負う、ただその酸素ボンベから今日のボンベを想像してはいけない。鼻から息を吸い、口から吐く構造になっていて、方法を間違えると、炭酸ガス中毒で死んでしまうような代物だった。実際に訓練中には少なからず死者が出た。危険極まりないボンベを背負い、十五キロの爆雷がついた五メートルの長さの竹棒を持ち海底に潜み、米軍の上陸用舟艇が到着するのを待つのだ。伏龍の特攻が具体化されたのは昭和二十年三月頃のことで、まさに切羽詰まった日本軍が、ひねくり出した捨て身の戦術の極地ともいえた。

「五メートルの海底に潜って訓練を受けるわけですが、海底の中にひとり、残されるわけでしょう。暗いですし、気がおかしくなりそうになるんですよ。敵が来ていないのにそんな状態ですからね。もし敵が来て、死ぬことを覚悟して待たなきゃいけないわけでしょう。果たして精神が耐えられるのかわからないですよね。それに爆雷の破壊力もありますから、ひとりが爆発させてしまったら、次から次へと爆発してしまって、攻撃どころじゃないと思うんですよね。今となっては、当時を振り返ってそんなことを言えるんですけど、訓練をしている時は、そんな疑問は持ちませんでしたけどね」

終戦により、門奈さんの戦争は終わった。若い命を散らすことなく、今はお孫さんにも恵まれた生活を送っている。

「戦争は愚かなことです。何が何でもやってはいけません」

著者の島尾も出撃命令を一九四五年八月十三日に受けるが、結局部隊は出動することなく、終戦を迎えた。そして、この作品を今日私たちは読むことができる。

一方で、震洋による海上特攻では、二千五百人以上の命が失われている。震洋が配置されていた基地は、日本各地に存在している。ベニヤで作られた小舟ということもあり、六千艇が生産された。

震洋にしろ伏龍にしろ、どうして人命軽視も甚だしい兵器を実戦に投入するようなことを思いついたのであろうか。この兵器はなぜ生み出されたのか。戦争の狂気という言葉だけでは、その本質を言い当てていない。明治時代に入って日本が、富国強兵のもとアジア各国に覇権を広げ、膨張していくなかで、人間を単なる使い捨ての駒と見なすような風潮が国家の中に醸成されていったように思えてならない。この『基地』というシリーズの中で、最初に『一兵卒』という小説を取り上げているが、日露戦争の時点で人命は軽視され、太平洋戦争へと続く道標が示されていると述べた。そう考えると、特攻兵器が生まれるのも必然であったのだ。

私はフィリピンで最初に特攻隊が飛び立ったマバラカット飛行場や鹿児島県の知覧、さらには千葉県の館山市にあった震洋の基地などを訪ねている。ありきたりの言葉になってしまうが、どれだけの尊い命が失われたのかという思いを強くする。『出発は遂に訪れず』を読むことによって、門奈さんが言ったように、戦争は愚かであるということが身に沁みる。そして、本作品は特攻に出撃し、帰って来ることができなかった若者たちが過ごした日常を描いた遺書としても読めるのだ。

『ベトナム姐ちゃん』

ベトナム戦争時代の横須賀を舞台にした野坂昭如の『ベトナム姐ちゃん』。主人公は米兵相手の娼婦である。彼女は明日をも知れぬベトナムの戦場へと旅立って行くアメリカ兵たちの心を癒していくうちに、己の心も蝕まれていき、最後は狂人となってしまうという物悲しいストーリーである。

宣戦布告なき戦争と呼ばれるベトナム戦争であるが、一九六五年の本格的な北爆を開戦とすれば、今年で開戦から五十三年の年月が過ぎたことになる。

物語の主人公弥栄子が働くバーは、基地からかなり離れた場所にあり、娼婦として峠を過ぎた三十代の女たちの吹き溜まりであった。そこにやって来る米兵たちは基地の目の前にあるドブ板通りでカモにされ、すっからかんになった者たちばかり。

ドブ板通りは、基地のそばの歓楽街、百軒余りのバアが軒をつらねて、ベトナム帰りをボケと呼び、そのふところに一万あれば三千を店で使わせ、残りはアパート、ホテルへ連れこみ、鼻血も出ぬまでまきあげる。

そのドブ板通りでカモにされ、弥栄子のバーに流れてきたジュニアと呼ばれる米兵を彼女は部屋へと連れて帰る。仲間の娼婦からは、すでに一文無しだから相手にするのは辞めなさいと忠告されても彼女は聞く耳をもたない。

彼女が無償の愛を米兵に注ぐのは、ベトナム帰りの米兵たちが弥栄子の部屋でも戦場の恐怖から逃れられない姿を曝け出すこともその理由のひとつだった。

またある時、ウイスキーを買いに表へ出て、部屋へかえると突如マリーンがとびかかって首をしめる、「NO、VIETCONG、I、AM、JAPANESE」とっさにさけんで、マリーンもすぐ正気にもどったが、どうやら薄暗い明りに、弥栄子をゲリラと錯覚したものらしく、しめ上げられてぜいぜいと弾む息のまま、「かわいそうに、お酒のんでのんびりしなさいよ、ね」自腹きったウイスキーを飲ませ、そしてお祈りのように男性をまさぐる。

彼女にとってマリーンたちの逸物を直立させることが、ベトナムから生きて帰ってこられる彼女なりのおまじないのだった。

弥栄子が米兵たちに愛しさを感じ続けたのは、太平洋戦争中、母と二人で営んでいた下宿屋に下宿していた学生の和夫に恋心を抱いたこともその理由であった。和夫は学徒出陣で出征していき、弥栄子の前に再び姿を現すことはなかった。さらに母親は一九四五年五月二十五日の東京大空襲で焼け死んだ。天涯孤独の身になった弥栄子は、戦後食いつなぐために米兵相手の娼婦となった。母を殺し、恋心を抱いた和夫の仇敵であるはずのアメリカ。ただ兵隊として戦地に赴くものには、日本もアメリカもなかった。

彼女は、年の頃二十代前半で、ちょうど学徒出陣で目の前から去って行った和夫と同じ年頃の米兵に和夫の幻影を見たのだった。基地の街に生きる娼婦の生き様から、戦争の生々しい姿が映し出される。

弥栄子は、しばらくして長年の娼婦稼業で患った梅毒により気が触れてしまう。彼女はこれまで訪ねてきた米兵たちがサインしていったシーツを竿竹にまきつけ、横須賀の海辺を歩きながら、戦地に向かう米軍の艦船に向けて、その旗を振り続ける。それは、日本兵が戦地に赴く際に、身近な人々が名前を記した武運長久を祈る旗のようですらある。太平洋戦争もベトナム戦争も、どんな戦争であれ、翻弄されるのは最前線に送られる兵士であり、そのまわりにいる家族なのである。

物語の舞台となったドブ板通りを歩くと、今も街の中には米兵たちの姿がある。ただ、かつてのようにドルを目当てにする娼婦たちの姿は無い。

米兵たちの一大歓楽街として有名なドブ板通りは、土日ともなると、米兵に代わって町の主役となるのは日本人の観光客たちである。

ハンバーガー屋には行列ができ、アメカジショップは人で溢れている。観光地として注目を集めはじめたのはここ最近のことだ。

私がドブ板を歩いたのは平日であったが、昼時に入ったハンバーガー屋は人気店なのだろう。店を出る時には、店外に行列ができていた。

日が暮れて、観光客の姿が少なくなると、街の主役は米兵たちである。ベトナム戦争時代には、戦地から戻った兵士たちは、ひとときの休暇の間に、命の炎を燃やすように派手に遊んだと、この通りでバーを開いている経営者から聞いた。

昨今の米兵たちは、その時代と比べると大人しくなり、子供みたいなものだという。

『水筒・飯盒・雑嚢』

今から十年ほど前になるだろうか、私はインパール作戦の生き残りの兵士たちが、一時的に身を寄せたタイ北西部にあるクンユアムという街を訪ねたことがあった。そこは、食料に事欠き、次々命を落としていった日本兵たちがインパールから歩き続けた白骨街道の終着点であり、命の火を何とか繋ぎ止めた土地でもあった。

観光客などほとんど来ない、丘陵に広がる町で、朝夕は南国タイとは思えないほど涼しく、長袖のシャツが必要になった。穏やかな気候ゆえに、肉体も精神も疲れ果てた兵士たちには、良い休息地となったに違いない。

一方で、町にあるいくつかの寺は当時野戦病院となっていて、この地まで逃れて来たものの、命を落とす兵士も少なくなく、寺の境内には亡くなった兵士たちの墓碑も残されていた。インパールなどから逃れてきた日本兵の基地となったクンユアムの町には、戦時中千人以上の日本兵が暮らしていて、タイ人女性と結婚する者も少なくなかった。

町には日本軍が残していった武器や軍服などを展示した博物館もあった。そこには、インパール作戦から白骨街道を命からがら逃れた兵士の写真もあった。がりがりに痩せた兵士の手に武器は無く、飯盒だけが握りしめられていた。その写真からは、作戦の凄惨さが伝わってくるのだった。この博物館で一番多く展示されていたのは、兵士たちが肌身離さず持っていた水筒だった。梅田などと様々な名前が書かれていた。その水筒をしばし眺めながら、ここにある水筒の持ち主たちは、無事祖国日本へ帰ることができたのだろうかと思ったりもした。

『水筒・飯盒・雑嚢』の一節を読んで、改めてクンユアムの博物館のことが思い出されたのだった。著者の古山高麗雄は、歩兵第四連隊の兵士として、ビルマ戦線で戦った。戦争から二十年ほど経って、仙台にあった四聯隊の跡地を訪ねるところから物語ははじまるのだが、平和になった日本で、今も車のトランクには、三種の神器として水筒と雑嚢、飯盒を常備しているのだった。その行為には、戦争での生々しい記憶が少なからず影響を及ぼしていた。

兵隊が生きるためには、鉄砲よりも、水筒と飯盒が大事だということを私はビルマの戦場で知った。ビルマの山でジャングル野菜と呼ばれた食える雑草を食うためには、水と鍋とが必要だった。鉄砲と弾薬とは、その重さに苛まれただけでなく、それによって強調されるどえらい大きなものへの反感から、そしてそれには敵いっこないと諦めきった無力感から、心理的にうとましい存在だった。

大戦末期、日本軍の本当の敵は、何であったのかということが浮かび上がり、さらに私が博物館で見た痩身の兵士が武器ではなく、水筒を握りしめていた意味がわかった。

水筒の水は、それがあると思うだけで安堵し、鼓舞された。水筒に水を満たすたびに元気を取り戻す。飯盒もそうだ。飯盒さえあれば、という思いに支えられる。第一、そういう考え自体が気に入っていた。鉄砲に刻まれた菊の紋章は、死にしか結びつかない。もしそれが鉄砲にではなくて、水筒と飯盒とに刻まれ、そしてもし、皇軍の勇士たちがみな一つずつ、飯盒のほかにフライパンでも背負って戦ったら、あの戦争の死者は半減したに違いない、と思うのだ。

兵士たちにとっての命綱だったのが、水筒と飯盒だったのである。それゆえに、水筒に名前を刻み、兵士たちは水筒が誰の所有物かはっきりとさせていたのだった。それを失うことは、すなわち死を意味する。

古山は復員する際、ぼろぼろになった雑嚢と塗料が剝げた水筒と雑嚢の三種の神器を日本に持ち帰っている。ところが、戦後四年ほど経ってから結婚した妻は、汚いものとしてそれらを屑屋に処分させてしまった。その意識の差というのは、銃後で辛い思いをしたものと戦場に立った者の違いといっていいだろう。どちらも戦争で苦労し、妻にしてみれば戦争を思い返させるようなものは処分したかった。

これと似た話を、私は祖父から聞いていた。中国から復員した祖父は、軍服や手帳などを大事に保管していた。ところが祖母は、そんな忌まわしものは家に置いておきたくないと、燃やしてしまったという。

この作品の中で、軍隊にはつきものの鉄拳制裁を受けたりと、古山にとって軍隊の人間関係の記憶には辛いものしかなかった。ただ、命を繫いでくれた三種の神器は、妻に捨てられてしまったが、新たに買い揃えたものをお護りとして常に持ち続けているほど、掛け替えの無いものである。

クンユアムの博物館で見た水筒や飯盒のことで私は気がつかされた。あの博物館に並んでいた水筒や飯盒は、この小説を読んで、亡くなった兵士たちのものに違いないと。銃などの武器以上に身近なものであったものを兵士たちが手放していったようには、思えないのだ。

私は心のなかで、手を合わせた。合掌。

著者紹介

大岡昇平（おおおか・しょうへい）　一九〇九～一九八八年

東京市牛込区新小川町生まれ。京帝大仏文科入学後、小林秀雄、中原中也、河上徹太郎らと出会い、同人誌「白痴群」に参加。後に「文学界」等で書評や研究を発表する。四四年に召集され、翌年米軍の捕虜となる。その際「少年時から召集前までの生涯の各瞬間を検討して、私は遂に何者でもない」ことを確認する。戦後、『俘虜記』『野火』などの戦争小説の他『花影』『武蔵野婦人』『レイテ戦記』などを残し横光利一賞、読売文学賞、毎日出版文化賞等を受賞。七二年には「過去に捕虜の経験があるので」と言って芸術院会員になることを辞退した。

島尾敏雄（しまお・としお）　一九一七～一九八六年

神奈川県横浜市生まれ。大震災で家が全壊し西灘に移住するが、買ってもらった謄写機で小冊子を刷り続けた。その後も創作活動は続けるが、九州帝大卒業後、二十六歳で志願兵として入隊。特攻司令官になるも戦争の終結により生き残る。神戸に戻り『単独旅行者』『贋学生』等を発表。文壇から注目を受ける。その後東京へ移るが、妻ミホが精神を病んだことから郷里である奄美大島へ移住。妻のすべてを観察しながら『死の棘』を完成させる。自己の身辺を文章化することに徹底したことで、小説の枠組みを横断する作品を残した。

田山花袋（たやま・かたい）　一八七二～一九三〇年

栃木県邑楽郡館林町生まれ。西南戦争で父が戦死し困窮生活の中で成人する。はやくから漢詩文を学ぶ一方で西欧文学に接する。博文館勤務で英訳を行なう中で、モーパッサンに衝撃を受ける。「自然の面影」をためらうことなく表現することを主張し、『野の花』『重右衛門の最後』や評論『露骨なる描写』などにより自然主義作家として屹立した。一九〇四年日露戦争に私設写真班として従軍。〇七年に『蒲団』を発表すると、その衝撃的な内容により自然主義文学の旗手となる。長編三部作と呼ばれる『生』『妻』『縁』や『田舎教師』など、露骨な内面描写を自己の身辺をモデルに書きあげた。

野坂昭如（のさか・あきゆき） 一九三〇〜二〇一五年

神奈川県鎌倉市生まれ。生母の死後、神戸の親戚の養子となる。四五年六月、米軍の焼夷弾爆撃で養父を失い上京。四七年に新潟の実父のもとへ帰る。五〇年に早稲田大学仏文科に入学し、七年間在学。この間、アルバイトで様々な職業を遍歴し、CMソング、コント、テレビ台本などを書く。六三年「エロ事師たち」発表。六八年「アメリカひじき」「火垂るの墓」二作品で直木賞。この頃から「焼跡闇市派」を名乗り、旺盛な執筆活動の一方で、歌手デビューや「四畳半襖の下張」裁判、参議院選出馬など。九七年「同心円」で吉川英治文学賞、二〇〇二年に泉鏡花文学賞、ほか受賞多数。

林芙美子（はやし・ふみこ） 一九〇三〜一九五一年

山口県下関市生まれ、あるいは福岡県門司市生まれとされる。私生児として生まれ、親に連れだって各地を転々とする中、尾道にいる時に文学に目覚める。その後、数度の同棲・離別の生活の中で萩原恭次郎、壺井繁治、高橋新吉、平林たい子らと知り合う。詩から小説へ転向し、貧しい結婚生活の中でまとめ上げた自伝的長編『放浪記』が大ベストセラーに。一躍人気作家となり、『風琴と魚の町』などの小説の他に各国への旅行記や従軍記事を書いた。戦後、ジャーナリズムを一挙に請け負い『放浪記』第三部や『晩菊』『浮雲』など多筆する。多くの連載を抱える中、心臓麻痺で逝去。

火野葦平（ひの・あしへい） 一九〇七〜一九六〇年

福岡県遠賀郡若松町生まれ。創作の傍ら、家業の触発で労働運動に関心を持つ。軍に幹部候補生として入営中レーニンの翻訳を隠し持っていたことで降等し除隊する。文学を捨て運動家となるも、左翼の人間関係への悩みから留置所で転向出所。再び文学に還り、三四年『糞尿譚』を書きあげ応召。入隊中、同作が芥川賞に選出されると、報道部に転属となった。そこで『麦と兵隊』『土と兵隊』『花と兵隊』のいわゆる「兵隊三部作」をはじめ多数の戦争小説を書く。戦後、烈しい戦争責任追及を受け、文壇から追放。追放解除後、現代への違和感が伺える『赤い国の旅人』や自己の内的検証を含んだ『革命前後』を発表した。六〇年、睡眠薬により自殺。

古山高麗雄（ふるやま・こまお） 一九二〇〜二〇〇二年

朝鮮新義州生まれ。予備校で安岡章太郎と知り合う。その後、第三高等学校に入学するも中退。東京でヒッピー的な生活をする。四二年召集。東南アジア各地を転戦し、捕虜収容所に転属。このことによりポツダム上等兵として戦犯容疑者となる。戦後は編集者として会社を転々とする。江藤淳の勧めで小説を書き、二作目『プレオー8の夜明け』で芥川賞受賞。『セミの追憶』で川端康成文学賞受賞など、注目を浴びる。二〇〇二年には『断作戦』『龍陵会戦』『フーコン戦記』三部作で菊池寛賞受賞。

松本清張（まつもと・せいちょう） 一九〇九〜一九九二年

福岡県企救郡板櫃村生まれ。十五歳より給仕として働き、版下工を経て、朝日新聞西部支社の広告部に勤めた。その後応召、朝鮮で終戦を迎える。復職後、週刊朝日に『西郷札』を投稿。直木賞候補となる。五三年「或る『小倉日記』伝」で芥川賞受賞。同年「啾啾吟」で『オール讀物』のオール新人杯佳作となった。五六年、朝日新聞社を退社し作家生活に入る。筆一本でたつ。『点と線』『眼の壁』『ゼロの焦点』『砂の器』などの代表作を生み、推理小説の雄として「清張ブーム」を起こした。六七年吉川英治文学賞受賞、七〇年菊池寛賞受賞。

初出一覧

「一兵卒」	「早稲田文学」（第二次）二六号	一九〇八年一月一日
「河沙魚」	「人間」二巻一号（新年号）	一九四七年一月一日
「歌姫」	「文学界」二巻一号（新年特別増大号）	一九四八年一月一日
「出征」	「新潮」四七巻一号（新年特大號）	一九五〇年一月一日
「黒地の絵」	「新潮」五五巻四号	一九五八年四月
「出発は遂に訪れず」	「群像」一七巻七号	一九六二年七月十九日
「ベトナム姐ちゃん」	「小説現代」五巻七号	一九六七年七月
「水筒・飯盒・雑嚢」	「文藝」一二巻一〇号	一九七三年十月

初出一覧

・それぞれの作品の底本は以下の通り。
「一兵卒」　『田山花袋全集　第一巻』一九七三年
「河沙魚」　『ちくま日本文学全集　林芙美子』筑摩書房　一九九二年
「歌姫」　『火野葦平選集　第六巻』東京創元社　一九五八年
「出征」　『大岡昇平全集　2』筑摩書房　一九九四年
「黒地の絵」　『松本清張小説コレクション』中央公論社　一九九五年
「出発は遂に訪れず」　『島尾敏雄全集　第6巻』晶文社　一九八一年
「ベトナム姐ちゃん」　『野坂昭如ルネサンス5　とむらい師たち』岩波書店　二〇〇七年
「水筒・飯盒・雑嚢」　『二十三の戦争短編小説』文藝春秋　二〇〇一年
・難読と思われる語にふりがなを加え、誤字を修正しました。
・本文中、今日では差別表現につながりかねない表記がありますが、作品が描かれた時代背景、作品の文学性と芸術性、そして著者が差別的意図で使用していないことなどを考慮し、底本のまま掲載しました。

八木澤高明（やぎさわ・たかあき）

1972年、横浜市生まれ。写真週刊誌専属カメラマンを経て、2004年よりフリー。アジアにおける左翼ゲリラ組織の盛衰を描いた『マオキッズ　毛沢東のこどもちを巡る旅』（小学館）で第19回小学館ノンフィクション大賞優秀賞を受賞。著書に『娼婦たちから見た日本』（角川文庫）、『ストリップの帝王』（角川書店）、『黄金町マリア』（亜紀書房）、『青線』（集英社文庫）などがある。

シリーズ 紙礫 13　基地　base

2019 年 2 月 27 日　初版発行
定価 2,000 円＋税

編　者　八木澤高明
発行所　株式会社 **晧星社**
発行者　晴山生菜
〒 101-0051 東京都千代田区神田神保町 3-10
電話：03-6272-9330　FAX：03-6272-9921
URL http://www.libro-koseisha.co.jp/
E-mail：book-order@libro-koseisha.co.jp
郵便振替　00130-6-24639

カバー写真　八木澤高明
装幀　藤巻 亮一
印刷　製本　精文堂印刷株式会社

ISBN 978-4-7744-0673-2 C0095